やさしい人

福本信子

影書房

やさしい人　目次

やさしい人

カバー染織＝山本　和子
本トビラ絵＝山中三絵子
本文カット＝吉岡　幸子
人形写真＝山中みゆき

やさしい人

　昔の人は、飛天というなんと美しい女神を創造したことでしょう。ひらひらと、紅色の絹布をなびかせながら空を舞う姿は、やさしさのシンボルだと私は思います。私は娘時代に、そのようなやさしい人と、巡り合う幸せを得ました。それを何にも代えがたいもののように思えています。私が人に対してやさしくありたいと思う心の内側に、いつもその人が浮かんでいるからです。

　私はその人のやさしさに触れた思い出を、二、三、ここに書き残して置きたいものと思い、筆を走らせてみました。

　娘のころ私は、作家を志望しながら達成することもなく、四十歳で他界した父の短い生涯を明確にしたいと思い続けていました。そんなある日、雑誌の伝言板で獅子文六氏がお手伝いさんを募集していました。私は、はやる思いで応募しました。幸運にも受かった私は、家族の反対を押しきって上京しました。二十二歳の昭和三十八（一九六三）年のことでした。

私がお手伝いさんとして住み込んだユーモア作家獅子文六邸は、赤坂の繁華街の近くにあり、乃木神社下の坂を上り切った一画でした。ユートピア的な感じのする閑静な高台にあって、ごく普通の住宅でした。

私はそこでの一年間余りの生活の中で、父の生涯をひもとく何かを得ると同時に、珍しい色いろな体験をしました。その体験は別として、私が今から語ろうとするやさしい人こそ、獅子文六氏夫人その人です。

その日は朝から柔らかな日差しが、庭の枯れ芝に差し込んでいました。その穏やかな玄関先に、あるお客さんからシギが届けられました。文六先生がお好きだからと。奥様はさっそく届いた荷物を台所の床の上で開けられました。厚紙の包紙の中には、息を止めたばかりらしい、まだ温みの感じられるシギが、抱き合うように入っていたのです。

「幸子は風邪気味だから、信ちゃんに手伝ってもらえばいい」

先生は和服姿で、応接室をうろうろされていたのです。いつの間にこられたのでしょう。

開いた包紙の上のシギを、かがんで見入っている奥様と私の頭ごしに、先生は立ったまま、のぞき込まれ、そう言われたのです。

「いいですよ、わたしがやります。今日は暖かいから……」

私はその瞬間、胸をなで下ろしました。とても、小鳥の料理など、自分に出来る技ではないと思ったからです。

シギは十匹ほどいました。奥様はさっそく、二畝ばかりの小さな、菜園のある裏庭の日向で、シギの羽毛をむしり始められました。器用に慣れた手付きでむしり取られる羽毛は、あたりにふんわり舞い落ちます。次第に地肌を見せた小鳥の首が、ニューッと伸びて、赤い血がにじんでいきました。

首から胴へと、羽毛がむしり取られて赤裸にされたシギは、木屑がチロチロと燃える赤い炎の火にあぶられていきました。可哀相よりなにより、羽毛をむしり取られた、小さな黒い毛穴がぶつぶつ浮いて、血肌を見せた赤裸の小鳥の姿は、グロテスクです。私は触る勇気さえありませんでした。

火にかざされ、あぶりだされて肌がこんがり色付いたシギは、台所へ運ばれ、まな板の上で頭が切り落とされていきました。

ポンポンプッチ！

奥様の白くて細い手に持たれているデバ包丁が、勢いよく振り下ろされると、シギの頭が鮮血を流しながら簡単に切り離されました。

「わっ！」

怖いもの見たさで見物していた私は、思わず叫んで後退りしてしまっていました。

「いやだね。そんなに驚かなくても」

怯えている私の姿をちらりと見て、奥様は笑われたのです。

「信ちゃん、見ていなくていいのよ。あっちへ行って、好きなことしていらっしゃい」

奥様は若い娘に、残酷な場を見せるのは気の毒だと思われたようです。が、応接室で本を読まれていたはずの先生が、台所に向かって声高に言われました。

「やらせなさい。信ちゃんに。何んでもできなくっちゃあ、いいお嫁さんになれないよ」

〈あっ！　先生にまた一本やられた。先生は私の弱点をいつも遠慮なく、突いてくる……〉

先生の邸宅は、玄関を入ると一望できる応接室と、食器棚が仕切りになって、くの字型に食堂と台所があります。便利なワンフロアータイプの設計です。応接室からの声は、ストレートに私の耳へ飛び込んできました。

「鳥はね、鳥食べてもドリ食うなって、毒になる箇所があるのよ。ほら、これ……」

奥様は気持ち悪がっている私に、優しく説明しながら、切開した鳥の腹中から内蔵を取り出し、ぬるぬるするグレー色のドリを、手の平に乗せて見せるのでした。先生と結婚してから、そうやって先生に教えられてきたのだと。私は目をつむりたい気持ちを抑えて、じっと、料理されていくシギを見守っていました。

〈なんでもやれないと、いいお嫁さんになれないよ〉

胸にひっかかった文六先生の言葉を、口腔で転がしながら、私は恐る恐るシギを摑みました。関節から折ると折り易いのだと教えられて、奥様の手真似をしながらポキンポキンと、細くて固い足を関節から折って、胴体と切り離していきました。

そのときは、応接室から野次っておられた先生が、知らない間に台所へ来られて、私の背後でニヤニヤ笑いながら見ておられたのです。童子を再現したような、着物の上に羽織ったちゃんちゃんこの袖に、懐手をして、親しみのある格好で見ておられたのです。

不器用な私の及ばない手際よさで、シギを潰される奥様の姿を眺めていると、愛する人のためならという、ひたむきな、いじらしさのようなものが、私の胸を熱くしながら伝わってきていました。

獅子先生は二度も、奥様に先立たれています。最初のフランス人の奥様との間に恵まれた一人娘を二度目の奥様が育て上げられた。しかしその娘さんが嫁ぐ直前に二度目の方は亡くなられてしまった。

先生は娘を嫁がせた後、知人の紹介があって五十八歳で四十歳の幸子夫人と結婚をされたのでした。

その再婚に際して、先生の知人であった白洲正子さんに、幸子夫人のことをどういう女性か尋ねられたのです。昨今清々しき遊び人として名高い白洲正子さんは、そのとき獅子邸の客室に掛かっていた、杉本健吉氏の飛天の絵を指し示しながら、

「あんな方です」と答えられたというのです。

私にも異存を挟む余地は何もありません。幸子夫人は美しくて温かく、透き通るガラスの心を持っているような、本当に天女のように思えている方ですから。

こんなこともありました。

年明けた一月七日でした。先生の希望で、いつもパン食の朝食が七草ガユに変えられました。野草のセリ、ナズナ、スズシロなど七草をちりばめ、サイコロ切りの餅の入った七草ガユは、風味でおいしいものでした。都会で口にできる幸せに、感激をしたものです。

その日のことです。郷里の母に送るようにと、カステラを夫人から手渡されて、私は小包にして郵便局へ持って行きました。ところが、包み方がまずいと言って、駄目を押されてしまいました。沈み切って、しぶしぶ戻ってきた私の姿をみた奥様は、読まれていた新聞を置いて、

「どれどれ」

と、言いながら私から包紙を受け取るなり、

「いやになっちゃうよー、信ちゃん。これはなんぼなんでもひどい。横がこんなに開いているでしょう。それに、紐をもっと頑丈に結ばなくっちゃあ、遠い所（姫路）へ送るのにお隣りへでもぶらさげて行くような包み方じゃ、めちゃくちゃに壊されちゃうよー」

あきれてものがいえないと言わないばかりに、とんきょうな声を張り上げられたのです。

「信ちゃん。小包の包み方を教えましょう」

言うが早いか、普段からため置きしてある麻紐と分厚いハトロン紙を、奥の座敷からいち早く運んでくると、床にひょいと跪かれました。跪いた前にハトロン紙を広げると、やさしい口調で実演を始めました。

「この紙の上に荷物を置いて包んでいくでしょう。この包み紙を合わせるにしても、着

物の左前を嫌うように、これも右前に合わせて、糊かセロテープでしっかり密封して、その上から、何重にも紐を掛けるのよ。ほら、こうやって結ぶのよ。さ、やってごらんなさい」

実の娘に伝授するかのように、懇切丁寧に教えられた、この荷造りの方法と紐の結び方は、私の後の生活の中で、どんなに役立っていることでしょう。

まるで下町育ちのような、心の底が開けぴろげの幸子夫人は、岩田豊雄先生（獅子先生の実名）と再婚されるまで、まったく苦労知らずの人のように思えていました。しかし、岩田先生の死後十七年目に書かれた『笛ふき天女』という幸子夫人の自叙伝を読み終えてみますと、どうして、幸子夫人が天女のように清く無邪気でいられるのか、不思議に思うほど、苦労をされているのです。

奥様は山口県の岩国城主、吉川家の分家に生まれた方です。幼少のころはアメリカのガーデナ氏によって設計された、四十室余りもある広大な洋館に住み、兄弟姉妹八人には一人一人にお付きの人がいたといわれます。

それでも末っ子で苦労知らずの幸子夫人が、最初に結婚された相手の方は、「松方コレクション」で有名な松方幸次郎氏の四男勝彦氏でした。

神戸新聞の朝刊で昭和六十四（一九八九）年一月一日から、一度間を置いて平成二（一九九〇）年三月二日までの長い間連載された『火輪の海』の中では、幸子夫人と勝彦氏の結婚のことが記述されていました。

川崎正蔵氏に請われ川崎造船所の社長を皮切りに、初代神戸新聞社長など、神戸を中心に活躍したといわれる松方幸次郎氏が、「財界のルンペン」と自称するまでに、人生を踏み外していった後、再びソ連の石油輸入で、上昇気流に乗った昭和八年のときでした。

「私生活でも、四男勝彦の結婚で華やいだ。相手は父方が山口・岩国城主、母方が愛媛・大洲藩主の流れを引く吉川幸子だった。勝彦は松方本家を継ぐ兄巌の養子となっていたが、十二月二十八日、帝国ホテルでの盛大な披露宴には、西郷従徳侯爵夫妻ら各界の大物が出席した。翌日の新聞は、『松方家に春戻る』と報じた」

『火輪の海』でこのように記された、幸せそうな美男勝彦氏と幸子夫人の最初の結婚は、思いがけない悲運をはらんでいたのです。

「代議士幸次郎は、二十一年ぶりに赤い絨毯を踏んだ。（中略）十七年の歳月をかけた新議事堂（現議事堂）での第七十帝国議会が六日後に迫った十二月十八日、幸次郎は、まだ三十二歳の四男勝彦の死で失意の底に突き落とされた。勤め先の書庫で梯子から落ち、脳内出血を起こしての不慮の死だった」

『火輪の海』で、そのように記述された部分は、『笛ふき天女』では、次のように詳細に書かれていました。

「昭和十一年十二月十七日、私は風邪気で床にいた。体も弱かった上に、なまけ病で、夫の世話もろくにしない悪妻だったが、午後三時頃会社から電話で『ご主人が倒れられたから来て下さい』と知らせがあった。（中略）病気の知識のない私はたいしたこととも思わずつきそっていたが、そんな時にも、『風邪なのにわざわざこなくてもよかったのに』と、相変わらず私を気遣ってくれる夫だった。（中略）神田の病院には身近の者が集まって待っていてくれた。あまりひどい鼾にあちこちの病室から人が飛び出して見る程だった。何回か『お悪いですよ』と先生がおっしゃったのに、ちっともそれが信じられなかった。『ご臨終ですよ』といわれてもあまりのことに私は涙も出なかった。倒れてからちょうど半日の午後三時だった」

この三年二カ月の短い勝彦氏との結婚生活で子供が恵まれなかったこともあって、二人は旅行をしたり、銀ブラを楽しんだりで、土曜の夜はよく銀座の料理店へ行ったようです。

こうした幸福な思い出も鮮明だった、勝彦氏の死亡後およそ二年ほどして、まだ若い二

十五歳の奥様の身に、除籍の問題が浮上しました。その際、奥様は、

「私は勝彦と結婚した以上、松方の姓を変えることはいやです」

と、松方家からの財産分与を断り、松方の籍だけは、そのままにすることを望まれたのです。十五年後に縁あって岩田先生と結婚されたときは、松方幸子でされています。

そんな奥様の逸話は、私を驚かさずにはいませんでした。いえ、天女のような奥様だからこそ、豪邸住まいだった松方家を出て、里の老母との質素な暮らしの始まりを覚悟の上で、無欲の意地が満腔から溢れ出ていったのでしょう。

意地ということで、一つの思い出が浮かんできました。ほんの些細なことなのですが……。私が獅子文六邸での、二度目の年の暮れを迎えようとしたときでした。先生が私に年賀状を代筆するように言われました。先生に届く年賀状は、私の両手の中に余る枚数でした。数百枚はあったのでしょう。書くことが苦にならない私は、承諾しようとしました。ところがそのとき、傍におられた奥様が、

「年賀状は私が書きます」

と、きっぱり言われたのです。妻としてのプライドが、いつになく奥様のやさしい表情を厳しく支配していました。

先生にすれば、暮れの忙しい妻の仕事を少しでも楽にしてやろうと、考えた上での私への依頼だったことでしょう。が、私はそのとき、やさしい奥様の中に、自分が大切に思うものを、どんな場合でも大事にされる、意地がひそんでいることを知りました。

現在八十五歳の奥様は、息子夫婦に頼ろうとされず、一人で過ごされています。訪問客はほとんどありませんが、先生が愛された大磯ゆえに、離れようとされません。

私はときどき幻覚を見ます。奥様が誰にも告げないで、ひっそりと、七色で彩られた絹布をひらひらさせながら、空へ、より高い空へ舞い上がっていってしまわれる姿の……。

思い出をひもときながら、筆をとりましたが、幸子夫人のやさしさは、きりもなく浮かんできて、紙面を埋めていきます。このまま書き続けると、秋の夜が明けてしまいそうです。この辺りで筆を置きましょう。

三島由紀夫氏との一期一会

娘時代に遭遇した一つの体験は、数十年過ぎた現在も、私に謎を突きつけたまま過ぎている。

まして、三島由紀夫という作家と同席した数時間。正に偶然であった一期一会の数時間は、田舎者の私の一生に、どうして必要な体験だったのでしょうか。

このこと自体、私に深い謎となっている。

二十二歳だった私が上京をしたのは、昭和三十八（一九六三）年の十月だったのです。わかりやすくいえば、東京オリンピックが開催された丁度一年前の年です。八年間勤めた東芝を退社して、母親の反対を押し切り、小説家のお手伝いさん募集に応募して、採用されて上京したのでした。

七歳のとき死に別れた父親が、小説家を志したその理由を解明するために。

今思えば、世間の笑いを誘う、大胆さだったのです。若さゆえの傍若無人な行動であったのです。その日々での一つの体験が、私に今も深い謎を突きつけています。


当時、文豪のユーモア作家として、大活躍をしていた獅子文六先生に、秋も深まったころ、芸術院会員の内定が届きました。その十日後の昭和三十八（一九六三）年十二月十六日の午前中のことでした。

先生は二階の書斎から、原稿用紙とシャープペン、そして消しゴムを持って降りてくると、食卓で原稿を書き始められました。食卓で原稿を書かれるなど、私は初めて目にしました。

その日はたまたま夫人が留守で、電話がひっきりなしに掛かったこともあって、先生はお手伝いさんの手を煩わしては気の毒だという配慮があって、階下で執筆をされたのに違いありません。

正午になって、先生が食事を始められた直後に、三島由紀夫氏から電話が掛かってきたのです。

「今日、二時か三時頃ざんすね、先生のご都合がよければ、伺いたいんざんすが……」

それでは三時に来るようにと、先生の返事を伝えると、その時間きっかり、一秒の狂いもなく玄関のブザーが鳴って、三島氏が姿を見せられました。

私が三島氏に会うのは、もちろん初めてのことです。若年であるにもかかわりなく、すでに、世間の人びとに文豪と認識されている作家の来訪、という意識に支配されて、私は胸の高鳴りを押さえ切れないでいたのです。

新聞雑誌の写真で見る限り、筋肉隆々として背の高い人……。眩しいイメージが、私の脳裏に収まっていました。

しかし、玄関のドアを開けるなり、

「三島です」

と名乗って、直立不動の姿勢で立っていたその人は、何と小柄な人だったことでしょうか。胸のときめきの中で動いていたイメージは、一瞬に崩れていったのです。

卵型の顔の輪郭をはみ出した太い眉。鋭敏そうな深い眼球。ずんぐりと巨大な頭部。首から上部までの豪快な造作は、想像を裏切りはしなかったのですが、首から下方に向かう体の造りは、まるで別人の借り物のように思われたのです。

胸部、腹部、脚部は、虚弱体質者の特徴を残し、上部の雄壮果敢な風貌と不釣り合いな印象をもたせていたのです。背丈も想像にそむいて、かなり低く、細い体格は軟弱な青年の雰囲気で包まれていたのです。

冷気が身に染む戸外の寒さに、コートも着用しない軽装でした。赤い縦縞のカッターシャツに、真紅のネクタイが締められていて、褐色の背広は、微細の乱れもなく体を包み込んでいました。

私は内心の驚きを、相手の鋭敏そうな目に悟られそうな気がしました。

「いらっしゃいませ、先生がお待ちになっておられます」

私が言葉をかけると同時に、三島氏は、深ぶかと腰を折って一礼しました。お手伝いさんに向かって、そのなんと、馬鹿丁寧な挨拶だったことでしょう。私は一瞬、たじろぎ、慌てて、礼をして上げた頭を下げ直したのです。ぎこちなく、下げ直した私の頭が上がるのを待って、三島氏はおもむろに、玄関へ足を踏み入れられたのでした。

三島氏は男性客が誰もしない上がり框の所で後ろ向きになり、艶やかに光る女物のような褐色の小さな靴を脱がれました。きちっと揃えて脱がれたのです。女性的とも言えるその繊細な仕草に、私は三島氏へのイメージの狂いを、新たに深くしたのでした。

寒い日のこと、文六先生の邸の三和土と応接室とを仕切っている、アコーディオンカーテンは、人の出入りに必要なだけ開けてありました。三島氏はその狭い隙間から室内へ入ると、背広を脱ぎながら、先生の前へ進まれました。

客が前へ進んでくる動作に合わせて、先生はソファの左横の脇机へ、それまで読んでいた本を置くと、ゆっくり立ち上がって、客を迎えられたのです。三島氏は先ほど脱いだばかりの背広を、脇に抱え持ったまま、背の高い巨体の文六先生を、一度見上げてから、深ぶかと一礼をされました。玄関で私に向かって取った一礼と一分も変わらない、腰を軸に直角に曲げた一礼だったのです。

客の丁寧なお辞儀に、文六先生はテレた様子で、眼鏡の目を細く崩されていました。

「やぁ、どうぞ、どうぞ」

自分の前の椅子を右手で指し示すと、三島氏に座ることを勧められました。

青年のように透き通る三島氏の声は、三島氏へ茶菓子を運び終えてから、調理台の前に座り、買い物帳を記入している私の耳へ、容易に聞こえてきました。

そのころでは珍しかった近代的な構造の先生の邸は、応接室と食堂と台所がワンフロアーになっていました。台所と応接室は、単に食器棚で仕切られているだけです。先生と客との談話は、筒抜けに聞こえてきました。

「杉村春子は犬ですよ。二本足が四つ足で歩き出したのだから、やり切れない」

予想しなかった三島氏の、怒りを含んだ第一声は、またも、私の三島氏へのイメージを粉砕していきました。しかし、その怒りが吐かれた瞬間に、私は三島氏の来訪の目的が理解できたのです。

その数日前に、三島由紀夫氏の戯曲『喜びの琴』の上演中止に端を発して、文学座が大きく紛糾し、新聞という新聞、雑誌という雑誌に、三島由紀夫氏のことが賑にぎしく書かれてあったのです。

列車転覆という事件の発生に、警官同士の信頼と裏切りをテーマとした三島由紀夫作の戯曲『喜びの琴』が、思想上の問題（ということ）だとして、杉村春子さんの強い発言があって、上演中止が決定されたという経緯があったのです。そのことが原因で三島氏が文学座を脱退し、そのことが契機になって、中堅俳優さんの多くも脱退。劇団の分裂か？などと週刊誌などに、大見出しで書き立てられていたのです。

その記事の出る以前に、新聞や雑誌記者の方がたが、獅子先生の邸宅へ間断なく来られていました。劇団「文学座」は、戦前の昭和十二年に岸田国士、久保田万太郎、そして岩田豊雄（文六先生の実名）の三氏が五十円ずつ出し合い結成したのですが、三人のうち存命しているのは文六先生だということで、当時のそれらの訪問客は文六先生から紛争に関する意見を聞くと、メモして帰って行かれたのです。

三島氏のその日の訪問は、文学座を騒動に巻き込んだ謝罪（といえば、三島氏のプライドを傷つけることになるでしょうか）でなければ、経過報告を述べに来られたのにちがいなかったのです。

まさに三島氏は立て板に水を流すごとく、自己が脱退する原因になったとする、杉村春子さんに対する痛烈な攻撃の言葉を、先生を前にして遠慮なく吐露し続けられたのです。

文六邸は入れ替わり立ち替わり、大勢の客が訪れました。その応接室には濃い茶褐色のソファが置かれているのです。三島氏はやや大型のそのソファに、すっぽり沈んでしまいそうな小さな体を、少しでも大きく見せようと、あれはきっと、意識的だったに違いありません、後方へ身をのけぞり、胸を張って、どっどと、言葉を流し続けられたのです。

文六先生が二言か三言喋ると、本当に憤慨に耐えない状態かどうか、憤慨が憤慨として取れそうもない比喩や修飾語、あるいはシニックで軽妙なしゃれを、ふんだんに挿入しながら、言葉を吐き続けられたのです。言葉と言葉のほんのわずかな間に、タバコを吸いながら。

三島氏に対面されている先生の背後の壁には、道化師の絵が掛かっていました。その絵は、先生の『海軍』という著書の、挿し絵を書いた中村直人氏が、フランス滞在中に描いたものだと言われていました。

数日前、先生は夕食後に家族とくつろいでいたひととき、その絵を眺めながら、感慨ぶかげに言われていたのです。

「この絵はよく描かれているね。いくら見ていても飽きないね……。絵はこうでなくっちゃあ、いけない」

先生がいつも座る頭上より少し上部に掛かっているその絵の、右向きに何かをじっと見つめている道化師の顔は、ユーモラスな中に淡い哀調を、私に伝えてくるようでした。

三島氏はさも、その絵に向かって煙を吹きかけるかのように、顎を上向けにすると、吸ったタバコの煙を上へ吹き上げていました。きちっと揃えて、ピンと張った五本の中指とひとさし指に、軽くタバコを挟んで、粋なポーズで吸っていたのです。

そのタバコを挟んだ手の美しかったこと！　平凡な美しさではありませんでした。

私は少しずつ、少しずつ、台所の奥から客が見える位置まで、椅子を引きずっていきました。そして先生と対談中の三島氏の手に、終始一貫、目を奪われていました。

踊るプリマドンナの手のように、細くしなやかな平手。指の一本一本にまで、鈴虫の触覚のような、非常に繊細な神経がいきとどいているかのような手。

雑誌などのグラビアで見た濃い胸毛と、虚弱体質を克服するために剣道やボディビルに通って鍛えた腕が衣服の下に隠されている人の手とは思えない、どちらかと言えば、ひ弱さが伝わってくる手だったのです。

始終動いているタバコを挟んだ右手とは対照的に、左手は対談の始めから終わりまで、椅子の縁にぶらりと、所在なくぶら下がっていました。

淡灰色の夕暮れの空がガラス戸に満ちていく一方で、天井から落ちてくる蛍光灯は、光りを強めていきました。その灯の白色の光りを反射させて、動かない左手は、真珠の表面のような、艶やかさと幽玄な彩りを放っていました。

夏目漱石は、『倫敦塔』という作品中で、叔父リチャード三世の野望のため殺された、エドワード四世の遺児であるエドワードとリチャード兄弟の像を眺めながら、

「象牙を揉んで柔らかくしたるごとく美しい手」

と、兄弟像の手を独特の表現で描写しています。私は、三島氏の電灯の光りをのせた手を眺めながら、まさに、そのような神秘的な美術品を、観賞しているかのような気にさえなっていたのです。

——あの時点で、二十二歳だった私にどうして予知できたでしょう。虫さえ殺せそうもないと感じた、あの美しい手が、その七年後の昭和四十五（一九七〇）年に刀を持ち、三島氏自身の腹部を刺して、自刃へ追いやってしまうなど……。世間を驚愕させ、残酷で悲劇的な、運命を辿っていくことになるだろうことなど……。そして、今なお、美しい手が実行してしまった謎を、私は解き明かせないものかと、執念深く考え続けるようになるなど

——

田舎からわざわざ上京をして、あのとき、文六先生の邸宅で、働いていたからだとしても、どうして、無名の田舎娘に三島由紀夫氏と会う機会が与えられたのでしょう。

杉村春子さんが三島氏の戯曲の上演を許可していれば、三島氏は「文学座」脱退騒ぎを起こさなかったでしょう。だとすれば、三島氏の文六邸への訪問はなかたのです。そう考えると、私が三島由紀夫氏と会うことはなかったのです。

私に強烈過ぎる姿を見せて、自ら命を絶った作家。思想に共鳴できるか出来ないかは別

として、また私と三島由紀夫氏との接点があったことに対して、意味付けることは大胆だとしても、何か書き残すことは大事ではないかと、今も考えているのです。

しかし私が、そういうことを大事だと思うのは、おこがましいでしょうか。

それにしても、文六先生の応接室で三島由紀夫氏と、五時間余りに渡る長い時間、一緒に居合わせていた事実が、私にとって、どのような意味があるのでしょうか。折に触れ、あの日の状景を思い出しては、考えてしまうのです。


三島由紀夫氏が、来訪して来られた暮れも押し迫ったあの日は、文学座騒動もやや下火になっていたのです。先生に、意見を求めてやって来る報道関係者も、ほとんど姿を見せなくなっていました。

若い文士三島由紀夫氏と、午後三時きっかりから夜の八時近くまで、長い対談中、高齢の身で疲れも出ていたことでしょうに、文六先生は良き聞き手をつとめられていました。自身の意見を述べられることなく、民謡にハヤシが入るように、三島氏が吐く言葉の流れに沿って、根気よく、適度な合いの手の言葉を挟んでおられたのです。

その年の暮れは、先生を訪ねて来る客の誰かれとなく、

「先生の今年は、文学座で明けて、文学座で暮れますね」

という言葉を落としていかれていました。

あの年から、平成二十（二〇〇八）年の今年まで三十八年が流れています。もちろん獅子文六先生は天空の住人です。

三島由紀夫氏の父親は、『倅・三島由紀夫』という本の中で、

「倅は日本民族の文化伝統の唯一無二の支柱である天皇の復元を念じ、これをはばむ米国製憲法の鉄扉に体当たりして散っていったのです」

と書きながら、自刃の三年前に、自衛隊のジェット戦闘機に搭乗させてもらった際に、操縦士に由紀夫氏が、

「自分は自分の死を選択したいのだ」

と語っていたのだと聞き、由紀夫氏が残した、肉体を失っても、永遠の精神を勝ちえた『イカロス』の詩を解読しながら、

「美しい死には、若さが必要で、四十五歳はぎりぎりの線と言うことになるのです」

と由紀夫氏がその年齢を選んで死んだことに、結論づけようとしていました。

もし三島由紀夫氏が、「美しい死」を望んで、あのような暴挙の末に自刃しなかったとすれば、現在、八十三歳の高齢者になっているのです！

私は九十七歳の姑さんと暮らしながら思います。ほとんどの人が長命であればあるほど、幼児が知恵を育んでいくのとは反比例して、身体が日を追って衰えていきます。外見は醜さを増し、あらゆる臓器の痛みが多発していきます。

そのうえ認知症が次第に進み、家族の名前さえ記憶から消えていき、誰かの世話を受けなければ外出することも、服を着ることも、食べることも、排尿排便さえ自分自身では、上手にできない毎日が訪れます。

家庭で過ごせる高齢者はまだ幸せとして、三カ月を限度に、巡回しなければならない病院暮らしか、家族と離れた養護施設での生活など、今の日本では長寿が幸せとは限らないことを知り尽くしていています。

しかし、日本を憂いて建て直したいという崇高な意志、あるいは美意識への欲求ゆえに、自分で自分の命を断つ選択など、誰ができるでしょうか。

三島由紀夫氏の父親は書いています。

「倅はなぜこんなに死を急いだのでしょう。両親との別れもわずか十数分、もうその翌日には、――散るをいとふ世にも人にもさきがけて散るこそ花と吹く小夜嵐――という辞世の一首を遺して去っていったのです。

密葬の時のあの慌ただしさ、告別のために僕にくれた時間はわずか二、三分でした。倅はこれを何か故あってか、あえて永遠に何人にも解かせない謎として遺していったものでしょうか」

と、書いて嘆いています。

「何人にも解かせない謎」と父親にさえ言わせた三島由紀夫氏の死の謎。たった数時間の一期一会の田舎者に、解ける訳もないことだったのです。

そして、私が体験をした一期一会に意味を持たせるなど、とんでもない厚かましい行為以外、何もないことだったのです。

今年は殊の外、猛暑のようです。昨日珍しく雷雨がやって来て、地上を湿らせ、涼やかな気分でいましたら、水難事故で若い人がたくさん命を落としていました。自然を相手に非道を嘆いても仕方ないとしても、人為による命の抹消は、どういう理由であれ存在してはならないことです。誰もがそう願っていることでしょう。

今日も炎天下で、たった十日間の命だという蝉が、騒ぞうしく鳴きつのっています。与えられた命を、狂おしく燃焼させるかのように。

すず虫

美しいと思うものの中に、醜いものの存在を知ることは、残酷なことであろうか。

梅雨が近づいた五月の末に、昨年飼っていたすず虫のケースを覗いた。ケースは浅い蜜柑箱ほどの大きな物で、三分の一まで土が入っている。昨秋はそのケースで十匹ばかりのすず虫がよく鳴いて、夫を満足させたのであった。

ケースの底の干からびて、ところどころにひび割れた土を見ながら、今年も孵化させるかどうか私は迷った。孵化させないのなら、そのまま放っておけばいいのだ。迷いが心の隅にありながら、私の手が行動を起こしていた。霧吹きを持ち、乾いた土にたっぷり水を吹き付けて湿らせていた。

六月の初旬までそれを繰り返しては、土をくまなく凝視する日課が続いた。昨年に生み落とされた卵が、孵化するとすれば、一ミリぐらいの白い極小の幼虫が動き出すはずであった。しかし孵化させるかどうか迷うまでもなく、今年は孵化しないかも知れない。

孵化してからの毎日の世話は、非常に根気がいる。息が絶えるまで途中で投げ出すわけにはいかない。考えれば面倒だ。もう孵化しない方がいい。そういう思いで、一年間、庭の片隅に放置していたのだ。内心でそう思いつつ、今年もまた、霧を吹き付けては観察を続けている自分が可笑しかった。

私はもうすず虫を飼うことに飽き飽きしていた。何年も飼い続けていると、いくら綺麗な声で鳴こうとも、

「ええ声で鳴くなあ、わし、すず虫好きや」

夫のように幼児さながら、純粋に愛でる気になれない。

土を湿らせている以上、孵え出ないはずがない。世話を始めてから半月もすれば、当然のようにして、うようよと塵のようなすず虫の幼虫が孵え出た。

「出てきた。出てきた。とうとう孵え出てきましたか」

無数に蠢く極小の幼虫に目を落とし、腹に覚悟を据えながら、私は一人つぶやいた。それにしても、これはまた、何匹孵え出てきたのだろう。数え切れない粒が蠢いている。無

音の動きを繰り返している。

離れてそれぞれ町に住む四人の娘たちに、孵化したことを告げると、代わるがわるに、

「今年もごくろうさんやね。まあ、頑張って世話をして下さい」

憐れみとも励ましともとれる言葉を返してきた。それに応えて私は強がりを吐くのだ。

「お父さんが喜んでやから、頑張るわ」

「好きやもんなあ、お父さんは。すず虫の鳴き声聞いていたら、機嫌がいいもん」

「そうや、鳴き出すと、『ええ音色や。ほんまに、ええ鳴き声や』って、何度も何度も言って喜んでやから、やっぱり飼う気にさせられるわ」

七、八年も前だ、秋口になったある日、夫が数匹すず虫を買ってきた。小さなその籠を玄関の下駄箱の上に置いて、仕事から帰ってくると、嬉しそうに聞いて楽しんでいた。しかし、世話を一切しないのだ。買ってきたまま、餌が無くなっていようが、補充をしてやらない。見かねて、私がキュウリやナスを割り箸に突き刺して、籠に入れてやった。蒸し暑い夏が過ぎ、名月が澄み渡った夜空に冴えた光を満たすころ、耳にとどくすず虫の鳴き声は心に染みこんでくる。癒される。私も嫌いではない。

しかし、隔日に一度の割で、水をやり、古い餌と新しい餌を取り替える義務を負わされると、単純に、「ええ音色や」と、次第に言えなくなる。好きなら自分で世話をすればいいのだ。世話をしながら、ときどき夫への不満を抱えこんでしまう。面白くない感情が心を支配してくる。すず虫の鳴き声を聞いても、純粋に陶酔できなくなる。

妻の胸に澱んでいる不満を知らない夫は、

「すず虫の鳴き声ええやろ。な、いつ聞いてもええと思うやろ」

賛同の確認を取りながら、皺がめっきり増えた満面をほころばせて言う。その嬉しそうな顔に、そりゃ、世話もしないで聞くからええやろな。私の怒りが爆発寸前になる。しかし、怒りを抑えて、

「ほんま、何で、あんなええ音色で鳴けるんやろ」

いつも、人の良い妻の顔をしながら応答している。

最初飼い始めたすず虫は、毎年どんどん孵化して増えた。三年目ぐらいには門柱に「鈴虫いる方、無料でさしあげます」と張り紙をして、かなりの人に譲った。それでも減ることはなく、新聞で見た「すず虫学校」へ寄付をして、感謝状を受けたほどだ。

譲った残りの二百匹ぐらいは、十数ケースに分けて飼った。二階の廊下や各部屋のあち

こちに置いて鳴かせた。家のどこにいても昼夜を問わずにすず虫の音色が耳に届いた。しかし、あちこちに分散してケースを置いていると、水と餌を持ち歩いて世話をしなければならない。面倒がった私は、すべてのケースを玄関のタタキに並べて飼うことにした。

ケースを何段にも積んで二百匹を越えるすず虫を一カ所に置くと、音色が騒ぞうしいほど満ちた。戸を開放さへすれば、どの部屋へも音色は浸透していった。

そのころ大学生だった長女が、京都から帰省していたある日に、夕食後、玄関の縁に寝転がってすず虫の音色に聞き入っていた。

「そんな所に寝転がって聞かなくても」

私は長女の芋虫のような奇妙な格好をたしなめた。すると娘はさも面白そうに言った。

「お母さん。すず虫にもボスが居るの知っている?」

まさかすず虫に限って。私が信じがたく否定をすると、娘はよく見るようにと言った。

娘に言われるまま娘と替わって転がり、一番手前のケースの中を凝視した。しばらくすると、等身大の白くて細い触覚を揺らしながら、徘徊する二十匹余りのすず虫の内の一匹が、じっと構えて、羽を擦り合わせて涼やかな音色を奏で始めた。その直ぐ後に他のすず虫が鳴き始めた。

すると最初に鳴いていたすず虫は、ただちに震わせていた羽を止めた。そして、一目散に自分の後から鳴き始めたすず虫の所へ飛んで行って、後ろ向きになって、細いあの繊細な足で蹴り上げた。つぎつぎ蹴られるすず虫は、鳴きやんでしまった。しかし、蹴られたすず虫がそれ以後、ボスと同時に羽を震わせて鳴き出した知恵には、非常に驚かされた。

何年もすず虫の世話をしていながら、娘に教えられるまで、すず虫のボスの存在を知らなかった。知ってみると、すず虫を見ながら、今更のように人間社会の醜い争いごとの色いろに、考え及んだのであった。

涼しげに鳴いて、人間に愛玩される小さな可愛いすず虫の世界でさえ、独占欲への戦いがある。そのことを思えば、人間の世界に、同等の欲望があって不思議ではないのだと。

数年飼った後に不思議なことに、自然にすず虫が孵化しなくなった。それ以後しばらく飼わなかった。飼わないでいると、昨年網干の実家の近くに住む姉の家に、孵化していることが分かった。すると、

「すず虫、貰ってきてくれや」

夫が懇願した。私はしぶしぶ貰ってきてまた飼ったのだ。その去年の十匹が鳴き終わった時点で、私はもう、飼うまいと思った。

今まで、六月の中旬に孵化し、八月初旬ころから鳴き始め、十月の中旬にほとんど鳴き終わって、命を絶つ十一月の初旬までの長い間の世話が、私に飼う意思を鈍らせたのだ。しかし、孵化する季節の訪れは、私に今年も霧吹きを持たせた。そして、予想通り、およそ三百匹以上の幼虫が孵化した。

さすがに夫も、一ミリから二ミリ、三ミリから四ミリと、真っ白い透明の羽を脱皮しながら成長していくすず虫を、放っておれなかったらしい。粉末の餌やケースを次つぎ買い足しては、十二、三匹に分け、住みやすい環境を整えてやるのだ。こまめに世話をし始めたのだ。

成長した三百匹は多すぎた。また、近所の人に呼びかけて、欲しい人にもらってもらった。残りの百匹が八月を境に、ぴくぴくお尻を上下運動させながら、薄い羽を摺り合わせて澄んだ綺麗な音色を家に満たし始めた。

「ああ、ええ鳴き声や。心がすうっとする」

夫は帰宅して戸を開けるなり、満足気に聞き入る。確かに、何の楽器の音色にも例えようのない独特の美しいすず虫の音色は、不況のなか事業の運営で、難題を抱えている渋面の夫の顔を和らげている。その夫の喜ぶ姿を思えば、すず虫に、「ありがとう」と、感謝を言うべきかもしれない。

しかし、すずやかな音色が次第にかすれ、日毎に幽かな鳴き声になり、日を追って鳴き絶えていくのが、私には辛く耐え難い。

雄が鳴かなくなると、お尻に二本の針のような剣を突きだしている雌のすず虫が、通常通り与える餌を摂取した上に、雄を食べ始めるのだ。美しく奏でていた羽を。元気に歩いていた足を。腹を。日毎に侵食していく。食べられた雄は、片足だけでよたよた歩いている。羽の無い哀れな姿で徘徊している。最後に羽、足、腹が散らばって息絶えている。すず虫の生態を知らない人に、すず虫の地獄絵を知らせるのは酷なことだろうか。

秋口になり、すず虫の雌が雄を養分にして地中に卵を産み終え、息が絶える最後の命を見守りながら、私は、夫が喜ぶという理由だけではなく、来年もまた、何千匹も孵化するだろう、たった数カ月の小さな命を、見殺しにはできない思いがしている。

一緒に綱を……

狭い階段を足早に駆け上がって、ガラス戸をノックすると、まろやかな声が返ってきた。

「どうぞ、お入り下さい」

おそるおそる私はドアを開けた。その瞬間、頭の先に失望が駆けのぼってきた。踵を返して帰りたいと思った。

到着するまで、私の胸の中は希望に充たされていた。意気揚々としていた。〈詩作の勉強ができる。明るい綺麗な部屋で〉……しかしそのとき、私はコンピュータのボタンを押し間違えたようだった。私の描いていた素敵な教室は、ドアの向こうで描き替えられていたのだから。

五メートル平方ほどの部屋の中央に、長方形の大きな机が、五つ六つ寄せ合わせて置かれていた。その周囲に十脚ばかりの椅子が並んでいた。椅子と背後の壁、あるいは本棚との隙間はまったくなかった。ということは、部屋を一周することは不可能であった。

北側に日没の終わりかかった、仄暗い空を映した窓があった。部屋ぎりぎりまで場所をとって並べられている机を挟んで、窓と反対側に黒板があった。それも、もう田舎の教室でしか見かけないような古い黒板だった。

東側の壁に沿って据えられてあるガラス戸のない本棚には、書籍とはいいがたい印刷物が、余すところなくぎっしり詰め込まれていた。褐色に感光してしまっている印刷物は、天井裏に放置された古文書類のように傷みがひどかった。

「手伝ってください」

座る場所を決めかねている私に、サンドイッチや寿司を盛り付けている人が言った。目が笑っている優しそうな人だ。

「流し台の所に、キュウリがありますから」

人が一人やっと立つことができる台所が、戸口の左手にあった。湯沸かし器とコンロと戸棚と。一人暮らしに適しそうな台所だった。塩もみをして、刻んで、サラダに付け合わせるのだと。先ほどから指図しているのは、玉井さんという事務局の人だった。その人に言われるままに、キュウリを刻んでいった。

それが「神戸市民の学校」の入学式の数分前であった。前から手伝っている人や、後からやってきた人も手伝って、買ってきたサンドイッチと寿司に、手作りのサラダと果物を加えて、繋ぎ合わせたテーブルに、次つぎ見ばえよく料理が並べられた。

「食事が用意されています」

と、入学式の案内状に格好よく書かれていたのは、このことだったのだと納得する。

この「神戸市民の学校」の小島輝正校長先生は、一年前に亡くなっていた。私はそのことを知っていたが、入学を申し込んだ。なぜなら、小島校長先生が生前に、私の書いた文章について残してくれた数行の選評が、私の胸に熱いメッセージとして、焼き付いているからだった。

そのいきさつは、こういうことだった。

昭和六十一（一九八六）年の春から神戸新聞に「読者と作る文芸」という新しいページがスタートした。私はさっそく応募した。スタートラインで、始動の合図を聞いて走り始めた走者のように。胸中の思いを言葉に換えて、夢中で筆を走らせた。原稿用紙十五枚という規定の作品に仕上げると同時に投稿をした。「石」を主人公に仕立てた作品を、連作にして投稿を続けた。

そのうち、初夏に入って選者の先生方三人の、中間選評が新聞紙面に大きく掲載された。私は上段の島京子先生から読み始めて丸山栄子先生へ、そして下段の小島先生の「これから応募する人たちに」という欄へ読み進めて、目を見張った。と同時に、胸の鼓動がひどく波打ち、息をするのも苦しくなっていった。

「なかには『続き物』という形で、二編ないし三編を投稿される方があるが、これはやはり困る。やはり一編ずつを独立した作品として仕上げてほしい。何編か読み通さないと全体の意図や作中人物像が分からないというのでは、短編作品としては不的確なのである」

これは、疑うまでもなく私の作品への批評である。私以外に連作を投稿している人があったとしても、私もそれにあてはまっていた。私はショックであった。走行をストップした。原稿用紙へ向かえなくなった。

一年が経過した春に、年間受賞者が発表された。その時の島京子先生の「集合の力というものは目ざましい。圧倒される気配もあった」という感想は、私の胸板を激しく打ち叩いた。そして更に、その下欄の小島先生の選評欄を読み進めて、私はボルテージの上がっていく心臓の動悸を、押し沈めるのに苦労した。

「連作を出し続けていた石本信子さんも、内容のおもしろさにもかかわらず、一回が未完では、これまた見送りにせざるをえず」

〈石本信子……。これは福本信子ではあるまいか？　石を主人公に見立てたわたしの連作のイメージから、小島先生は、福本を石本と選評の原稿に書かれたのではないか〉

私の連作の、人が生活をする上での機微を描こうとした「おもしろさ」を、小島先生は鋭く読み取ってくれている。なんとも嬉しい限りではないか。

名前はどちらでもいい。「内容のおもしろさ」という選評を、私の作品へのメッセージだと確定付けたい。私はそう願った。しかし、確定付けるための問い合わせをはばかった。勇気がなかった。その癖、その選評が自分の作品に向けられたものかどうか、いつも知りたくてうずうずしていた。

その反面、明確にして、もしそれが自分の作品への批評でなかったなら、その方のショックの方が、数倍大きいにちがいないと思いはじめた。私は確かめないことにした。その代わりに、自分の事だと思い込むことにした。それが自分の作品へのメッセージだと断定づけることで、自分を自分で励まそうと思った。

なんということか。それから二カ月経った五月に、小島先生が神戸新聞「平和賞」を受賞されて、二日後には死亡という悲報を知った。

私は先生に一度も会ったことが無かった。しかし、先生の死去は、私の胸の中を烈しくかきむしった。傷みが充満して疼いた。

私は「読者と作る文芸」の発足する数年前は、同じ神戸新聞の詩の欄へ投稿を続けていた。幸せなことに、そのときの選者であった足立巻一先生の心に、私の詩がフィットしていったのか、私の詩はよく取り上げられた。

しかし、投稿を始めて三年ごろ、私は疲労が原因の肝臓疾患で入院するはめに陥った。毎日点滴を続けて、少し回復すると病院から「点滴」という詩を投稿した。

「作者が投稿を休まれていたのでどうしたのかと思っていたら、入院されていたのだ。早く退院されますように」

足立先生は「点滴」入選の選評の中で、そんな温かい言葉を書かれていた。私は疾患で気だるい胸の中へ、その言葉を大事にしまい込んだ。昭和五十六（一九八一）年十二月のことだった。そのあとも、継続して詩作を試みた。しかし、スランプだろうか。挫折だろうか……。疾患は心まで蝕んでいた。

自然の風にふれ、暮らしの中へ自分を戻したところで、創作の心境へ浸れなくなっていた。いろいろ試みても退院後は、机の引き出しから原稿用紙を出す気さえおきず、詩作が非常に面倒に思えてならなかった。

それから数年がたってしまっていたのだ。昭和六十（一九八五）年八月十四日、あの日航機墜落の大惨事のあった日に、足立先生の病死が新聞で報じられた。足立先生死去の記事を追っていると、私の胸の中にしまってあった先生の言葉が、涙とともにこぼれ出てきた。

「早く退院されますように」……。

冬眠していた、書きたいという心の虫が、がさがさ這い出してきたのは、それからまた一年をひと巡りしていた。ちょうどそのときに、「読者と作る文芸」欄がスタートしたのだ。私は嬉々として夢中で書いた。連作を。

……それが結果として福本信子と石本信子に置き換えられて、数行の選評で終わったのであった。が、それは私にとって、大きな足跡であったような気がする。

その一年ぐらいあと、六十二（一九八七）年になってまた詩を創り初めて、私がふたたび詩の文芸欄へ投稿を始めたとき、選者は安水稔和先生に代わっていた。

そのころだった。新聞の小さな記事で、小島先生が校長であった「神戸市民の学校」の在ることを知ったのは。そこでは小説と現代詩の指導をし、夜間部もあると書いてあった。

心が動いた。詩作の基礎を修得したいと考えたから。そして〈私のエッセイの連作に、「おもしろい」と、私の胸に熱いメッセージを残して去った小島先生が校長であった学校なら、信用できるいい学校にちがいない〉という強い思い込みが湧いた。〈たとえ小島先生がいなくても〉と、私は「神戸市民の学校」へ応募した。それが、入学の経緯であった。

食事をしながらの入学式は、緊張をほぐされた。男子二名と、女子八名の少人数の受講生であった。しかも再入学の者がほとんどで、新入生は高校教師だという男性が一人と、私と井上幸代さんという二人の女性だけであった。

六時三十分に講義が始まり、八時三十分の終了である。三宮のその学校に遅刻しないで登校するためには、姫路市に住む私は、午後四時過ぎには家を出なければならなかった。夫の承諾を得ているとはいえ、家業の帳簿の整理をし、七人家族の夕食を用意して、家を出るにはそれなりの努力がいった。

必死の思いで登校したそこは、私の夢見がちな想像を無惨にも崩した。学校というには構えの貧弱な学校だった。が、回を重ねるごとに、講義の内容の高度さが私を驚愕させた。

週に月、水、金の三日間の授業であった。月曜日は小島先生の後を継いだ君本昌久校長先生の授業であった。水曜日は女性の青木はるみ先生で、詩の芥川賞といわれる「H氏賞」を、その数年前に受賞したと言われる先生であった。そして思いがけないことに、金曜日の先生は、私が投稿を続けている神戸新聞の、詩欄の選者である安水先生であった

新聞の写真では病弱そうに思えた安永先生は、実際は健康的であった。その先生の講義は、詩の発生からの授業であった。キリスト教の無題賛美歌に詩の起源を探っていくその説は、私の考えの及びもしないことであった。気分に任せて、日常の思いを表現していただけの私にとって、詩を創造する過程で、こうした知識を得ることの大切さを、思い知ったような気がした。

水曜日担当の丸顔でロングへヤーが似合う青木先生は、詩のウソ、ホントという違った視点で、ものを見つめることの重要性を主軸に、面白い授業を進められていった。

毎回、授業が終了すると飛ぶように、七、八分先の三宮駅へ走り、帰宅すると十時を過ぎていた。幸い、山陽電車終点の一つ手前の駅から、徒歩で二、三分の距離に我が家はあった。街灯の灯りの下ばかりを通って帰宅することができるため、夜道に臆病な私でも、夜更けの帰宅がそれほど苦にならなかった。

むしろ、「神戸市民の学校」の授業の余韻が残っていて、帰宅する夜道はいつも心が豊

かであった。星空がうれしく、また雨に濡れながら帰る夜道の情緒が楽しく、それこそ詩の世界に浸っておられた。

五月から通い始めて、秋口に入ったころだった。私と同じ程遠い加西市から通う、井上幸代さんがカメラを持ってきた。青木先生と記念写真を撮りたいと言って。

入学以来最も気の合っている少し肥満気味な彼女の脇に、「それなら私も」と、みんなが帰ってしまった教室で、常に笑顔を絶やさない事務局の玉井洋子さんも加わって、青木先生を挟むとカメラにおさまっていた。同性ばかりの気安さから賑にぎしく。

そのときどうした弾みだったのだろう。私は黒板の後ろ側を覗いた。そしてドキリとした。裏の囲いの中に事務机があり、壁に小島先生の遺影が掛かっていたのだ。

ロダンの「考える人」の銅像よりは少しソフトな感じで、右手で頬を支えた顔写真だった。かなり黄ばんでいた。新聞で見た「平和賞」の受賞式に、病院から出席したというガウン姿の写真と比較して、少し若いころの写真であった。

「ねぇ、ねぇ、ここで撮ってくれない?」

写真だとはいえ、小島先生に巡り会えた嬉しさに、私は夢中で井上さんに懇願していた。

新しい君本校長先生の講義は、戦前の二人の詩人と戦後の二人の詩人を取り上げて、詩の綱引きを試みながら、詩を理解させようとした。そして、授業の後でいつも原稿用紙数枚の小論文を次回の授業までに提出させた。提出したその論文を基に、校長先生が批評を述べながら、授業が展開されていった。

論文を書くための教材は、戦前の詩人、山之口貘と関根弘、戦後の詩人、正津勉とねじめ正一の四冊であった。それぞれの詩集を読んで、論文を書く作業は私を楽しくさせた。

講義期間の半年は瞬く間に過ぎた。その二十三期の卒業も間近になって、ねじめ正一の「下駄履き寸劇」と「脳膜メンマ」という詩を読んで論じなければならないときは、閉口して筆が鈍ってしまった。それでも私は読了すると、論文を書き上げて提出した。

「まず、『下駄履き寸劇』や『脳膜メンマ』という詩のように、目をそむけずにはいられないものを面前に突き出し、いかにもこの詩が、新しい境地へ高めようとした芸術作品だといって、提示したところで、人々は納得するだろうか？

また、ねじめ氏のその詩の場合、アダムとイブの時代へさかのぼって、もともと美しいものであるものを、目をそむけたくなるような汚い言葉で、粗雑としか思えない方法で、表現しているところに問題がある。

私の考える芸術作品の定義は、品格があって、人々の共鳴を呼ぶことということを第一義にしている。私のその基本姿勢から、ねじめ氏の『下駄履き寸劇』や『脳膜メンマ』の詩は、はるかにかけ離れていて、反発以外の何ものも湧き上がってはこない」

これは私の提出した論文の概略である。

この論に対して、君本校長先生は、「粗雑」という表現は好ましくない、と指摘したあとで、

「あんたのは、できあがった芸術論や！」

と、威嚇的に言い放った。その校長先生の一言に、一人の人が中立を保った以外、その他の受講生のだれもが、同調するようにうなずいていた。私は虚勢を張った。私の論は間違っていないのだと。そして、黒板の裏側の〝ソフトな考える人〟小島先生の写真へ向かって、心の内で助けを求めていた。

〈小島先生、私と一緒に綱を引っ張ってください！〉と。

古本屋さんがやって来た

いつごろだったのだろう。K新聞のコラムで、三島由紀夫氏について研究をしているという古書店の主人Y氏が、『三島由紀夫作品総覧（新訂版）』を出版したことが書かれていた。問い合わせの電話番号が載っていたので、電話をした。手に届く値段なら欲しいと思ったからだ。電話に出たY氏は、

「とてもいい本だと言ってね、外国の大学からも買いに来てくれました。あなた、いりますか？」

問い合わせの電話のときは、混線しているかのような、途切れ途切れの言葉でY氏はそう言った。

「見せて戴いてからでないと、買うかどうか分かりませんが、幾らぐらいするのですか」

「〇万円です」

予想外の値段に私は少々驚いた。私家版の手作り限定版らしいが、非常に高価だと思った。私の知りたいのは三島由紀夫氏の演劇に関する部分だけであった。そのために〇万円もする本を購入する訳にはいかない。購入するかどうかは、上京したときに書店へ寄って現物を見た上で決めたい。

そういうこちらの意向を伝えて、電話を切ろうとすると、私の「本」の出版に関して、何に載っていたのかと質問を返してきた。低くて消え入りそうで、途切れがちの声だった。その上私の言葉が聞こえにくいらしく、何度も聞き返してくるのだった。

「K新聞です。関西で発売されているK新聞です」

「そんな新聞を私は知りませんが」

東京の人には地方のK新聞は知られていないらしい。もちろん記載された記事も本人は見ていなかった。

本人の知らない記事なら、コピーをして送りましょう。私は親切心を起こして記事のコピーを送った。送ってしばらくすると、私の知りたかった演劇関係の記載部分の二、三枚だけ、コピーをして送られてきた。新劇の、「文学座」関連のことを知りたがっているだけの私には、『三島由紀夫作品総覧』は必要なかった。

ありがたく思った私は、日を置かないで菓子折りと共に礼状を送った。それっ切りそのことは、すっかり忘れていた。ところがその古書店のY氏が、お盆も過ぎて、朝夕、やや涼しさを肌が感じ取っている残暑のある日、ポロシャツの軽装で姫路へやって来たのだった。私はJRの姫路駅前でY氏を出迎えると、真上の太陽の光が跳ね返って、銀粉をちりばめたように輝いている、姫路城の正面へ向かって、車を走らせた。

「ああ、美しいですね」

Y氏は言葉をゆっくり吐いた。姫路へは初めてだと言うので、日本一で世界遺産にもなった城だから喜ばれるものと思って、城内を案内しましょうと言った。

「いや、城はいいから、ゆっくり話のできる場所がいいです」

即座に答えようとしてY氏は言葉を詰まらせた。難聴者というより軽い脳性麻痺を患っていて、少し口元と指にも麻痺のある人であった。私は車を城の東側の駐車場へ入れた。紅葉の始まりかけた葉桜並木に覆われた、東西の道を横断しながら、中央あたりで止まり、城を背景にしてY氏を写真におさめた。道を渡り切ると、そこは赤いレンガ造りが美しい姫路市立美術館の敷地であった。

私は美術館内の喫茶部へY氏を案内した。企画展にもよるが、普段は入館者が少ない。館内は静かな空気が満ちていた。入口を入ってすぐ左側の喫茶部も人びとはまばらであった。椅子と同じ高さの透明ガラスのテーブルへ、二人は向かい合って座った。

「神戸へは、商用で？」

「いえ、息子が野球の日本ハムのファンで」

会いたいと連絡をしてきた若い電話の声の主は高校生だったのかと、うなずいて見せると、××大学の講師をしているのだと言った。

大の大人が野球の観戦だけで、東京から神戸へやって来て宿泊してまで……、と私は多少驚いたが、Y氏が息子と一緒に神戸へ来たのは、私と会う目的も折り込んでいたらしいことを知って、なお驚いたのであった。

そこでY氏が低い声で遠慮がちに語り始めたことは……。

三島由紀夫氏は、陸上自衛隊市ヶ谷駐屯地で自決する一週間前に、東京のTデパートで一生のすべてを展示する「三島由紀夫展」を開催した。その際、三島由紀夫氏は、「書物・舞台・肉体・行動」の四つの河が『豊饒の海』へ流れ入るように構成したが、そのうちの「書物」に関して、ほぼ全面的にこの私に任してくれたのです。

そしてそのときは、私の所持する書物や資料が、個展開催に協力できる光栄と感激にひたったものです。

私はその準備前後で三島氏とは、色いろと話をしたぐらいだから、三島由紀夫氏について多くを知っている。それをあなたに話したいからやって来ました……。

前置を、そのように語ったY氏は、

「三島氏の存命中に、作品年譜を作って三島氏へ贈ると、非常に喜ばれ、家へ招かれて御馳走してもらいました。うふふふふふふ」

頭を右に倒して目を細め、はにかむように言うと、ふあふあと軽い笑い声を立てた。

「三島氏はそれから後、本を出版するときの作品年譜を、私の製作した年譜を使ってくれるようになりました。そのつど家に招かれて御馳走になりました。うふふふぁ、……三島氏が居ないときは、両親が御馳走してくれました。うふふふふぁ」

山羊のような優しさを感じるY氏は、羽毛の感触に似た笑いを何度もこぼした。自分の作成した三島氏の作品年譜を三島氏自身に認められたことが、どんなに嬉しいことであったか。Y氏自身が語るまでもなく、その笑い声が証明をしていた。

幸せそうな笑顔で、運ばれてきたコーヒーを飲んでいるY氏へ、私は心の底に未解決で沈殿している質問を向けた。

「三島氏があの事件を起こしたとき、色んな人が、色いろな角度から三島氏について発言して書きました。ある本では精神が異常であったと……。Yさんには分かりますか？正気だったか、狂気だったか」

「あなたは、どう思いますか？」

Y氏は答える前に、質問を返してきた。

「私は正気だったと……」

一度切りであったが、三島氏と会話を持った経験のある私には、狂気に結び付くものが見えてこないのであった。だから狂気でなかったという証明はできないが、私の心中では正気であったにちがいないと思う方が強かった。その思いを素直に口に出した。

「……どう言う状態であったか、誰も分かりませんが……、ただ、世間に対して醒めていました……」

眼鏡を外しながら憂い顔で、Y氏はゆっくりと答えた
「醒める？」

「世間が酔っている状況で、彼は醒めていました。虚弱体質の運命を背負って、醒めて

いました」

また肢体不自由である者は、母の母体の中に居るそのときから、運命を背負って生きていかなければならない。拭いようもない運命はいつも世間一般の人びとの目を意識していなければならない。三島氏と私はその悲しみを慰めあうような形で繋がっていた。と、古書店の主人は三島氏と自分を引き合わせて、訴えるようにまるで弱者ときめてかかってその切なさを語った。その弱さを受けとめてから私は次の質問をした。

「また、人によっては、三島氏を極右翼者と見ていると思いますが」

「評論家がそっぽを向いて、本質を語ろうとしないからです。K・O氏にしても」

「K・O氏？　あの方は私が読んだ限りでは三島氏を弟のように思い、尊敬し、かなり本質に近い記述をしていたと思いましたが」

「いや、誰も本質から目を背けています」

「何故ですか？」

「誰も、自分が可愛いのです。恐れて本質を書こうとしません」

「何が恐いのですか？　右翼ですか」

「政治家。政治家は暴力です」

「そう言えば、三島由紀夫氏の父上によって書かれた、『倅』という著書の中で、述べられていましたね。息子は政治家に利用されたのだと……」

「……だれも、書きません。本当のことを」

優しい目が険しくなった。同時に、痩身のY氏の体は、悪戯をされてハサミを振りかざし、もがき出した蟹のようになった。怒りを噴出させて体を大きく揺すった。私は何故かそのとき、Y氏の背後に、薄暗いジャングルのもつれあった樹林の広がりを、見る思いがした。

実は、もう三十年余り前になるが、私は娘時代に獅子文六という作家の邸宅で、お手伝いさんとして住み込みで働いていた。そのころ、『喜びの琴』という列車転覆のあった松川事件をベースにして書かれた、三島氏の戯曲を上演するしないで、所属していた新劇の「文学座」と三島氏の間で騒動が起きた。

「文学座」は、もともと久保田万太郎と岸田国士と岩田豊雄（獅子文六はペンネーム）三氏が創設したものだが、騒動当時、存命されていたのは岩田氏だけだったので、三島氏は相談にやってきたのであった。

私はその訪ねてきた三島氏を玄関先で出迎えて応対し、応接室へ招き入れ、お茶の接待をした経験があった。

その日、目にした三島由紀夫氏の手は、蝋人形の手を思わせた。冷たそうに見えて透き通る白い手は艶やかであった。指が細ながくて、非常に美しい女性的な手であった。男みたいに太い指である私はそのとき、その手に魅せられ、羨望さえ抱いたのであった。


私はマスコミの報道では納得のいかない真実を知りたかった。強烈に目の奥へ残像を植えつけたその美しく弱よわしい手が、目にして数年後に、どうして残酷にも自身の腹部を刀で引き裂いたか。しかも、「天皇万歳」と叫びながら。

「どうして三島氏は、あんな残酷な行動に出たのでしょうね。その上、どうして『天皇万歳』だったのでしょうね」

そんな矢継ぎ早の質問が、私の頭を駆け巡ったとき、難聴で言葉の不自由なY氏の、詰まりながら、ゆっくりしか返ってこない答えがもどかしかった。私は自分の手帳を開いて筆談を求めた。

「三島氏は昭和天皇を尊敬すると言うのではなく、むしろ嫌いだった。……三島氏の言う『天皇万歳』は、美しい言葉を持つ日本の歴史を造ってきた伝統天皇への万歳です」

Y氏は私の差し出した手帳へ、三島氏の心を伝えようとして、懸命に書くのだった。

「人間一人一人が、人間性にとどまらないこと、神性の喪失を奪い返すこと……」

テーブル上の私の手帳へ、うつむいて書いていたY氏は、書き終わると、何かに憑かれたような表情で、ぽつぽつと、たくさん並ぶ小さな穴から、柔らかな光が漏れる美術館ホールの広い天井を仰いだ。

「だからといって、また天皇を神として奉るのは問題があると思いますが」

私も手帳へ質問を記述した。筆談は何度も聞き返されなくて済む上に、隣へ座った二人の中年の婦人連れに、三島由紀夫氏がどうの、天皇がどうのと、日常を逸脱している会話で、変な思いを抱かれないで済むではないか。

「宮沢賢治が宇宙に向かって創作を展開したように、三島氏も宇宙の生命体へ向けて思考を広げていこうとしたのです。あらゆる国を回って見てきた三島氏は、日本の良さを、身を持って知ったのです。言葉一つにしても、変な英語を使わなくても」

美しい日本語を大事にして、英語を使う必要はないのだとY氏は強調した。Y氏が強調するのは、三島氏を尊敬し、共鳴しているから当然ではあるが。

「でも、これからの世の中は地球を一つの国と考えて、共通の言葉を使って、理解を深め合いながら、生存していく方向へ転換させていかなければ、とても……」

最近、海外へ出ていく日本人は多い。英会話教室へ通う人は想像以上に多くなった。また逆に、外国から日本へやってくる人びとも、年ごとに増加しているはずである。

Y氏へ私は私の思いを率直に返した。が、Y氏と話し合いをしているうちに、三島由紀夫氏が、〈何故、美しい手に刀を持ったか〉という私の心の底に沈殿していた疑問が、何となく、溶解し始めていることを感じ取っていた。それと同時に、庶民感覚で考えても、大切にしなければならないと思う、優れた日本の部分までも、崩していきながら、確実に、時代が流れているのだと、私は強く感じ取ってもいた。

「あのとき、三島氏と行動を共にした人たちは？」

命を絶った三島氏に対して、行動を共にして生きている若者の数名が、事件後、どのようにして人生を送っているのであろう。ふと、私は知りたいと思った。私は恐る恐る質問をした。

「田舎で塾をやっています。若い人に日本のあるべき姿を教えています。……ドイツへ渡った一人は私に預けていきました。彼の大切な品物を」

……〈真剣な一途さが、二度と、暴挙を生まなければいいが〉……私はそんな思いにかられながら、Y氏が、もう中年に達している彼らの近況を伝えようとして、うつむいてぼそぼそとこぼす言葉を飲み込んだ。

「三島氏の父上は……？」

「三島氏の自決後にすぐ亡くなられました。母上もしばらくして……、瑶子夫人はこの間突然亡くなられましたが……」

「たしか、娘さんと、息子さんがおられましたね」

「娘さんはこの間、結婚されました。息子さんは、なんでも、銀座で宝石店を開いているが、今、景気が良くなくて……、大変らしいと噂を聞いています……」

私が質問を三島氏の家族へ向けると、Y氏は俯いていた顔を、幻か何かを追うように天井へ向けて、年代があいまいなままで状況を説明した。現在、Y氏の三島家への往来はないようであった。

「三島氏の最後の作品となった『豊饒の海』を、読まれましたか？」

首を長く伸ばして天井を仰いでいた目を、私の方へ移すとY氏はおもむろに言った。

「いえ、まだ……」

「あの四部作の作品を読むと、分かります、三島氏の思いが……」

Y氏は再び、広い天井へ目を泳がせて言った。そして左脇に置いていた黒皮の鞄を膝にのせて開けると、みどり色の表紙の掛かった分厚い本を出した。少し小型の百科事典ほどの厚さがあった。それが新聞に掲載されていたY氏が出版したという自家製『三島由紀夫作品総覧（新訂版）』であった。

「これには、三島氏の小説、戯曲、対談、論文、詩、エッセイなど、すべての作品が年代毎に索引できるようにしてあります。あなたの働かれていた所の文六先生と対談をした時のことも、ちゃんと記載してありますよ」

「獅子先生と三島氏が対談？」

Y氏は、私が興味を持ったことを見て取ると、ぱらぱらと頁を繰って、三島氏と獅子先生の対談記録の頁を開いて見せた。そして言った。

「この本、いりますか？」

私が買わなければ、Y氏は何度でも本の良さを説き続けてきそうであった。私は財布を開けると、Y氏が示した値段の〇万円を高価だと思いつつ、Y氏に手渡した。

白紙の日記帳

何故、Sさんは日記帳に書こうとしなかったのだろう。死が、そこに近づいていることを、自身で痛いほど受け止めていながら。

Sさんは眉の太い小柄な人であった。そして、昭和四十八（一九七三）年の春に私の長男が幼稚園へ通うようになって、夫が育友会会長に選出され、何だかんだと用があって、よく幼稚園へ出かけていたころに在籍していた、やや小太りな可愛い先生の旦那さんであった。

このSさんは、その年の運動会に来られていて、先生から、

「私の旦那さんです」

と、はにかみながら紹介をされて挨拶をした程度だと、夫は言っていた。

それから十七年が過ぎた平成二（一九九〇）年の年明け早そうのことであった。夫が膵臓癌の告知を受けて、手術をすることになり、入院をしたT病院に、Sさんも入院をしていたのだ。

手術前の検査中に、夫は時間をもて余していた。たっぷりある時間は、恐怖を濃厚にして心を圧迫し、悩ますばかりだったことであろう。夫はじっとしていることに堪えられなくて、夢遊病者さながら、病院内をあちこちうろついていたらしい。

当時拡張されつつあった病院は、東病棟をブルーのシートで遮断し、西病棟だけで患者を受け入れていた。改築されていく病棟は、廊下が広くて明るく、非常に近代的であった。ひょっとして、知人が入院をしているかも知れないと思いつつ、入院患者の名札を読み上げながら、夫は当てもなくぼそぼそと二階病棟の廊下を、パジャマ姿で歩いていたのだ。

そのとき夫は、うろ覚えに覚えていた先生の旦那さんの名前を見つけたという。

「はっきりと分からんけど、どうも、S先生の旦那さんのような気がする」

検査中は付き添いが必要ではなく、午後の面会時間に病院へ戻ってきた私へ、夫がそう伝えた。

「S先生はまだ若いから、旦那さんもまだ若いやろ。何の病気やろ……」

「何か分からんが、この病棟は癌患者の入院している病棟やから、癌であることは間違いないやろ」

夫はSさんが、自分と同じ癌患者であることは間違いないと断言した。しかし私は、まさかと、疑いながら聞き流した。救いようもなく生命を滅ぼす癌は、夫一人で十分である。他の誰も癌であってほしくない。

まして、明日に夫の手術が控えている。私の頭の中は夫の手術への不安が、一針の隙間もない密度で詰まっている。不眠で吐き気が襲っていた。その時点で、先生の旦那さんのことまで、私の耳は受けつけなかった。

当日、夫は、手術で膵臓二分の一、十二脂腸全部、胃を三分の二まで摘出した。予定より所要時間がかなり超過して、五時間三〇分の大手術であったが、無事終了をした。

しばらくして、ステンレスのトレーに乗せられた鶏の内臓とよく似た、ずず黒い臓器を提示されながら、医者の説明を受けることができた。

「これが膵臓の奥の部位ではなく、ほんの入り口のところに出来ていたため、摘出可能で、よかったんですよ」と。手術中の血痕が付着している白衣のまま、医師は生なましい異物を、ピンセットで転がしながら説明をした。目を背けたいのを我慢しながら、切開で、夫の体から取り出された肉の塊を、私はしっかりと見届けた。

その後、麻酔の覚め切らない夫との面談を許されたが、異常が起きて、いつ悪化するとも限らないのだと医者から通告され、集中治療室のまま病室がまだ決まっていないこともあって、私は待合室で寝起きをしていた。その三日目を迎えた朝であった。

夫は、集中治療室ICUから普通病室へ移して欲しいと、医者に嘆願した。

「隣人のデーター画面の、波を打っていた心臓の映像が、ピーッ！と鳴って横線を引いたかと思うと、看護師さんが慌てて医者を呼びに行ったんや。そして、すぐ、医者が飛んできて、馬乗りになって、心臓マッサージを始めたけど、息を吹き返さなかった。……ほんまに、ピーッ！といったら、ほんの一瞬やった。心臓が止まるのは」

そんな状況を目のあたりにしていると、恐おうて、いつまでもICUによう居らん。すぐに病室へ移して欲しい。夫は医者に訴えた。

要望が聞き入れられて、予定より早く個室に戻った夫は、高熱が続いた。かなりひどい幻覚症状が出た。うなされて、うわごとばかり口走った。

「お前、寝とったらあかんやろ。起きて、早よお、お金を払いに行かな。ええ薬が買えへんやろ」

口が渇いてヒリヒリするらしく、氷を含ませて、うがいを何度もさせるのだが、苦しいのだ。治りたい一心で、同じ言葉を何度も口走った。

毎日輸血が続く。腹痛がしきりに起こって灌腸をすると血便が出る。黒色に近い茶褐色の汚い便である。

五日目に養分を流し込んでいた鼻の管が外され、十日目に看護師さんの指示で、起床の練習のためにベッドを半分起こすと、頭がふらつくと言って吐き気をもよおした。

手術後三週間が過ぎても高熱は下がらないし、腹部に、数本の管が突き刺さったままである。

「体がだるい。しんどい。どうかしてくれ」

身の置き所がないのだ。夫が弱よわしく、苦しみを訴える。

水分以外に何も口にできない体は、またたくまに痩せ、はちくっていた足の肉も、ぶよぶよになっていた。私は驚くほど柔らかな皮膚になっている足の裏を指圧しながら、

〈こんなことが続いていると、夫は死んでしまう。神様、仏様、助けて下さい〉

溢れそうになる涙を、主人に見られないようにそっと拭き取っては、心の中で繰り返し繰り返し、牛が牧草を咀嚼している感じで祈っていた。

そのころ、昼夜、分刻みでうがいをさせたり、尿を捨てに行ったりして、夜もほとんど眠らないで看病をしなければならない私は、疲れが出はじめていた。自分では正常だと思っていながら、寝ぼけていたのだ。真夜中にトイレに行き、病室へ戻ろうとして、他の人の病室へ入ってしまったりした。真夜中はどこも病室内は消灯をしている。間違っていることに気づいて、慌てて暗闇の病室から飛び出すことを、何度、繰り返したことか。

しかし、あまりに度重なるため、不審がる人が居て、侵入して、物を盗る行為ではないかと誤解をする人が出たのだ。気持ちよく挨拶をしていた人が、白眼視するようになり、挨拶を避けるようになって、私はやっと疑われていることに気付いた。その後、疑いを晴らすためにどうすればいいか、心が疼いた。未解決のまま日が過ぎて、私の体調がやや戻ると、病室を間違えることはなくなったのである。

一つの苦境を脱出した安堵もつかの間、疲れた心に覆い被さるように、思わしくない夫の病状が私を追いつめた。検査したときのバリュウム液を排出するために、飲まなければならない水を受けつけなかった。水が飲めないために、薄緑の胃液を吐いた。

「頑張るしか仕方ないから、頑張るからな」

弱っている夫の言葉は、から元気で痛いたしい。食欲のない食事時間は、辛いらしく、大きなため息をつく。

「ああ、つらいなぁ、食べたくないなぁ」

どろりとした流動食を、しばらく眺めていて、目をつぶって口に押し込んでいた。同じ状態が繰り返されながら、わずかずつ回復に向かっていったのだ。一カ月すると、点滴を繋いだままながら、自分でトイレや歯磨きに行けるようになっていた。

私はそのころ、髪がバサバサになっていて美容院へ行くことにした。夫を納得させて帰宅をし、急いで病院へ舞い戻ってくると、夫は熱を出し、すっかり頬がこけ、不安そうな目で伏せっていた。そして、

「幼稚園の先生の主人が今まで、ここに居てくれたんや、『福本さん頑張りよ』って」

Sさんも、幼稚園で妻から紹介された人が入院していることに気がついていて、一度挨拶に来たいと思っていた丁度そのとき、看護師さんから福本さんが熱を出したと聞いて、慰めに来てくれたのだった。夫は、Sさんの来訪が何より嬉しかったのだ。目頭に涙を溜め、うれし泣きをしながら、Sさんが病室を訪問してくれたことを語った。

その日から私たちはSさんと親密さが増していった。ナースセンターを挟んで、ちょうど反対側の病室にいるSさんは、夫の病室を訪問して来ては色いろと語り始めたのであっ

た。

下痢と高熱が続いて辛いこと。辛抱をしようと思うが激痛に耐えられなくて、注射を打ってもらうこと。その注射もモルヒネという劇薬で、副作用がきついために、痛いからといっても、よほどでないと投与してもらえないこと。

妻や娘が、好物を作って持って来てくれるが、まったく食べたくないこと。勤めの忙しい中で作ってもらった物だから、悪いと思って食べると下痢で苦しむこと。

日毎に干しスルメのように細っていくSさんは、私が帰宅したときに限って夫の部屋へ姿を見せ、夫が臥すベッドの後方に座ると、静かに、ささやくように淡たんと、自分の病状を夫に語ったという。そして、

「五年前に腸癌を手術して、再発の私は、もう、助からんと思うが、福本さんはきっと、よくなるからがんばりな」

Sさん自身の方が三人の小さな子どもがいて、よほど辛いだろうと考えられるのに、夫を励ますと自分の病室へ引き返したという。

Sさんの妻である先生が、幼稚園の勤めを終えて夕方病院へ姿を見せるのを待って、私と先生は、廊下の隅でお互いの主人の病状経過を語り合った。

私の夫は、「覚悟して、自分が死んだ後、五人の子どもたちと、どう生きていくか考えとけ」と、私に執拗なくらい迫った。

「先生のご主人は、死を意識されているとしたら、子どもさんたちへ何か、言い残したいと言われていますか？」

「それが、何も話さんのや。何か言ってくれるといいのやけど」

幼稚園では、元気で溌剌としていた先生の顔は、頬がこけ、救いようもなく寂しそうだった。私は先生の気持ちが理解できるだけに、日記帳をご主人にプレゼントして、それに書きたい事を書くように言いましょうと、提案をしたのであった。そして、実行をした。

無駄であった。入院後七十二日目でどうにか退院のできた夫が、Sさんに挨拶をして退院した後の数日後に、Sさんは亡くなった。日記帳は白紙のままだったという。

私は夫の健在をありがたく思いながら、ときどきSさんのことを思い出す。何故、家族に向けて、一行のメッセージも書き残さなかったのだろうと。

女々しい自分をさらけ出したくなかったのだろうか。すでに書く気力も何もない状態であったのかもしれない。いや、悲しすぎてかけなかったのに違いない。

日記帳を白紙にしたまま世を去ったSさんの、心の内側をあれこれ詮索したところで、真実は何も分からない。Sさん自身が語らなかった家族への想いは、永遠に謎のままで、解明は不可能である。

私は白紙のままだった日記帳に、Sさんと最後に病院の屋上から見た、夕日の風景写真を、残された家族のために、貼ってあげたいとよく考えるときがある。

夫が入院をしていたT病院の、屋上へ出入りするドアは、確か、午後七時には閉じられた。閉じる十数分前には必ず、ドアを閉める知らせの放送があった。その日は放送を聞いてから、屋上へあがっていった。干していた夫の洗濯物を取り入れるためであった。ドアを開くと、勢いよく風が吹き込んできた。四階建てビルの屋上だから、平地と比べればかなり風はきつい。しかも、春を間近にしていながら、肌を打つ風は差し込む冷たさがあった。

いつも広い屋上いっぱいに干されている洗濯物は、ほとんどの人が、すでに取り入れていて、あと二、三枚が、はためいているだけであった。障害物がない屋上は、見透しがよかった。その屋上の端に、塀に凭れかかるようにして、Sさんが立っているのが見えた。

「きれいな夕焼けですね」

背後から私が声を掛けると、Sさんはびっくりしたようにして、振り返った。

「久しぶりに見る夕日です」

体力が衰えていく一方で、屋上へ上がってくる回数が減り、今日は久しぶりに上がって来たのだと、Sさんは消え入るような声で言った。私はそのまま引き返すことに躊躇して話しかけた。

「主人が元気なときは、新舞子浜の夕日を、よく撮影に行きました」

綺麗な夕焼けは、空が晴れていて、空気が凍るように冷たい日でないと見られない。しかも、変化に富んだ雲が、適度に浮かんでいること。でなければ、平凡すぎて、いい夕日の写真が撮れない。夫は私にそんな講釈を説きながら、写真を撮りに行ったのだと。

低い山やまが連なる上から沈んでいく、日没の風景を、静かに、眺めていたSさんの横に立って、私はそんなことを賑やかに話したのであった。洗濯物を脇に抱え持ったまま。

「……」

Sさんは、うるさいと思ったに違いない。しかし、怒りもしないで、静かに、おしゃべりな隣人の話を聞いていた。

風でふわりと浮き上がってしまいそうな、癌に冒された細い体は弱よわしく、見収めに、力を振り絞って屋上へ上がってきただろうことが、はっきり感じられて私の胸は痛んだ。

「風が吹いて、空気が澄んでいるから、ほんとうに、綺麗な夕日ですね。あの夕日も明日にはまた、東の空から、輝きながら昇ってくるのですね」

夕日が山陰に沈み、深紅の彩りが薄れた。急激に肌が冷えてきた。Sさんが家族と眺めたかっただろう気持ちを汲み取りながら、戸の閉まる時間がきている事を告げて、私はSさんに階下へ下りることをうながした。

病院のすぐ北の高速道路は、まだ、バブルの弾ける前の好景気で、途切れることなく自動車が騒音を撒き散らしながら走っていた。

石橋をたたいて

姫路を発って博多に着くと雨であった。一人で行くのだと言い張った病弱な夫に辟易しながらも、私は内心で、福岡ドーム行きにある種の期待を抱き、無理やり同行を決めてやって来たのであった。

この旅行は、古希に近づいている夫にとっては、一リーグ制か二リーグ制かで紛糾し、野球史上初のストライキをうち、今期、福岡ドームを最後に売られる可能性が強い球団の試合を見るためであった。

私にとっては、かって関西の経済界の重鎮であったN氏が、膨大な夢を描いて建設したドームにホテルを併設した壮大な雄姿を、実際に眺望できるチャンス到来の旅であった。

列車から乗り換えた、雨降る海沿いを走るバスの車窓から見えてきたドームは、球場というより薄茶の円形の巨大なビルディングに見えた。バスを降りて眼前のドームへ入るには、歩道橋を渡り、かなりの距離を感じさせる広場を歩いて行かなければならなかった。

「最初に、私の入場券を買わないと」

「そうや。一枚ぐらい当日券は買えるやろ」

夫は一カ月前にインターネットで券を購入していた。私は春からO校区婦人会会長に選出されていて、予定が入ってくるもろもろの行事の都合で同伴は未定であった。何とか、中学校の体育祭の招待を、評議員であるTさんに代表で出席してもらい、同伴を決めたものの予約券の購入はできなかった。

もともと私は野球観戦が目的ではない。天井の開閉ができるという、ずっと以前の旅で目にしていた建設中のドームとホテルの完成した姿、その実物をこの目で見てみたかっただけなのだ。入場券が購入できなければ、ホテルにいて近辺を散策する、という条件で同行して来たのだった。

購入できた当日券は、夫の券に合わせて求めたわけではなかったが、不思議にも、夫の席から横列に八名ばかり左に離れているだけの座席券であった。

ドームの地続きにショッピングセンターがあり、その後方に高層ホテルが聳えていた。

そのホテルも、博多から向かった福岡駅構内の旅行案内所で予約したばかりであった。高級な部屋はいらない。野球観戦の終了後に一泊できればそれでよい。しかも、朝夕の食事抜き、大浴場の入浴を取りやめた宿泊であるにもかかわりなく、普通のホテルよりかなり割高な宿泊料金が必要であった。

試合一時間前にはホテルを出て、球場で弁当を買って座席に着く。ダイエー・西武戦であった。強靱なピッチャー松坂が先発の西武に、序盤からダイエーは三点の先制点を許した。すぐ一点を返し、あと一点を加えたが、その後ダイエーはなかなか点に結びついていかない。夫の贔屓する若い川崎選手は、いつもの活躍が見られない。夫はやきもきしているらしい。

私は試合の勝ち負けより、気炎を上げて、重くて巨大な旗を振ったり、力の限り太鼓を打ち叩く応援団の熱気に煽られ続けていた。

試合の途中で、場内アナウンスがあった。

「今年の入場者は、三〇〇万人を突破しました」

すごいなー。私は胸奥で驚嘆しながら、一方で、バブルが弾けなければ、N氏の事業は破綻しなかったのであろうか?……と、やや悲痛な思いを抱きつつ、ある日の情景を蘇らせていた。

私は昭和六十（一九八五）年に、N氏の経営方針を探るためのような、「女性の社会進出は、消費生活にいかなる変化を与えるか」というテーマの懸賞論文募集に応募して入賞した。その賞金授与式で入賞者数名とN氏との懇談会があった。そのとき、ふくよか、というよりやや腫れぼったい顔のN氏に対して、私は畏敬のまなざしで、一言、言葉を掛けるのがやっとであったのだ。

そのころのN氏の事業はまだ初期の段階であった。が、その後のN氏は世間の驚きと注目を浴びながら、日本全国各地に無数のコンビニエンスストアを開店させ、アメリカへ進出したかと思うと、国内に大学を設立して入学式に英語でスピーチをすることで話題を呼んだ。その上神戸にホテルや劇場を創設。この福岡ドームとホテルの併設をも実現した。その他あらゆる異種の事業を急激に発展させていった。

特に阪神淡路大震災の前後を通して、N氏はマスコミにもよく登場をし、関西の経済界を牛耳っているかのように見えていた。が、現在、N氏の築いていった事業は、莫大な負債を抱えて、つぎつぎ売却され、健全な野球チームさえ売られようとしている。

文学にも憧れていたというN氏は、企業経営者にとって最も必要な、〝先見の明で石橋を叩いて渡る〟という理念を、どの程度、肝に命じていたというのであろうか。

「惜しいな、ダイエー（現在のソフトバンク）負けてしもた。明日も泊まって試合を見よう！」

夫が地団駄を踏んで悔しがったが、そのころ野球史上初のストが決定されていたのだ。

町を動かす人

いつごろからO氏と親交が始まったのであろう？　五年前？　いや、十年前？　いや、もっと前に違いないと思う。が、しかしどうしてもはっきりした年月が思い出せない。

平成十六（二〇〇四）年の『獅子文六先生の応接室』の出版記念会で、O氏は司会を快く引き受けてくれたのだ。もしその時点で、かなりの年月の知己でなければ、詩人で名を馳せているO氏が、素人である私などの出版記念会の司会を、引き受けてくれるはずがない。

五年前に私が姫路文学館の「播磨文芸祭」の連絡委員会にYさんと交代して参加するようになったとき、O氏は何年も前から連絡委員であり、委員会で顔を合わせると、失言をする新参の私を庇ってくれる人であった。しかし、そのころでも特に、親交があったわけではない。また、文化人が集う「播磨半どんの会」でも月並みな会話をかわすぐらいにすぎなかった。

親交への不思議さがありながら、最近、O氏は姫路市の文化に関して人並み以上に関わって、文化の振興に最も寄与している人物像として、私の前面に浮かび上がってくる。「姫路シネマクラブ」運営、「姫路地方文化団体連合協議会」での提言、提案。劇団の脚本創作、ホームソンググループの「ひとつ山こえてみよう会」所属など、ワンマン的な強引さはなく、黒子的ソフトな行動で、さまざまな文化的企画に参加し、プロデュースし、町を動かしている。

町が活き活きと動いていくためには、文化活動に対して、着実な実行力のあるO氏のような人物の存在が不可欠ではあるまいか。

JRが新快速を走らせるようになって、姫路市の人びとは身軽に神戸や京都まで足を延ばせるようになってしまった。かつての賑わいが衰え、町が沈んでいく傾向が市民の胸にも感じられるようになっている。もし、姫路市に神戸や京都以上の魅力があれば、人びとの流出を防げるのではないか。

もともと姫路市に魅力が無いわけではない。姫路市役所B部署の課長K氏（現在、姫路文学館副館長）は、物づくり職人、いわゆる漆塗り、指物・建具、織物・工芸など、伝統に培われた技を持つ物づくり職人との付き合いを、常日頃から大事にしている人だ。その上で、K氏は、「物づくり職人を大事にし、公が保護する立場でいなければ、地域社会には何も育たない。よい物もすたれていく」と、行事の際には、地産の張り子作品や木工、陶芸など伝統を組み込む作品を使用するなど、信念をもって、自ら職人さんたちへの理解者であろうと努力もしている。

O氏の文化をプロデュースする立場と異なり、当時課長であったK氏もまた、間接的な立場で姫路市の文化を育てる意味において、大きな役目を果たしている黒子の一人と言えはしないか。

兵庫県が平成十二（二〇〇〇）年に地域ビジョンを立ち上げたとき、七つ八つ掲げたビジョンの一つに、〃住民一人一人の意見を重要視し、自己実現を〃というキャッチフレーズも掲げていた。私はそれに魅了されて、地域ビジョンに参加。そのビジョンの中播磨県民局委員会（ビジョンが立ち上げられたときは西播磨県民局で、範囲の変更により中播磨に）の副委員長に選出されたM氏もまた、町の文化を興す人として、私を刺激して止まない。

少し話が変わるが、中播磨地域ビジョンの幾つかある分科会でM氏も私も、「地域をネットで結ぶ拠点づくり分科会」に属していた。中播磨総合庁舎の一室で分科会が開催されると、毎回激しい意見交換があるわりに、決定的な方向性が摑めなかった。

その数年後の新体制で、私は当時の地域ビジョン課長N氏の理解もあって、新しく「夢サロン」プロジェクトを立ち上げることができた。その芸術鑑賞とコミュニティを目標にする「夢サロン」の第一回目を、私の住む平松町公民館で開催する運びになった。

「夢サロン」の開催に向けて、平松自治会の協賛のもと、ビジョン委員と企画の賛同者で組まれた地域の実行委員で、何度も会合を開いて準備をしていった。

姫路市の最も西南の位置にある小さな町、平松町地域の人たちのあらゆるジャンルの作品と、演芸などで試みた第一回目の「夢サロン」は、入れ替わり立ち替わり、三百人近い住民の参加で賑わい、盛会に終わったのであった。

この日、「夢サロン」会場に姿を見せたM氏は「自己実現できたではないですか」と、成功したかどうか、不安がる私へ激励の言葉を向けてくれたのであった。しかし、せっかく立ち上がってきた、コミュニティを目的とした「夢サロン」は、地域ビジョン委員の交代などによる新体制で、方向性に変化があって継続は難しい。

このM氏は朝日新聞ミニコミ紙『あいあいＡＩ』のインタビューに「仕事は生きるために必要でも、生きる目的ではない」と答えている。

その信念のもと、「NPO法人コムサロン二十一」を立ち上げ、亀山御坊で「楽市楽座」を、二月二日の「夫婦感謝の日」を、大手前広場で「うまいもん市」を定期的に開催している。その上、M氏はまた、しょうが醤油で食べる「姫路おでん」を全国へ発信して話題を呼んでいる。

「一過性のイベントで町おこしをするのではなくて、少しずつ変えていって、人を動かすような方向へ持っていった方が、地域全体のレベルアップにつながると思います」とも答えている。

普段のM氏は中肉中背、細面長な顔に眼鏡を掛け、いつも温厚で、声を荒げるところをまったく見かけたことがない。多くの人を巻き込み、大きな企画を実現していくM氏の手腕はどこで培われたのであろう。イベント会場で全体を展望しつつ、しっかりと進行を見守っている姿は印象的である。

O氏やK氏、そしてM氏のような信念を持つ人の存在こそ町を動かす力にちがいない。

ある日の戸惑い

　年齢を重ねていく最近、棚の上やタンスの上までぎっしり物が溢れていることが、非常に気になり始めた。あれもこれも、何と雑然としていることか。見苦しい部屋を見回わしながらハルは、

〈何から捨てようかなぁ〉

　大きなため息をつく。腕組みをする。数分間、仁王立ちをしたまま立っていた。

〈まず、棚の上の箱から捨てることにしようか〉

　勢いを付け、決断を腹の底から発すると、物入れから脚立を出してきた。北壁の天井ぎわの棚へ、軽いアルミ製脚立を立てかけると三段登って手を伸ばした。

　三十年前に亡くなった舅の、処分した古い背広が入っていた頑丈な空箱を利用して、い

ろいろ収納している箱が四個ある。その一つには、もう社会人になっている五人の子どもたちが、学校へ通っていたころのPTA役員会資料が詰まっている。

最近、PTA役員になる人が減少して、PTAの必要性が問われはじめているという。「子どもたちのために」という使命感を抱いて、必死で、しかし楽しみながら、PTA活動に先生方と取り組んできた、ハルの子どもたちの頃からは、考えられない情勢にハルは驚く。

箱から出した古い資料からは、新学期から修業式までの一年間のPTA活動を、学校行事に合わせて、子どもたちと、どういう行事に取り組んできたか、親同士の研修会をどのように実践したかなど、さまざまな過去が思い出されてくる。

また役員名簿を見ると、当時どういう人たちと一緒に活動をしていたのか、忘れかけていた懐かしい姿が、彷彿と浮かんでくる。

〈我が子はすでに社会人。もう、PTAでもないか……〉

長い年月で感光し、黄ばんでいる冊子をぱらぱらとめくって、見終わるとハルはゴミ箱へ無造作に捨てた。

二つ目と三つ目の二箱は、旅行をしたときの絵はがきやパンフレットがぎっしり詰まっている。郵便番号の枠の無いもの。四桁のころのもの。六桁になった現代のもの。

その中でも一番多い絵はがきは、夫が大好きだと言う阿蘇山へ家族と出かけたものである。数日の休暇が取れる大晦日の夜から、小さかった子どもたちを後部座席に乗せると、何度、九州の阿蘇山まで車を飛ばして行ったことか。

やまなみハイウエーを通って、九州最高峰の九重連山の眺望と、牧歌的な一大パノラマの久住高原。そして白い煙を吐く雄大な阿蘇山。日常のせせこましさから解放される、すがすがしい自然の風景。絵はがきは、それぞれ思い出のために買ったものであった。

絵はがきと一緒にロープウエイやバスの半券、三百五十円の水族館の入場券、旅館の箸袋やマッチ箱も出てきた。日付が昭和五十年代であるから、子どもたちが小学生のころである。親と旅を共にするのは、小学生の間だけだったような気がする。

箱に収納してから、何回開いて見ただろうか。ほとんど開いて楽しむことなどなく、何年も、箱に収納したまま棚の上に置きざり状態である。

〈捨てるには抵抗があるなぁ。でも……今さら利用できるものではないし〉

北海道、青森、黒四ダム、長野の白樺湖……、それぞれの名所をピックアップして美しく鮮やかに撮られている絵はがきを、つぎつぎ手に取って見ながら、ハルはため息をつく。

旅と共に子どもたちの心身が、培われていったような気がする。

〈子どもたちに、絵はがきをやろうと言ったところで、もう社会で働き、友人たちと旅をし、新しい思い出を積み重ねている今、どの子も「そんなもんいらんわ」と、一蹴りにしそうや〉

急ぎはしないが、雑然としている物を処分しようと決めた以上、絵はがきも捨てるべきではないか……。捨てる決心がつかないまま、次の箱を棚から下ろした。

四つ目の箱は、今は亡き母の手紙だけで一杯になっている。娘のころ、小説家の家に住み込むために上京をした。その日から帰郷するまでの、一年と数カ月間に、三日おきぐらいの間隔で届いた母の手紙であった。

上京をして、一週間ばかり後に届いた最初の母の手紙は、心配だからと、S作家の邸宅まで見送って来て、作家が用意してくれていた旅館で一泊をし、東京見物を終えて帰宅したときの便りである。

——その後おげんきですか、私は無事六時四十五分につきました。そして迷わず山電前へ上りますと網干行きが待っていてすぐそれに乗り……——

何一つ悲しい記述などない。どうして受け取ったあのとき、手紙を見るなり、あんなに胸苦しく、悲しみがこみ上がってきたのであろう。一文字一文字、ミミズの這ったような文字を追うだけが精一杯で、目頭から、ぽたぽたと大粒の涙が落ちていったのだった。

二十二歳になるまで家から離れて暮らしたことのなかったハルは、自分自身で決心をしたにもかかわらず、作家の邸に住み込んだ一日目の夜からホームシックにかかった。

〈何故、私は、こんな遠くまでやって来てしまったのだろうか〉

誰一人として知った人がいないということは、何と寂しいことだろう……。後悔が充満してきて、夜明けまで泣き明かした。気弱になっていた。

上京までの私は強気であった。父の小説家志望を知った中学生のときの思いが、胸中に疼いていた。

――何故、父は小説家になりたかったのか――

疑問で疼く胸苦しさを解消するために、八年間勤めたT電気会社を退職し、作家の家に住み込む決心をしたのであった。親戚を味方に付けてきて必死で猛反対をする母を説き伏せ、強引に上京をしたのであった。

そこまでして上京をしながら、最初の夜から、心細さで泣き明かすなぞ、何と、ぶざまなことだったことか。

その上京は一九六四年、東京オリンピックが行われた年であった。その頃はまだ夜行で八時間かかった東京と姫路間は、ハルの上京直後に、S作家も試乗した新幹線が開通をし、一気に約二分の一の四時間余りで、往来ができる時代がきたのである。

最近また、オリンピックを東京に招致する運動が起こっている。あの三十数年前の東京オリンピックを挟んだ一年数カ月の、大文豪として押しも押されもしないユーモア作家の邸宅での生活は、ハルの人間形成の重要な部分を占めている。密度の濃い人生の部分でもある。

その日々がなかったら、現在ハルが一番大切に思う「何よりも家庭を大事にすること」というモットーは、あいまいだったような気がする。不満を抱え、夢もなく、平凡な日々を送っているに違いない。

泣き明かしながらも数週間もすれば、ハルは元気に働き始めていたのであったが、母は毎回、結婚もさせないで娘を遠方に手放した悲しみと、世間慣れをしていない若い娘の、日々の慣れない仕事を思いやって、心配ばかりしていることを、句読点もない小さな字で綴っていた。

最終的には、一年を区切りにした約束を過ぎても、ハルが帰郷をしそうにないと感じた母親は、「帰郷しなければ死ぬ」とまで書き送ってきた。

母親が脅すようにしてまで帰郷を促してさえこなければ、ハルは今も東京に住んでいたかもしれない。そして父が果たせなかった小説家の夢を追い続けていたような気がする。

帰郷後半年ばかりしてS作家が、面倒を引き受けるから再度上京をしてきたらどうか、と促してきた。そのときハルは来る日も来る日も煩悶した。再度の上京を、密かに企てかけていた。

しかし、当時のハルには小説家への夢は余りにも大きすぎた。怖く、自信も勇気も持つことができなかった。自身で上京を断念する杭を打った。

ハルは母親の嘆きにほだされて帰郷をし、帰郷後に、母親の強制的な威力に折れる形で、実家の隣村の夫と結婚をしたのだ。

事業に専念する夫との生活で、五人の子どもに恵まれた家族を築いてきた。望んだ小説家への道は、幻影の宇宙で構築してきた。その構築した世界の実現は、不可能に近いが、諦めることなく、追い続けることで心の充足を得ようとしていた。

母親は三十三歳のときに肺結核を患った父親と死に別れている。貧しさの中でハルを含めた女三人と男一人の子どもを育ててきた母は、いつも、家族で助け合って生きることを念じ続けた。その母も平成十五（二〇〇三）年丁度九十歳のときに座敷で転倒、腰の骨折が原因で二カ月間の病床についた後に一生を閉じた。

ハルは処分を考えて、棚から下ろした箱から出した母親の手紙を、何通か開いて読んだが、後はすぐに元へ戻した。今更、過去を振り返って、どうしたいというのであろう。誰のためにでもない、ハルのためにだけに綴った母親の手紙。ハルには宝物であったとしても、ハルの子どもたちには紙切れも同然にちがいない。処分してしまうのがいいのであろう。

燃やそう……。それとも椿の木の根本に埋めようか……。いや、子どもたちに読んでもらってから処分をしようか……。可笑しなことに、あれこれと処分の仕方を考えているうちにまた、胸がぐっとつまって、涙が滲んできた。

涙を拭きながら部屋を見回すと、ビデオテープがぎっしり詰まった収納箱が、部屋の隅を占領していた。テープを録画するときは、また、見たいと思って録画するのであるが、どのテープも再生して楽しんだ覚えがない。

なかでもチャップリンの映画は、時間があればまた見たい、見たいと思いながらその日その日のドラマを見るためにテレビの前に座っても、それを再生して見ることはない。部屋を狭くしている見ないテープを、何時までも置いておく必要があるとは考えられない。

また部屋を最も狭くしている日本ダンスには、母子家庭の貧しい中で、母親が調達してくれた着物がいっぱい詰まっている。よい品ではないが、それらの着物も柄が派手になって利用が不可能になっている。どう、処分をすればいいのであろう。

七十歳代に近づきつつある最近、あの世へ何一つ持って行けないのだという思いにかられる日が多いのに、いざとなると、処分する物を決めかねるのだ。

今日も散らかった部屋の真ん中で、ハルはいつまでも座り込んでいた。耳には、強い日差の戸外で、激しく鳴きつのっている蟬の声が、騒ぞうしく流れ込んでいた。

こういう人もいる

八月の上旬であった。約千軒の町民が順番でしている粗大ゴミ当番が回ってきた。当番の者は、担当の町議員さんと一緒に、町民が市の規定通りに選別して、ゴミを捨てるかどうか、見張ったり、指導したりするのである。

夫が町議員だったときは、当番がよく回ってきた。そのたびに、病に倒れ、大手術をした夫に代わって私が出た。退院後に、体力的にとても町議員を務められないと思った夫は、町議員を辞退した。

最初粗大ゴミは、町議員だけで当番が回っていた。その後、婦人会役員や子ども会役員が加わった。その何年か後に、町議員さんと町民とに変わったのだ。

考えれば、町議員だった夫の代理をしなくなって十年余り、粗大ゴミ当番をしていない。

今回、十何年振りかで回ってきたのだ。

当日、当番のついでに、自宅の粗大ゴミを整理して、自宅から徒歩で二分ばかりの収集場所へ行った。

当番の者は、午前六時半までに収集場所へ行くことになっていた。私が大きな袋を抱えて、六時少し回って行くと、もう、町議員さんは来ていた。その町議員さんは「ごくろうさん」と挨拶を掛けながら、すでに出ている粗大ゴミの選別をしていた。

私の他に三人の町民が加わって、五人での作業であった。真夏のこと、夜はすっかり明けて明るい。長いこと雨がなく、一昨日の炎熱が残っていた。早朝とは思えない暑さが、じっとり、体を蒸した。少し動いても粒の汗が出た。

色付きビンと透明のビン。スチール缶とアルミ缶。プラスチック製、鉄製。陶磁器とガラス。新聞、雑誌などなど。

選別の分類数は、以前に比べてかなり多くなっていた。ほとんどの人は、市が発行しているパンフレット通り選別して捨てに来た。が、スチール缶とアルミ缶とか、色付きのビンと透明のビンは、混ざったまま出す人が多かった。当番の者は、備え付けの大きなカゴに、捨てられていくそれらの選別で忙しかった。

その当番の者に交じって、五十歳前後の男性が、缶が捨てられる場で一生懸命よりわけていた。中でも、アルミ缶のように軽いスチール缶は、判別しにくかった。が、その男性はよく知っていた。

「この缶、このグリーン色の模様が入っている缶は、アルミ缶ではなく、スチール缶ですよ」

議員さんを除いた当番の者は、四人とも女性であった。説明をしながら要領よく、すばやく選別していく男性の姿に目を見張った。しかも彼は言うのだった。

「ああ、ここは私がしますから、よろしい。よろしい」

男性の作業服は汗でべっとり濡れていた。汗だくになりながら、彼は一人で缶を選別しますという。選別すると、アルミ缶だけ、収集場所の柵の外に、横付けにして止めてある軽トラックの荷台へ、カゴからバサバサと落とし入れていった。

目が鳩のように小さくてまるまるしている、見慣れないこの人なつっこい小柄な男性は、廃品回収業を営む人であった。顔から、腕から、足の先まで、どろどろに汚れた衣服からはみ出す皮膚が、真っ黒に日焼けしていた。

何月の何曜日に何処で粗大ゴミが集められるか、事前に調べて、市内のあらゆる所を回っているようであった。

「少し前まで、アルミ缶だけで十分収入があったんですわ。最近は、値も下がった上に、皆、ビールやジュースを節約して、これまでのように飲まんのやね」

その人は、昇ってきた太陽の強い日差しを避けて、樹木の下で痩身の華奢な体を休めると、黒い指にタバコを挟み、煙をふかしながら言う。口と目の回りにくっきり皺を刻んだ顔で、不安げに言う。

男性が休んでいる間に、当番の者が選別を始めると、飛んできた。そして、

「これは私の仕事です。よろしい。よろしい。してもらっては気の毒です」

と言って止めた。止めると急いで選別を始めた。甘えたり、頼ったり、人の世話になることを強く戒めているのに違いない。驚くほど種類の多い缶を、瞬時に見分けてカゴへ投げ入れた。

カゴの横にかがんで、素早く手を動かすその人を見ながら、私は三十数年も前の、よく似た情景を思い出していた。

その日は、昭和三十九（一九六四）年の六月一日であった。はっきり覚えている。なぜな

らその日、昭和の大修理と言われ解体修理をしていた郷土のお城である姫路城が完成し、それを記念して、姫路城の記念切手が全国で発売されたからである。

その年、二十三歳になった私は東京にいた。亡父が、志した小説家というものを理解しようと考えたあまり、若さにかまけて、母親の大反対を押し切り、八年間勤めたT電気会社を退職すると、S作家の邸で、お手伝いさんとして働いていた。

気むずかしい人として、評判が立つほどの小説家とは知らないで住み込み、評判通り厳格な作家の家で失敗を重ねては、びくびくしながら日々を送っていた。しかし底抜けに明るい夫人と、我がままながら、どこか憎めないユーモラスな十歳の子が、先生に叱責される私をいつも弁護し、救ってくれた。そのことが、私に辛抱をさせていた。

そんな日常の、梅雨に入った晴れ間の日であった。手押し車で、廃品を買いに屑屋さんが裏口へやって来た。

定期的にやってくるその屑屋さんの姿を見た私は、いつもの要領で、急いで裏の納屋へ廃品を取りに走った。私が一抱えほどの雑誌の束を持って運びかけると、屑屋さんはすぐ後を追っかけて来ていて、鳶の飛翔のようなすばやさで、私の腕からそれらを引ったくるように受け取った。

大柄の老人は、頬骨や腕はがっしりと丈夫そうに見えたが、腰がかなり曲がっていた。足取りも生まれたばかりの雛鳥のように危な気だった。それでも、自分の商売のために迷惑をかけまいとしたのに違いない。私より足早に歩いて、私が次つぎと納屋から運び出す雑誌や新聞の束を、受け取っては勝手口まで、せっせと運んで行った。

彼は七十二歳だと言った。以前は八百屋をしていたというこの人は、応答が非常に丁寧であった。面白いことに、いつも、勝手口の段に座る私を聞き手に、一人芝居もどきで語り始めるのだ。

「これと言った成功はしませんでした。成功しないから、落ちぶれてこういう屑屋をしているんです。ですが、家内と心中しようかと思うほど苦労をしてくると、何が、人生で大切かというと、真面目で、正直に働くということに気がつきますね……。そうじゃありませんか。私は神様がいると思いますからね。たとえ、人様の目をごまかしても、例えば、廃品が十五キロあるのに十三キロしか無いと少なく言って、ごまかしたとしても、神様がちゃんと、知ってらっしゃいますよ」

「……何か、信心でも？」

「いえ、これといって、していませんがね。私自身は神様が天にいると思いますからね。

ごまかしたり盗んだり、私にはできませんよ。わかりゃしないと思っても、そんなの、恐くって恐くって……。でも世の中には、ごまかして、うまくやっている人がいっぱいいますよ。私はそういう人を、いっぱい見てきましたからね」

「そんなに?」

「ええ。仲間を悪く言うわけじゃありませんが、屑屋っていうのは、落ちぶれてなるのですから、悪いやつがいっぱいいいますよ。だから、屑屋は泥棒と思えって、言うくらいですからね」

「それは言い過ぎ、冗談でしょう?」

「そりゃ、私だって、ごまかしたいですよ。もうかりますからね」

屑屋さんの丸坊主頭には、短い白髪がつくつく立っていた。眉は途中で切れて不恰好であったが、少し窪んだ目が澄んでいて優しそうであった。高い形のよい鼻は上品で、口ひげは、何故か黒ぐろとしていて綺麗に剃られていた。

彼は語りながら、新聞や雑誌の山を一括りずつキンリョウ(測り)で計った。計ると私に紙と鉛筆を渡して記録を委ねた。

無理やり書かせる彼は、どうやら、自分の正直さを証明したいらしかった。

「じゃあ読み上げますよ。十五キロ六〇〇グラム。十二キロ三〇〇グラム……」

彼は括った束を次つぎ計っては、私に書かせて合計をした。そして一キロ四〇円を掛けて、廃品代を私に受け取らせた。未満は繰り上げて支払いますと言った。

〈そこまでしなくても。ここは裕福な家庭なのだから、むしろ少しでも多く取る方が賢明なのに〉と、私は思いつつ、〈こういう人もいるんだな。こういう人も！〉と、目が潤んでくるのを感じながら、心の内でつぶやいていた。

今日のこの廃品回収業を営む男性も、頼ることを嫌がる、真っ正直な、かっての屑屋さんとどこか似ていた。

当番が終わるころ、選別したアルミ缶は彼の軽自動車の荷台にやや一杯になっていた。それは彼が汗水流して得る、貴重な生活の収入源であることにちがいなかった。

熱燗

今にも雪が落ちそうな正午過ぎであった。客用の寿司を買うために家から歩いて数分先の、眠っているような静かな川に掛かる橋の手前を、左折して寿司店へ入った。

店を建て替えたばかりの桧がツンと匂ってくるカウンターのテーブル席には、客がいなかった。が、三カ所ある座敷はどこも満員らしく、数人いる店員は、駒ネズミのようにすばやく厨房を往来していた。

着物姿で接待をする目のすずしい店主の夫人と、二人の若い女性も、早足で、ひょいひょいと軽がるしい身のこなしで料理を載せた盆を運んでいた。

私の注文した寿司はかなりの順を要するらしかった。私は待つ間、右手の飾り棚の盆栽を見ていた。古木の低い松の盆栽と並べて置かれた、蕾ばかりの中に三輪の薄桃色の花を咲かせた木瓜《ぼけ》には、特に心を奪われていた。

「木の格好といい、花の色といい、感じがよくて、作り手の心を滲ませていますね」

染みひとつない白木のままのカウンター台がせり上がっていて見えないが、目と上半身の動きで、かなりの早さで寿司を握っているらしい店主に私は言葉を掛けた。

「はあ……、いいでしょう。店の奥にはもっといいのを置いていますよ」

いつも朴訥な浅黒い顔の店主は、梟に似た目を糸にし、顎で後方を示して答えた。

「えっ！　これよりいい木瓜を？」

私は驚きながら、許可を得るとカウンターの背後の壁に沿って勇んで奥へ見に行った。

店主が自慢するはずだ。そこには痩身で容姿端麗な踊り子が舞って静止しているような、なんとも優雅な、やはり、薄桃色の花を付けた木瓜の盆栽が飾り棚に置かれてあった。

丹精して作られた盆栽に魅了された私は、その場を去りがたい気持ちでしばらくじっと眺めていた。が、いくらか、触れた美に心が満たされると表へ引き返した。

「いいですね。温室で？……」

「いいえ、主人が店の裏の庭で、自然の中で咲かせたんです」

還暦を迎えた私より、かなり若く顔肌の艶やかな夫人は、いつの間にか真横に立っていて、私の迂闊な質問に抗議するばかりに、強い語調で誇らしげに言葉を挟んだ。

「へえー、そうですか、自然でね」

顔が卵形で綺麗な夫人の言葉に気押された私は、跳ね返すように言葉を返した。と、

「これ、早すぎるよ！」

寸前にやって来て、私のすぐ前のカウンターに座った客が、怒鳴って、お酒の徳利を夫人に突き返した。

「はあ？　早いですか？」

夫人は驚いた様子で、客の前に置いたばかりの徳利を受け取った。

「当たり前だよ！　まだ、寿司も出来てないのに、酒だけ持ってこられても、冷めてしまうがい。ぐいっと、おいしいに一杯飲みたいのによお」

客は頭の頂きだけが毛をなくして光っていた。七十歳を過ぎたばかりの年格好だ。薄茶色のマフラーを椅子の背もたれに掛けて、さっき、私の後についてきて裏の盆栽を並んで見たのだ。見てからまた、私のすぐ後ろにくっついて戻って来て、椅子に座るなり夫人に不満を爆発させたのだ。

夫人に徳利を突き返してから、

「ああ、もう、ええわ。我慢するわ」

と、言い換えて、またその徳利を戻そうとして体を後方へのけぞらせ、手を伸ばした。

「いいです。いいです。これはこれでまた使いますから……」

夫人は顔に笑みを浮かべて、客の怒りを静めるように言うと、徳利を引いた。

「家にいると、嫁さんがぐじぐじ、言うでなあ。……よおけ飲まんが、ここへ来て飲む酒は熱燗で、ぐいっと、おいしいに飲みたいおもうて、うるそうに、言うんや」

怒りを爆発させておきながら、いくらか後悔して自身で心をいさめているらしい。ぶつぶつと、独りごとを言った。

「うるそうに、言える店やから、ここへ来て飲んでるのでしょう」

勢いよく苦情を言った後、消沈した初老の客が何となく気の毒に思えた。私は弁護するように言った。

「あんた、いいことを言うねえ」

応援されて嬉しかったのだろうか。余計な口を利かなくてもいいと言いたかったのだろうか。どちらにでも取れそうな言葉を、私の方を振り返りもしないで言った。そして、目前のものめごとを見守っていただけで、一切、詫び言葉も、非難の言葉も吐かないで、中立を固持し、他人事のような格好で無心に寿司を握っていた店主へ、客は言葉を向けた。

「あの盆栽もええが、架台もええなあ」

私はその言葉に驚き、自分が架台にまで目がいっていなかったことに少々恥じ入った。私は花の美しさにだけ目を奪われていた。が、青年のように血の気の多そうな初老の客は、しっかり架台まで見ていたのだ。

「うん。ええやろ」

店主は今までの固い表情を崩し、また目を糸にして答えた。そして、

「もう、死んで、生きとってないけどな。Aさんが作ったったのをもろたんや」

寿司を握る手は休んでいない。しかし、架台について誉められた店主は多弁になった。朗読をするように語り始めた。

あの架台は、平成三（一九九一）年だったたか、海に近い南の方の、河川工事をしたときに切られた桜の木なんや。色いろ作るのが好きやったAさんは、捨ててあるその桜の木にサルノコシカケが生えているのを見てな、格好が面白いさかいに持って帰って、作ったらしいんや。その一つをもろてきたんや。

店主が語り終えるか終えないかで、客は力強く言った。

「難しいで、あそこまで格好よお作ろうと思ったら」

「そう、思うわな」

「よう、磨いて磨いて」

「丁寧に作ってあるやろ」

怒った客は細くて背丈が低かった。高い椅子に足をぶらぶらさせていた。カウンターに他の客がいないこともあって、店主との会話を楽しみ始めた。私は、まだできていない注文の寿司を待ちながら、二人の会話から架台が見たくなった。

「もう一度、花を見せてもらってこよう」

ぼそりと、独り言を言いながら、さも再び花を見るような格好をして、架台を見たさに細い通路を奥へ入って行った。

通路の左手の障子を締め切った座敷から、団体客の言葉と言葉が重なって、賑やかなざわめきがもれていた。その奥の突き当たった、先ほど見た飾り棚の木瓜《ボケ》の盆栽は、可憐な魅力をふたたび私の目に伝えてきた。

そして、徳利を突き返した客を感銘させた、店主との話題に上っている架台は、実際、桜の自然木の特徴を見せて、何処にでも見られる代物とは思えなかった。扇のようなサルノコシカケが重なり、ほどよいぎざぎざがいい形で処理され、時間を掛けて磨かれたらしくよく光っていた。店主が重い口を開いて、嬉しそうに自慢をするだけのことはあった。非常にオリジナリティに富んだ架台であった。

私は木瓜《ボケ》の花と、架台も含めて眺め直して感動しながら、元の所へ戻ると、注文の三人分の寿司が、重厚な花模様で目を引く、洒落た寿司桶に入れられて出来上がっていた。私は代金を払って店を出た。

戸外はかなり風が強く吹き付けていた。寿司店内の暖房で暖まっていた顔の皮膚が、風をまともに受けて凍っていくように感じた。

腕にぶら下げていたショールを広げ、頭と顔をすっぽり包んで私は急いだ。夫が客を相手に待ちくたびれているような気がした。急ぐ私の脳裏に、寿司店で出会った、さっきの初老の客の姿がしきりに浮かんだ。

彼は今、定年退職をして毎日、何をすることもなく家で、ぶらぶらしているにちがいない。子供たちはそれぞれ独立して別居をし、何かがあるとき以外は、可愛い孫たちも訪ねてこない。年を重ねた妻とは、さして会話もない。顔が合えば、愚痴をこぼされる。最近のパターン化したと言っても過言ではない、初老夫妻の冷え冷えとした生活まで、あれこれ想像されて浮かんできた。

「ちょっとしか飲まんで、熱燗で、ぐいっと一杯、おいしいに飲みたいんや」

彼が、妻に愚痴をこぼされ、寒風の中をやってきて一杯を美味しく飲みたい気持ちが、下戸でお酒の味の分からない私でさえも分かるような気がした。

しかし、夫が飲みに出かけてしまった後、妻は家でどうしているのであろう。

毎日毎日、朝昼晩の三食の料理を作り、否が応でも顔を突き合わせて食べる夫の姿を、たとえ、少しの間でも見ないでいられることに、せいせいした気分で、のんびりテレビを楽しんでいるのであろうか。それとも、愚痴を言うなと、夫にぷいっと家を出て行ってしまわれ、悔しい思いに憎悪を抱きつつ、腹立ちまぎれにお菓子をぱくぱく、ほおばっているとでもいうのであろうか。

半世紀以上の長い年月を一緒に暮らしてきて、酸いも甘いも分かり合っているはずの夫婦だ。その夫婦が人生の下り坂に向かって些細な事で諍いをし、いたわり合うこともできないで暮らしていくのは地獄にちがいない。

寿司店の夫人が夫の花作りに対して、誇らしげな態度を示したのに比べ、妻を避け、一人で酒を飲みにきた初老の男とその妻の、立ち上がってきた想像の生活が、寿司桶を抱えて帰路を急ぐ私の心を寒ざむとさせた。

一生を職人で

小学校の高学年ころから、夫は自分が物づくりに向いていることを知っていたという。竹トンボを作っても、ひごと和紙で作った飛行機でも、夫が作ると、他の誰よりも見事に高く遠くまで飛んだ。それを見る仲間はみな、夫に作ってくれと、せがんだ。

中学校を卒業すると鉄工所へ就職を決めていたのも、物を作る仕事がしたいという思いが、心の中心で大きな鉛となって、でんと沈んでいたからである。しかし、就職試験を受けると見事に落ちた。

「学校からの紹介で、T社に試験を受けに行ったけど、不採用やってなぁ」

高校進学を決めている友人に報告すると、「大会社はコネがないと採用されんよ！」即座に言われ、何とも悔しい思いをしたのだと、夫は語ったことがある。

しかし、夫の場合、その悔しさがバネになったのに違いない。負けず嫌いが自分のやりたい仕事へ邁進させていったのである。

物づくりがしたいのだから、金属を加熱し、ハンマー・プレスで打ち延ばし、必要な形状と靭性を与える鍛造の仕事。その仕事に必要な金型の制作を習おう、そう考えたとき、奮起に身が躍る思いがしたのだった。

夫は鍛造金型の盛んな、東大阪市の町へ就職を希望した。自分で探し、自分で話を付けて働き先を決めたのであった。そしていざ、家を離れて大阪の鍛造金型工場の小僧として働こうとしたとき、

「お前は長男や、家を離れ、大阪まで行ってまで、働くようなことはすな」

優しい性格の夫は、父親の説得に逆らえなかった。すぐ思いを切り替えて、姫路市内のK金属加工工業へ就職を決めた。

就職先は中小企業である。社長に呼び出されると、仕事以外の用事を頻繁に頼まれた。

「福原、こいつの夏休みの工作を、手伝ってやってくれや」

子供に恵まれない社長に親戚に当たる子の工作を頼まれるかと思うと、

「福原、すまんが、餅つきをするから手伝いにきて木材を餅つき用に、燃えやすい大き

さに鉈で割ってくれよ。」

まるで江戸時代の下男である。福原、福原と頼られ、誰も引き受けない職場以外の仕事を夫は引き受けたのだ。

しかし職場では、自分の信念を決して曲げなかったらしい。製作過程で、上司と意見が合わないときは喧嘩になったという。

「よお、喧嘩したなぁ」

お互いに意見を譲らないために、激しい口論の末に物までぶつけ合う喧嘩になったのだった。老境にさしかかった白髪頭の夫は、最近よく若い頃のことを懐かしむ。

「無茶もようしたわ」

時代がよかったのだ。何度も聞く夫の傍若無人な行動は、現代では即刻解雇になりかねない。ハルはそう思うのだ。

「今のソフトバンクは、最初、球団名は南海で、南海の試合がある日は、午後になると、仕事を放ったらかして五、六人が黙って会社を抜け出し、野球見物に行くのや」

明くる日になって、野球見物に行った者は呼び出され、職長さんにこんこんと説教された。

「それでも、懲りんのや。南海の試合があるとまた、集団で抜け出したんや」

「悪やった。無茶苦茶して、上司をよう困らせた。……仕事に誰にも負けん自信があったさかい、そんな無茶もできたんやろうなぁ」

「職人は、仕事に自信を持たなあかん」

夫は三十代半ばで、人を雇う立場になったのだが、ときどき従業員が自分の主張を譲らず、刃向かってくると、頼もしそうに言う。

「淡路島へキャンプに行ったときは、凄い台風にあって、帰れんで……、昭和三十年ごろのことやさかい、電話もないし、連絡するにもできんで」

その時も、みなに心配さすわ、仕事は遅れるわ、謝ってすませることでは無かって、さすがに、心から悪いことをしてしもたと、詫びたという。

「社長はおれのゴン太を、再三、許してくれたなぁ」

その社長さんが癌で入院をしたときは、休みのたび神戸の病院まで見舞に行ったけど、だんだん痩せて、会うのが辛ろうなって……。死んだとき社長さんは六十代やったさかい、今の俺より若かったんやなぁ。

夕飯を終え、お茶を飲みながら夫の昔語りが始まる。涙声になる話を聞きつつ、ハルはテレビの映像を追っていた。

今年は暖冬だ。雪が降らない。雪のないスキー場には客が来ない。民宿を営む主人が嘆いている映像が、画面に映し出されている。ハルは民宿の主人の年齢が気になった。

「あの民宿の主人、六十歳ぐらいやろか」

画面の映像は若々しく頑健に見えるが、目尻の深い皺と、白髪頭が六十代の峠を越えていることを物語っている。

夫がぶつぶつと独り言を言う。

「民宿の主人が六十代としたら、社長はまだまだ仕事ができた。気の毒やった。ベッドの上で会社の事が、何より気になっていたやろうな。跡継ぎが無かったさかい。兄弟の子を養子にして継がせたかったやろうけど。その養子息子は人のええ、ぼんくらやったさかいなぁ……。商売は厳しい。ぼんくらでは無理や。それでも、甥に継がせることを望んでいたなぁ、社長は」

社長の死とともに、会社は社長の遠縁の社員によって引き継がれ、営業されていった。社長が可愛がっていた養子息子は、何をやっても、人に利用されるだけで、借金を抱える惨めな生活をしている。

若い頃働いていた工場の噂が、夫の耳に届かないわけではない。尊敬していた社長の跡継ぎ問題を思い浮かべながら、夫は自分の会社を継いでくれなかった息子のことを考えたのに違いない。

「嫌がる者を無理に継がせたって、会社をつぶしてしまう」

夫は分かりすぎるぐらい分かっていた。息子が鉄工所を継がないと表明をしたとき、一切怒りをぶつけなかったのだ。どんなに、淋しい思いが胸をよぎったことだろう。しかし黙って、息子の言い分を聞いてやっていた。

「ショット・バーを開きたいんや、みんなが楽しんでお酒を飲める店を開きたいんや」

今は退職している大手住宅メーカー勤務を終えて帰宅し、息子が告白をしたあの夜の光景を、ハルは忘れていない。

十四年前の、息子がまだ二十五歳の冬の夜であった。

「鉄工所はお父さんが好きで始めた仕事や、好きでもない僕が継ぐと、つぶしてしまう」

息子は自分の部屋から赤ワインのグラスを片手に出てくると、やや紅潮した顔で居間に入って来て、おもむろに父親に言ったのだ。

息子は父親に許されたときに言った。

「ずうっと、鉄工所を継がんとあかんと思っていたとき、心が重苦しいて、毎日、苦しかったんや」

息子が継がなかった鉄工所を実弟が、その後は実弟の次男が継ぐことになっている。鉄工所を継ぐ決心をしてくれた甥は真面目で、非常に仕事熱心である。仕事への責任感も強い。仕事先でも信頼が厚い。夫は期待し、安心をしている。親父のために立ち上げた鉄工所が、自分の代で、終わらないことを喜んでいる。

しかし、自分の息子が継がないことに、淋しさがないかと言えば嘘になる。淋しいのだ。社長の交代を目前にして、心のコントロールができなくて、夫が苦悩していることがハルには痛いほど伝わってくる。

家族を養うため、従業員の家族を路頭に迷わすことが無いように、父親の死亡と共に社長を受け継いで頑張ってきた三十数年間の、艫綱を外す間際で、夫の心は揺れている。写真の趣味では満たされない、釣りをしても慰められない、何かもどかしい心の襞が夫を淋しくさせている。

「自分は職人や、現場で仕事をしている時が一番好きや」

昭和三十五（一九六〇）年の創業以来、自宅の裏庭の工場を昭和四十八（一九七三）年に新築移転し、平成二（一九九〇）年には借りた工場を増設。兄弟や親戚、友人にまで気遣ってもらいつつ大病後の体を押し、不景気の難関を越えて、平成十八（二〇〇六）年の春に、二箇所で営業していた工場を一箇所にまとめて新しい工場が完成した。

「社長の交代の後、新しく築いた工場で、自分は最後まで職人として仕事をしていられるならそれはそれで満足なのだ」と、夫はハルに言った。

ハルは夫の思いを汲み取りながら、D社の、重役H氏のことを思い出していた。夫はH氏がまだ若い技術社員だったころに、H氏と大喧嘩したことがあったのだ。

創業をして、七、八年が経っていたころだった。プラスチック関係の会社から注文を受け、仕上げた部品を持って行ったところ部品は間違っていた。すぐに持ち帰って、徹夜で新しく作り直して持って行った。

ところが、若い技術員は納める部品を見ようともしないで、

「値引きをすれば、使ってやるが」

と、高飛車な言葉を吐いた。

「そのときは腹が立った。わめいてやった。……仕事をする前に値切るのならまだしも、納期に間に合わせようと、徹夜で作って持って行ったのや。そんなことちっとも考えてくれんと、値引きしろって言うから、我慢できんかった」

それで、つい言ってしまったのだった。

「これ、川でも道でも、どこへでも捨てて帰りますわ！」

まるで猛獣だ。激昂する夫に、若い技術社員だったH氏は、さすがに向こう意気の強い相手に、返す言葉を失った様子で、

「そんなに、怒らんでもええやろ」

と、言ってその場を治めたのだという。

しかしそれ以来、H氏は夫を信頼し、重宝して、何かと仕事を発注してくれるようになったのだという。

痩身で温厚そのもののH氏は、工業系の高卒にもかかわりなく、D社の重役に就任し、重責を負い、世界を股に駈けて仕事をしている。

「ツーちゃんは偉くなったなぁ。偉くなっても、ちっとも、偉そうにせん。上の人に認められ、どんどん出世をしていったけど、現場の人から、今でも、ツーちゃん、ツーちゃんって、慕われてる。偉い人や」

仕事で出かけたD社から帰ってくると、夫は、よくそう言って十歳以上若い、かって大喧嘩をした相手のH氏を、非常に尊敬している。また、自分を今でも職人として、最も認

めてくれている人として、夫はH氏との交流を大事にしている。

二十人足らずの中小企業でも、作業工程はずいぶんと変化し進化してきた。コンピュータによる機械化で、ミクロと三次元の精度を要求される厳しい競争に晒される。夫の工場も仕事の内容は鍛造金型から精密機械加工に移行していった。

コンピュータによって、十年以上の経験で仕上げる仕事を、極端な言い方ではあるが、一年満たない見習いで出来るようになった。職人が必要でなくなった。それでも手作業でなければ出来ない部品もあり困っていた時、N氏が入社してきた。誰にもひけを取らない高い技能を持つN氏が、手作業の汎用フライスによる仕事をやってくれるのである。

「口が悪うて、腹が立つときあるけど、工場長はええ仕事をする」

数年後にN氏を工場長に抜擢した夫は、N氏が中年になって他の工場を退社し、我が社へ入社してくれたことを感謝している。

「誰も出来ないような仕事を、経験と工夫で完成させる。ええ技を持った職人や。機械化の時代でも、職人さんは会社の宝や。大事にせな」

最近はとくに、夕食後のひととき、工場長のN氏を讃えながら、夫はハルに「自分は、バカと言われようが、一生、頑固な職人で終わりたい」と言うようになっている。

心の霧が晴れる

福沢諭吉の「天は人の上に人を造らず、人の下に人を造らず」という言葉は、日本人であれば誰でも知っているといっていいだろう。この当然のことを当然として説いた言葉は、私の脳裏に深く刻まれていて、折りあるごとに口には出さないが、私を奮い立たせてやまない。

時折、開き直ってつぶやくときは、往々にして、過去を振り返っているときである。そうでなければ、何かの会合で大勢が参集し、お互いに名刺の交換をしながら身分を示し会うときである。

名刺の交換は、日本にしかない習慣らしいが、私が一番よく交換に出会うのは姫路の文化人が集まる「◇◇◇の会」である。

絵画、書道、写真、陶芸、音楽、舞踊、エッセイ、詩、小説など、芸術に携わるあらゆるジャンルのおよそ八十人前後の人びととの恒例の催しの会は、何年出席をしていても、知らない人の方が多い。

テーブルの席は、だいたいジャンル別に決められていて、同席する人は顔見知りの人であるが、会長さんの挨拶や事務局の報告など、終了後の会食になると、人びとが席を立って移動し始める。じっと座って、静かに箸を動かしている人もいるが、ほとんどの人が、久しぶりに会う別のジャンルの人たちの席へ移って雑談を始める。

私も移動していく方であるが、最初はまず、テーブルに出されている食べ物へ手がいく。日本料理、西洋料理と、珍しい料理をある程度口にしてからおもむろに席を立つ。だが、立つ前に移動してきた人から話しかけられることがよくある。そして、

「あなたは、何をなさっていますか?」

と、親しみをもって言葉を掛けてくる。それは別に迷惑ではない。こういう機会に色いろな人と知り合いになることは、世間が広く感じられて私を嬉しくさせる。

しかし、ポケットなどからひょいと、名刺を出して、

「私はこうこうこういう者です」と、名乗られると、私は困惑する。その場を逃げ出し

たくなる。私には名刺が無いからである。会が作成した名簿には、格好良く、エッセイストと書いてもらっているが、名刺に刷り込むほど世間に通用するエッセイストではないし、そういう名刺を作成したところで、気恥ずかしくて交換できそうにない。

「あのう……、私は名刺が無いんですが」

恐縮しながら相手の名刺だけ厚かましく頂く。頂いた名刺で相手が書道家であること、画家であること、踊りの人、演劇関係の人、または写真家や陶芸家の人だということなど、身分が分かるので、知らない人でも話が弾んでいくことがある。そして、もらった名刺を大事にしまって置くから、次の会合のときは、名刺をもらった相手はしっかり覚えている。

ところが、名刺を渡した本人が覚えていない場合が多い。本人は初めて会ったつもりでまた、次の年も名刺を差し出してくる。そんな人を前にして、私は飛び抜けた美人ではなく、十人並みの容貌だから、印象に残らないのにちがいないと、拗ねてはみるが、悔しい限りである。がっかりする。

近ごろは、パソコンで作った色刷りの趣向を凝らした名刺もある。そんな「私は何々をやっています」と、色いろと面白く箇条書きしてある名刺はまだ罪がない。その人の生活が豊かに伝わってきて楽しい。

しかし、身分を誇示し、自慢してはばからない人に出会うと、私は目の前がかすみ、心が針でつつかれるようにちくちく傷みはじめる。思いあまって、

「天は人の上に人を造らず、人の下に人を造らず」という言葉をつぶやく。

つぶやくと言っても、はじめに述べたように、とても声に出しては言えない。ぼそぼそとこころでつぶやいて、自分を自分で慰めているに過ぎない。

〈父が幼稚園のときに死んでしもたから仕方ないんや。勤めながらやから、定時制高校しか出てない。それが、何で恥ずかしいんや。神戸大学卒。早稲田大学卒。慶応大学卒。そういう、そうそうたる学歴を持った人の前でも、どうどうと、定時制高校卒って言ったらええやん。何で隠すんや。そやけど、ええなあ。そういう大学出ている人は。出ていると言うだけで、皆の見る目が違う。私自身さえ、ほう、って思うからなあ〉

ぼそぼそが、しばらく続く。

この間K新聞で「日本漂流記」を読んだ。それに書かれていた和田彦太郎という人は、東大卒という身分を隠し、「高卒」の身分で仕事を探して働いていた。学生運動参加でつまずき、現在は弱い立場の人の側に立って、病に冒されるぎりぎりの立場で、奮闘する日々

を歩んで人生の峠にさしかかっていた。

私は思う。この和田彦太郎さんは、自分の能力を十分に発揮できない人なんやと。羨ましいような学歴や、身分を持っている人でも、その身分を発揮できないで、社会の隅で生活している人もいる。

もう数十年前に廃業してしまったが、主人の経営している会社で仕事を依頼していたある溶接所に、大学卒の学歴を持ち、英語が流暢に話せる人らしいのに、いつも油で汚れ、真っ黒な作業服で、青い火を噴かしながら、小さな薄暗い工場の隅で溶接工として働いている人がいた。その人は、ほとんど言葉を交わすこともなく黙もくと働いていた。

用があってその溶接所へ行った時など、その人の溶接防具で隠れて顔も見えない、芋虫のように丸くなって作業をしている後ろ姿を目にしながら、私は不思議でしかたがなかった。

何故、英語に強いというのに、この人はその道に進まないのだろう。英語の出来る人は珍しいから（三十年ほど前のこと）何処でも重宝がられるであろうに。私なら、翻訳の仕事をするだろう。通訳になって町へ出ていくだろう。などなど、人ごとながらそんなことをよく思った。

溶接所の閉鎖と共にその人を見かけることはなくなったが、学歴や身分のことで、もやもやするときは、その人のことが不思議と思い出された。

私はつい最近まで、定時制高校卒業であることを恥じていた。私だけではない、まだ恥じている仲間もいる。一般の人の差別視を意識するために起きる心の弱さが、恥ずかしく思わせるのである。

特に友人や知人の出版記念会などに参加すると、懇談しながらよく学歴を問われることがある。そんなとき私は言えなかった。たまにどうしても言わなければならないときは、「H高校卒業」とだけ言った。定時制を省いた。省きながら胸中で言い訳をしていた。〈高校の先生は、入学試験に合格したものの通うかどうか迷っていた私に、「昼の高校でも合格できる成績だったよ。卒業すれば、昼の高校を卒業したのとまったく同じだよ。何も定時制卒業と断る必要はないんだよ」と言って励ました。だからその先生の言葉通りに、わざわざ定時制卒業だという釈明はいらないのだ〉と。

事実、卒業証書には定時制という文字は書き込まれていない。その事実が慰めであり、どうどうと胸を張って、「H高校卒業」と言えばいい、と思った。

そう確信して、今まで定時制卒業であることを口にしないで避けてきた。しかし、避けながら、気持ちが滅入った。情けなかった。

たまに文化祭などに参加し、楽しいはずの集会で、薄暗い闇の中に身を置いているような思いに、どんどん心が消沈していく日もあった。こうした鬱状態におちいると、いくら「天は人の上に人を造らず、人の下に人を造らず」やと、勢いを付けようとしたところで、気持ちは晴れなかった。


現在、自分は成長したと思う。生きていく上で、学歴がものを言うのではなく、その人が何をするかで評価されるということを、色いろな人と接する機会が増え、色いろな人生を歩んできた人の姿を見ることで理解できたのだ。そしてためらいなく「定時制高校卒業です」と、言えるようになっている。

そうした覚悟ができると、心の霧がどんどん晴れてきたのだった。

晴れ晴れとした顔

姫路城を仰ぎ見る真東に位置するH高校の講堂で、卒業証書を授与されてから丁度四十年目の平成十（一九九八）年の五月だった。初めて網干分校八期生三十六名の同窓会が実現した。一度、やろうやろうと、呼び掛け合いながらそれまで実現したことがなかった。ところが、一度実現すると、一年置いて二回目がもたれた。酒店を経営する安尾さんを中心に、会社をつつがなく定年退職した里塚さんや大矢さんが協力し、そこへ井田さんと上川さんの二人の女性が加わって、計画が実現したのだった。

一回目は、都合が付かなかった私は欠席であったが、その時は単にレストランで会食をしながら雑談程度の同窓会であったらしい。

その日は非常に話が弾み、参加者の間で、「夕方からの二時間ぐらいの会では何も話ができなかった。次回は是非、泊まりがけの同窓会にしよう」と、声が上がったという。

その声に応えて二回目は、岡山県の高梁市の市内観光から湯郷温泉で一泊という旅が立案されて、案内状が送付されてきた。

「行方不明だった人も調べると、かなり分かって、その人らにも通知したからなあ、今度の参加者は大勢になるで」

胡麻塩頭の安尾さんが、非常に張り切って電話をしてきたにもかかわりなく、一回目と何人かが入れ替わった程度で、二回目も十人きっかりの参加者であった。女性は私を入れて三人切りであった。宿泊を入れたことがかえって、女性の参加の減少を招いたらしい。

集合場所の山陽電鉄の網干駅からマイクロバスは出発した。バスは観客のない劇場のようにがらんとして、何となく寂しい思いがした。しかし、揺られ出すと、北九州の大分にある鉄工場へ赴任して、そのまま、そこで生活をするようになって二十六年になるという秋田さんの話に、皆は笑いを吹き出してしまっていた。

「久しぶりに帰ってきたから、住んでいた網干の町を歩いたんや。あの、回転焼き屋のおばさんも元気で焼きよったった」

「おばさん？」

おかしい、と思った私は言葉を返した。

「ああ、おばさん」

まるで浦島太郎だ。彼がおばさんという人は、回転焼き屋を継いだ娘さんのことであった。彼が中学生の時に見ていたおばさんはもう亡くなっているのだ。

「ええ！　今、回転焼きを焼いているあの人は、娘さんなん？」

大柄で穏和な彼が、頓狂な声を出して驚いた顔をしたときは、私だけではなく、居合わせた周囲の者が大笑いをした。バス内の空気が一度に明るく揺らいだ。

半世紀余りを故郷から離れていた彼は、名物の回転焼きを焼く、色白で、長いまつげが覆い被さる丸い目をした娘さんが、亡くなった母親の同じ位置に立って、年を重ね、母親そっくりな姿で回転焼きを焼いているなど、思いも及ばなかったのにちがいない。

笑い事ではない。私自身、集合場所へ辿り着いて、バス停で鳥打ち帽をかぶって立っていた秋田さんを、知らない中年男性がバスを待っているぐらいに思った。その人の脇に立って皆を待った。また、相手も私が学友であることに気づいていなかったのであった。

しばらくしてやってきた世話係の、昔の体型と変わらない、ひょろりとした痩身の大矢さんが、

「やあ。遠いところを……」

と、鳥打ち帽の男性に挨拶をした。そのとき初めて、私は自分の目を疑い、さっきから真横に立つ茶色のブレザー姿のその男性を見上げた。よくよく凝視すると、共に学んでいた学生のころの秋田さんの面影が、ふつふつと浮かび上がってきた。

「ええ？　秋田さんけ。知らない人やと思ったから声を掛けんかったんやけど、うふふふ。秋田さんだったん。……まったく、わからんかったわ」

秋田さんだと分かると一度に親しみがこみ上がった。私は遠慮のない言葉を吐いた。彼は彼で、他人行儀で横に立っている女性が、がらりと一変して懇意に言葉を掛けてきたので驚いたらしく、私を見すえた。そして、今は少々痩せている私が、かつて、まるまると太っていた同窓生であることを認めると、

「やあ。分からんかったなあ」

と、目を細めて微笑んだのだった。

「井坂さんは、ようできて、『成績はトップや』って、担任の先生が言ったったこと、僕は、よう、覚えてるで」

突然、私の旧姓を言って、体を後ろへねじり、前の座席から秋田さんが言った。

「へー、そんなこと皆の前で発表すると、今なら大問題になるなぁ。先生が？　私は覚えてないわ。嘘やろう」

と、答えながら、通路を挟んで右隣に座っている森さんへ私は言った。

「それより、私は好きだった数学がだんだん理解できんようになって、途中入学してきた森さんに、どんどん成績を抜かれて、悔しい思いをしたことはよう覚えているわ」

「そうやったかあ？」

信じがたそうに答えた森さんの目尻の皺が、ぎゅぎゅっと動いた。彼女は何事にも冷静な判断のできる優等生だった。

「そうや、私は落ちこぼれやったけど、森さんは、勉強がよお出来よったもんね」

森さんと隣り合って窓側に座っている村田さんが、体を前に倒し、森さんの体の向こう側から、私の言葉を補足し強調した。村田さんは学生のころから森さんと最も仲が良く、現在も親交が続いているらしかった。

「もう、勉強のことはええやんなあ。社会へ出ると、勉強よりも、大切なこと一杯あるやん！　今、村田さんは公民館で俳句の会に入って、すごく、いい句を作っているやん」

八頭身美人である村田さんへ、私は声高に言った。地域の公民館で俳句を教えている実弟から、彼女が会社を退職した夫と共に農業をしながら、俳句会へ熱心に通ってきて、なかなかいい句を作っていると聞いていた。

「いやあ、私なんか、落ちこぼれ、落ちこぼれ。皆んなのように、いい句は作れてないんや。でも、楽しい」

丸い大きな目をゆらゆらさせて笑い、村田さんは落ちこぼれ落ちこぼれと連発した。少しも暗くない。俳句を作っていることが楽しくてしかたない様子で、女学生のような可愛い声で歌うように抑揚を付けて言った。

旧交を温めながら賑わう十人を乗せたマイクロバスは、山陽道から瀬戸中央道を走り抜けていた。車窓に流れている緑の山やまには、満開の桜がぽつりぽつり点在していた。

最初に到着したのは、岡山の児島沿岸で塩田開拓の事業を興した塩田王の野崎武左衛門旧邸であった。高麗門風の門を入ると、飛び石が敷かれていて、それほど広くない庭があった。ツツジが咲き終わり、静かで素朴な落ち着きが快よく、晩春の暖かさを拒絶しているように、ひんやりと微風が肌に染みた。

「ここに水琴があるで」

安尾さんに教えられて、庭の隅の水琴に耳を当てる。かすかな、一定のリズムを刻んで奏でる水琴の音は、少しでも、他の音がするとかき消されて聞こえなかった。

蔵には塩田の江戸末期の製法を伝えて、道具や人形が明るい電灯に照らされて並んでいた。同窓たちは、塩田王野崎武左右衛門家の大所帯の生活が滲む、幾つもの大小の部屋をのぞき、何基もの白壁の土蔵が並ぶ広大な屋敷を仰ぎ、一巡しながら、築かれた財のすごさに驚いて深いため息を漏らしていた。

見物終了後、白い障子が開放されて、静まり返っている座敷の手前の、深い庇の下の縁で、十人は横一列に腰を下ろして、案内人に記念写真を撮ってもらった。そこから向かった温泉には、陽が高いうちに到着し、はやばやと温泉に浸かって、食事を取りながらくつろいだ。

色いろな事情で、全日制の高校へ進学できなくて、四年間を電灯の下で学んだ同窓たちだ。私は新鮮な魚料理に満足しながら、雑談したり歌ったりしている皆の顔が、開放感に満ちていると思った。みな明るかった。

しかし、お互い口に出して言わなくても、私が味わってきたように、一部の心ない人たちから、「定時制高校卒業か！」と、軽んじられたり、蔑すまれたり、世間的なハンディを、長い間、胸中に抱え持って生きてきたのではなかったか。

そのために、過剰な劣等意識に陥って苦しんできた鬱屈を、今こうして旅に集いながら解きほぐしている。ほぐしながら、晴れ晴れとした顔で憩っている。私はそんな思いに浸りながら、中年になった各々の姿を、ゆっくり見渡した。

一夜を共にして語り合い、親密が深まった翌日は、酒蔵で新酒を試飲したり、白い石を敷きつめた粋を極めた小堀遠州作の頼久寺の庭園や、「日本の道百選」に選ばれている情緒溢れる紺屋川沿いの散策など、高梁市の市内を、縦長の列を作りながら巡った。

旅を終えた数日後に、会計報告と共に写真が送られてきた。還暦を迎えたばかりの私たちは、それぞれの人生を過去へ流してきた。その姿を写真に凝縮していた。口に出せなかった学歴を悔しく思いながら、辛抱強く、逞しく生きてきた証を滲ませ、健やかないい顔で写っている。

私は胸を熱くしながら、四十年振りに再会し、旅をして撮ったその記念写真に、いつまでも見入っていた。

着物の染み

女三人と男一人を授かり、その幼児期の間に夫に先立たれた私の母親は、成長した三人の娘を結婚させるにあたり、恥をかかせないように、かなり、嫁入り支度に心を砕いた。二歳間隔の姉から順番に嫁ぎ、昭和四十二（一九六七）年の秋に私の婚約が決まった時点で、母は何より先に呉服店へ私を連れて行った。

問屋へ行けば、普通の小売の店より安いからと、母は姫路城の南に位置するM卸問屋まで連れて行った。そこで普段着から訪問着、喪服、帯に羽織や雨コートなどを選ばせた。

しかし、茶道をほんの入り口で挫折して、和装で身を飾る機会のなかった私は、その頃のこと、婚期の遅れをささやかれる二十八歳にもなっていながら、着物への知識は全くなかった。選べと言われても、見た感じと色合いさえよければ、生地の善し悪しは問題外であった。

Ｍ卸問屋のガラス戸を開けて入ると、狭いコンクリートの庭から上がったすぐ前の、座敷の真正面の棚には、丸太のようにまあるく巻いた反物がぎっしり並べてあった。何段にも並べて積んであった。

店の主人は、そこから何本か反物を抜き出してくると、座敷に座ったばかりの母と私の前でササアッと、手際よく流すように反物をほどいて柄を見せた。数枚を見比べるように並べて置いた。十畳ぐらいの広い座敷には、私たちと同じように、結婚の準備のための反物を買い求める母と娘の姿が、何組か散らばって見られた。

「これはええ。好きやなあ」

紺地に白い小花が浮き上がるように描かれた反物を、私は一目で気に入った。勢い、その反物の端を持ち上げて膝の上へ置いた。愛しそうに持ち上げたところを見た呉服店の主人は、お目が高いとほめながら眼鏡の奥の目を細くした。が、母は顔に寂しそうな陰を落としてためらった。私はその表情で、高値で予算内ではとても購入できないらしいことを察した。私はそっと、反物を元にもどした。

値段をにらみながら選んだ反物は、仕立て上がって嫁入り数日前に届けられた。それらの着物を、母は木の香りがする真新しいタンスへ一枚、一枚、並べて入れた。整理が終わると、お祝いを持ってきた人たちに見てもらうためであった。着物だけではなく、嫁入り道具一切を見てもらうのが習慣であった。

この見てもらうという行為は、やっかいであった。人様が見てやから安物を持っていけない。人様が見てやからこれだけかと、思われては恥をかく。と言った具合に、見栄を喚起しないではいなかった。

私の母も同様、貧しければ貧しいなりに、精一杯の、いや、多少の無理をしてでも笑われないだけの、恥をかかないだけの荷物を整えて嫁入りをさせたいのだった。そんな思いで、買い揃えた着物だけでは引き出しの中がすきまだらけで、音を立てそうだと思った母は、自分の着物や羽織を洗い張りして、新しい着物の下にしのばせたのだった。

それでも、貧弱だったのだ。亡き父の末弟の嫁にあたる叔母は、祝いを持ってきて、支度を一通り見終わってから言った。

「帯はこれだけ?」

問われて母がうなずくと、「私が一本買ってあげます」と、親切にも気前よく言って、二日後には帯を届けてくれたのであった。

洋服の購入に際して母は一切、口を挟まなかった。私は好み通りに購入して整えた。それに比べて着物に無頓着であった私は、タンスに詰めている母を見かけても、手伝う気もおきなかった。すべて母任せであった。

まかせていたということは、どの引き出しにどういう着物が、畳み込まれて入っているか、まったく知らないということであった。

その結果、嫁いで後に、姑さんから、心の傷む言葉を吐かれる悲しい事件に遭遇するなど、私は考えもしなかった。

結婚一年目に長男が生まれて、産院から実家へ二十日間余り里帰りをした。そのころ、二十日間も里帰りをする者は、余りいなかった。しかし、嫁ぎ先が事業をしていて、生まれたばかりの乳児を連れての帰宅は、産婦の養生が十分できないだろうと、姑さんの慈悲で長く実家に逗留したのであった。

実家にしても、働いていた母は、仕事からの帰宅と同時に私たち母子の世話をしなければならなかった。私も気を遣った。しかし、実母と姑さんへの気の遣いようには、雲泥の差があった。夫の迎えで、婚家へ帰ってから初めてそのことを痛感した。

姑さんの手を煩わす度に、一回、一回、「すみません」と、丁寧な礼を述べなければならなかった。

姑さんの初孫への喜びは予想以上であった。私にしても、激痛に耐えて、生まれ出てきた我が子は、いいようもなく可愛いい。柔らかい小さな手を開いたり縮めたり、小さな命の動き続ける指を眺めているだけで満足感が満ちた。すやすやと眠りにつけばついたで息を詰めるようにして眺め続け、余り長い時間眠り続けると、息をしているかどうか不安に襲われ、そっと呼吸を確かめては安心をしたりした。

四六時中眺めていても飽きない赤子を、姑さんも見たがる気持ちは理解できた。しかし、赤子をダシに必要以上にお節介をやいてきた。ぬるま湯で口を拭いてやったか。爪が伸びていないか。頭を同じ方向に寝かせていると歪むから気をつけるように。次々と細かい注意をしにやってきた。そのため私は気が休まらなかった。年を重ねていたとはいえ、初めての出産であり、初めての子に授乳する不慣れは体が必要以上に疲れた。

そっと、放って置いて欲しいと望んだ。しかし姑さんは、私たち夫婦の生活空間である二階へ何度もとんとんと上がってきた。そんな息苦しい日々の中で、私に打撃を与えたという悲しい事件は、出産後嫁ぎ先へ戻って二週間もたたない内に起こった。

その日の夕方、夫はまだ会社で仕事をしていて、私は布団の上で泣きやまない赤子に乳を含ませていた。産院で熱と痛みをともなって膨らんできた乳房を、産婆さんに熱い手拭いで包みながらマッサージをしてもらった効果があって、母乳が出るようになっていた。しかし、生まれて一カ月ばかりの小さな口は、よほど上手に含ませないと、すぐに乳首をはずしてしまった。私は、小さくて柔らかく、芋虫のようにくねる、扱いにくい乳児の体を抱きかかえて、パジャマ姿で、かがむようにして一生懸命授乳をしていた。

十二月末の出産で、正月の間は産院で過ごしていたから、婚家へ帰宅したときは、二月に入ったばかりで寒さも厳しくなっていた。戸外は厚い外套を着なければ過ごせない日々であった。しかし、襖で仕切られた室内は、電気ストーブで十分暖房がきいていた。それに、不慣れで、必死で心を砕きながらの授乳の苦労は、寒さを感じさせなかった。パジャマだけで寒いという意識はなかった。

そこへ姑さんがいつものように、階下から上がってくると、勢いよく襖を開けて入ってきた。そして、

「寒いのに、そんな格好で……、風邪でも引いたら赤ちゃんに移るがな！」

授乳をする私の頭上で、叱るように言葉を吐いた。

「はい、そうですね」

遠慮があって、まだ姑さんに馴染めないでいた私は、小さな声で応答をした。

「何か着る物は無いの？」

「そうですね……」

ためらっている嫁をもどかしそうにして、姑さんは返事を待たずに和ダンスを開け、

「この羽織でいいやろ」

と、一枚の地味な羽織を出した。

「あ、それはまだ新しい羽織なので」

赤子を抱えた私は、背後で和ダンスを物色する姑さんを体へねじって見ながら答えた。

「新しい羽織？」

「はい。まだ、一回も手を通してないので」

「それでも、染みが付いとうがな」

強い語調で、羽織の右袖のうす茶色の染みのいった部分をつまみあげて、これみよがしに私に見せた。

「あっ、そうですか。では、その羽織でいいです」

私は肩を縮めて、ますます気弱な低い声でやっと答えた。その答えを待つまでもなく、姑さんは、羽織を私の背中へ掛けた。そして背中越しに初孫に声を掛けた。

「いっぱい、のむんやで」

背後に立つ姑さんの顔は見えなかったが、私へ向けた固い表情を崩して、孫へは目を細め、優しい顔で言ったのにちがいなかった。

体重が重く、初めての子にしては大きく生まれた長男は、母乳だけですくすくと育っていた。蛍光灯の光に映えた餅肌のまるまるした顔は、乳幼児の可愛さを一層浮きたたせていた。姑さんは、可愛い表情の孫から離れがたいらしく、動こうとしなかった。

小柄な人とはいえ、そのときの私は頭上の姑さんに威圧を感じ、卑屈になって縮まっていた。そして、嫁入りに持ってきたばかりの羽織に染みの付着を指摘されたことで、胸中は渦をまきながら悲しみが満ちていた。満ちた悲しみは耐えようもなく、今にも目から涙を押し流そうとしていた。

「もう十分飲んだようなので、寝かせます」

私のその言葉で姑さんはやっと、階段を下りて行った。階段を下りる足音が消えた瞬間に、目から涙があふれた。

〈染みの付いた着物なんか入れて〉

心の中で、実家の母親への怒りが吹き上がり、泣きながら私は母親を恨んだ。

染みの指摘は、ずしんと胸にこたえた。辛かった。父さえ生きていてくれればと、悔しさが胸を突いた。私は小さいときから、辛いとき、悲しいとき、寂しいとき、いつも死亡した父を懐かしんだ。このときも子供を出産し、一児の母親になりながら、大人げなく幼女ように、現実不可能な父親の存在を希求していた。

染み事件で私の胸はいつまでも、もやもやしていた。そんな半年後に夫のすぐ下の弟が結婚をした。その弟のときは、嫁入りしてきた花嫁の荷物のことで、別段何も感じなかった。しかし、それから三年後の末弟の結婚式の際に、私は胸の痛む経験をした。その経験が、はからずも染み事件の、起因を知るきっかけになったのであった。

私の結婚したころは、当然のようにして家で結婚式が行われた。今考えても、よくあれだけの煩雑な儀式を家で行ったものだと感心する。当人たちは、式のすぐ後に新婚旅行へ旅立ってしまうから、客の接待、後かたづけなど、一切知らないことであった。が、夫の二人の弟の結婚式で私はその大変さを経験したのであった。

結婚式のその日、当人たちが新婚旅行へ出た後で、実家で嫁の荷を見せたように、婚家でも近所の人や親戚の者に、嫁の荷を披露する習わしであった。

夫の末弟の結婚式のときであった。私は胸の痛む思いで、嫁の荷物を見ている人たちの遠慮のない囁きを耳にした。

二、三人が頬を寄せ、目を輝かせ、いちいちタンスの引き出しを開けて、中身を眺めながら、「ようけの荷物を拵えて持ってきとってや」と、一様に誉めながら、手で布の触感を確かめ、着物の質を確かめ、この着物は高いだの、安物だのと言っていたのだ。

私はその光景を眺めながら、当然、私が結婚してきたときも、私の荷物は、タンスの鍵を預けた姑さんの采配で見せられたことを悟った。そのときだ、誰かが、あの羽織の染みを発見したはずである。そして姑さんに告げたことだろう。

そのときの姑さんの狼狽は、いかほどだったことであろう。どのようにして、恥をしのいだのだろう、染みの付いたお古の着物を持ってくる嫁を迎えたという恥を。

そのことを姑さんは一切言わなかったが、それがあって、あの日の振る舞いがあったように思われた。

その推量が当たっているとすれば、姑さんには非常に申し訳ないことだったという思いがする一方で、荷が少ないと思われないようにしたいという、嫁がせる娘を持つ母親の切実な思いも理解でき、母への恨みも解けていった。そして、嫁の荷物を披露するなどという昔の風習は、もうなくなっていいのだと、そのとき切実に思ったのであった。

あの悲しい事件から、三十年余りが過ぎている。染みの付いた羽織は、それ以後、一度も着ていない。羽織だけではない。留め袖と喪服以外のほとんどの着物は、着る機会もなくタンスの中で眠っている。世間一般の女性が着物を着ない時世になったからである。

私自身、母が世間の目に対して繕った結果の染み事件で、心に傷を負ったことが基で、
「着物はいらん。つまらん見栄を張って、ようけいらん。ようけ作ってもタンスの肥やしになるだけや」

と、だれかれなく、着物を作る不必要を、声を大にして吐く習慣がついてしまった。

事実、平成九（一九九七）年に五人の子どもたちの中で最初に結婚をした三女に、私は喪服の一枚さえ作らなかった。必要なら、貸衣装店へ借りにいけばいい。洗濯の心配も、虫干しの手間も、カビが付着する心配もいらないからと。

私のこの主義主張に、幸い、相手の親も賛同して、着物を作る無駄を認めてくれたから

であったが。

昔の風習を壊すために、大げさな革命を起こしたわけでもないのに、近代社会の自動車や電気製品などの発明に伴って、ひとびとは活動に不便な着物を脱ぎ捨て、結婚も、親がしてやる結婚式ではなく、自分たち自身で、色いろと創意工夫した式を挙げる結婚式に変化していっている。結婚式の荷も、だれの目に触れることもなく、直接新しい二人の住まいへ運ばれる時代になった。

息子が迎える秋の結婚式も、どちらの親も相談を受ける程度である。すべてが、楽しい結婚式をしたいという二人の考えで進行している。

私が遭遇した悲劇の染み事件は、そうした風習の消滅によって、誰の身にも起き得ないだろうということは、私の脳裏に強く刻まれていった。

白川郷への旅

合掌造りの集落に、雪が深ぶかと積もっている風景写真は、私を何年も前から魅了し続けていた。訪ねたい土地だった。が、なかなか機会がなく年月が過ぎていた。

ところが、あろうことか、O町とM町の自治会と婦人会の役員合同親睦会のバス旅行先が、白川郷に計画されたのであった。私は望みが叶えられそうで気持ちが浮き立った。

しかし、暮れから年明けにかけて北国では豪雪の雪崩で、崖崩れや民家の崩壊が起き、死亡者が続出する災害がつづいていた。

旅のプランの当番であったM町に、O町の自治会会長さんが旅先の変更を申し込んだ。

「危ない所へ行って、災害にあっても困る。婦人会長さんからもM町の自治会長さんへ、旅先を変更するように頼んでぇなぁ」

飾りっ気のない物言いをするO町の自治会長さんの電話を受けた日、私は迷った。素直に従ってM町の自治会長さんへ電話を入れる気になれなかった。今回の白川郷行きを中止にすれば、いつまた、長年の望みが叶うかどうか分からないという、個人的な思いからである。

北国の豪雪は年が明けてもつづき、家を、人を、のみ込む惨事が続出していて心が痛んだ。われわれのバス旅行も大丈夫なのか。心配のなかで出発する日がどんどん迫ってくる。雪は温暖地域の姫路の町にさえ降って、止む気配はない。

私は変更をとりつがなかった代わりに、夫の先祖と舅を祀る仏前にいつもより丁寧に手を合わせた。父母の墓参りにも出かけて、参加者全員の旅行での無事を祈った。

「もし、危険と考えたら、まず、旅行社が白川郷へ連絡を取って中止をするやろし、大丈夫なんやわ」

私は婦人会の役員さんたちに納得させせながら、旅の変更が無いことを願った。まさかこの時点で、自分の不注意とはいえ、我が身に思いがけない災難が、降りかかってこようとは、考えも及ばなかったからである。

二月五日に、予定通り親睦旅行白川郷行きが決行された。O町とM町の数か所で参加者を乗車させると、バスは姫路バイパスを通り抜け、山陽道から舞鶴道を走行して行った。播州路で晴れていた空は、北進するに従って、雲がどっしりと厚く重たくたちこめて、やがて雪がちらついてきた。

「どうか、雪の災害に見舞われることなく、無事に旅を終えられますように」

窓から雪がちらつく景色を眺めつつ、久しぶりに顔を合わせた役員さんたちの、賑にぎしい談笑を耳にしながら私は祈った。

昼食は白鳥パーキングエリアにあるレストランであった。食事を終えたばかりのとき、天候を気にする夫から携帯電話が入った。電話を開きつつ走って店を出ると、自然と弾んできた声を張り上げて応答していた。

「今、昼食を食べ終えたところ。空が晴れていて、前方に見える雪を被った鷲ケ岳と烏帽子岳がきれいや」

白鳥パーキング辺りでは、不思議に雪雲はなく、澄んだ空気がおいしい。二月とは思えない爽やかな冷気が、肌をかすめて気持ちがいい。

「雪の心配はなさそう」

夫への電話を切ると店内にもどり、皆と土産物売り場を巡った。そこで手の平に乗る小さな薄みどりと赤色の一対になった、かわいい人形を見つけた。飛騨高山の名産サルボボ人形のお守りである。私は旅の無事を願って、その一対のお守りを買い求めた。

走行を始めた道路に雪が多くなり、危険区域に差し掛かったということで、途中、バスの運転手は、トイレ休憩を取った物産店の駐車場でチェーンを巻いた。

庄川に沿った峠にさしかかったころは、まだ雲間に青空が広がっていて、山なみや谷底の村落などの幽玄な雪景色が見渡せていた。その美しさに取り憑かれた私は、バスの窓ガラス越しに、カメラを張り付けてシャッターを押し続けた。

峠の標高が上がるにしたがって、鈍色の厚い雲から雪が吹雪いてきた。村落を沈めて造られた御母衣ダムも灰色に塗りこめられ、有名な荘川桜は雄壮な幹に雪を乗せて屹立していた。

「大丈夫、大丈夫。無事に白川郷へ到着するはずだ」

吹雪で景色が灰色にかき消されていって、「もしも」という不安が襲う心を、安心させるようにつぶやきつつ、私はバスに揺られていた。

到着した白川郷は晴れていた。晴れた空の下で、その日までに降り続いた厚い雪を乗せた合掌造りの町並みが、時代を江戸時代へタイムスリップさせて目に飛び込んできた。

――これが、ずっと以前から、訪れたかった世界遺産の白川郷なんや――

感慨が私の胸を熱くした。バスガイドさんに散策の説明を聞き、町並みを少し入った景色の良い場所を選んで、参加者十八名全員で記念写真が撮られた。その後は自由散策で、それぞれ数人ずつ群れて歩き始めた。

道路は除雪されていた。しかし、溶けかかった雪もあって道路はぬかるんでいる。気をつけなければ転びそうである。ゆっくり歩を進めながら、現実に我が目と対峙する合掌造りに私は歓喜し、頻りにカメラを向けていた。

夫に言わせれば、私はかなりの早撮りらしい。いくらデジカメでフイルムがいらないからといっても、百枚、二百枚は多過ぎはしないか。自分でもおかしいほど、カメラを手にすると、被写体に向かって夢中でシャッターを切っている。

白川郷では特に意識して撮り始めていた。長年望んでいた訪問先であり、また、雪国への旅を願っていながら、大病後の体を心配していつも決行に決断がにぶる、写真を趣味にしている夫のためにも、出来うる限り撮ろうと、無我夢中でファインダーを覗いては写していた。

屋根に積もっている雪は、三、四十センチはあるに違いない。土産店や民具店以外のしもた屋は、住人が居ないのであろうか。除雪さえされていない。うずたかく積もった雪で、玄関の入り口がふさがれたままである。

転ばないように、ゆっくりとと、何度もそう思いながら、道路脇に積み上げられた雪に気を付けて歩いてしばらくすると、重そうに雪を乗せた明善寺の鐘楼にたどり着いた。

婦人会役員の二、三人がすでに、鐘楼の階段を登り、登り切った上で転倒。賑やかにさわぎながら起き上がっていた。それにすばやくカメラを向けて撮ると、私は下方から、転んだことを揶揄してはしゃいだ。

その後すぐ、私も階段を登ろうと足を一歩踏み出したその瞬間に、激痛に襲われる地獄へ転落しようとは、誰が知ろう。

後になって、どんなに悔やんでみても、左手首複雑骨折という、その瞬間の事故は、どうすることもできないことであった。

踏み出した足を置いた階段の中央の雪は、新雪ではなかったらしい。硬かった。足を置いた瞬間に勢いよくつるりと滑って、左手を着き、着いた左手の上に自身の体を乗せて腹ばいになった。同時に、確かに音がした。ぼきっ！

「あっ！　折れた」

ぞろぞろと観光客が通過していた。転んだ羞恥心が頭を掠め、すばやく起き上がると、右手で左手首をしっかり押さえた。

「折れたような気がする」

傍にいたTさんに告げて、私はバスに引き返すことにした。六十代の私より十歳ぐらい若いだろうTさんは、一緒にバスへ戻ると言った。が、見物しないで帰ると、きっと後悔をする。散策を続けるように説得した。

しかしTさんは聞き入れなかった。私に付き添ってバスへ引き返して来た。手に提げていた私の荷物を持って……。何と、優しいTさんだろう。私は他人のことを思って、こういう親切ができるであろうか。

「どう？　辛抱できますか」

添乗員さんとバスガイドさんが、心配そうに尋ねながら厚紙を手首に添え、緊急処置を施してくれた。病院の無い郷での事故。どうすることが最適か話し合ってくれた。

結果、みんなの観光が終わり次第、三、四十キロ先にある飛騨高山町の病院で治療を受けることに決まった。常に私の良き補佐役で婦人会を纏めてくれる副会長であるTさんは、怪我をしてしまった婦人会長の代役をしっかり務め、気遣い、慰めてくれるのであった。

どっぷりと暮れたその夜は、新穂高に泊まり、翌日は、飛騨高山の観光地巡りになっていた。

　夕方辿り着いた高山病院の若い外科医は、

「ここで手術をすると困るでしょう」

と言うと、そのまま、旅を続けられるように、添え木をして包帯を巻いてくれた。しか
し、左腕を三角巾で包んで、首からぶら下げた哀れな姿だ。

「今午後六時や、今なら姫路へ帰れる。帰った方が……」

　旅の続行は困難と見たTさんの適切な判断で、帰るための交通機関を調べていると、

「高山線の特急で名古屋まで出て、新幹線で姫路へ帰られる方が便利ですよ」

　隣の椅子に座っていた若い女性の助言は、一人で帰る私の不安を払拭してくれた。

　最終の新幹線で到着した姫路駅に、迎えにきてくれていた夫と娘に顔を合わせるなり、

「家の仏さんに頼み、両親の墓にも参って、一生懸命祈って……、お守りも買ったのに」

　うらめしく、言い放った私へ、

「参っていたから、頭を打って意識不明という悲惨な目に遭わず、それだけの怪我で無
事に帰れたのや。何、文句を言うか！」

心配顔の夫が頭上へ叱責を飛ばしてきた。

翌日、外科医院で受けた手術後の激痛に耐えながら、怪我をした二月五日は、父の祥月命日であったことを、私は思い出していた。そしてまた、父が埋葬された終戦のその年の二月五日は、雪の積もった白川郷のように、珍しい豪雪で、一面の白銀の世界であったことを思い出していた。

月夜の彼岸花

その日は美しい月夜でした。私は、月光で明るい庭に面したガラス戸をいっぱい開け放して、夫の死に顔と向かいあっていました。「お母さん。入ってもいいですか?」襖の向こうで娘の声がしました。一人でいる私が哀れに思えて、娘が心配のあまり声を掛けてきたのです。

「今夜はだめ!」

強く言い放って、私は娘がそばへ来ることを拒みました。いいえ、近所の人や夫の知人など、大勢の人のお悔やみ受けが終った後は、娘に限らず、誰一人として夫のそばへ近付けたくなかったのです。その通夜の夜だけは。

そうすることは、親戚の間で、とかく悶着か喧騒の渦を、巻き起こすだろうことは予測していました。しかし、私は厳然として、一人切りで夫と向かい合っていました。

〈せめて最後の別れぐらい、あなたと静かに、こうして向かい合っていたいのです〉

明日になれば、あなたという固体は、手のひらに乗るほどの、幾つかの小さな骨片を壺に残して、この世に存在しなくなるのですから。

「叔父さん、叔母さん、すみません。お母さんの、今日だけの我が儘を許してやって下さい」

夫の透き通るような蒼い顔が、少しばかり輪郭を縮めたような気がしながら、じっと眺めている私の耳に、娘の謝っている涙声が聞こえてきていました。

九州の遠方から飛んで来たというのに、実兄の死顔に対面させない兄嫁の態度に、夫の兄弟たちが娘を責めるのは当然なことです。娘にすまないと思いつつ、私は我を張り続けました。

ガラス戸を開け放した先に、庭からずうっと続いていく畑があって、そこに真っ赤な彼岸花が群れて咲いています。私が野原の畦から球根を移植したのが、毎年増え続けました。細い溝に沿って、群れて咲く簪《かんざし》に似る真っ赤で優雅な花の帯は、長さが五メートルにも及んでいます。

その見事な群生は、数日前から満開で、夫の死を迎えた悲しみとはうらはらに、どんなに華やいで見えることでしょう。昇ってきた月の光が、花弁に降りかかっている今宵は、なおさら、驚くほど、なまめいて浮き上がっているのです。

夫は八十三歳でした。昔は長寿といわれた年齢で、今でも早死にではありません。しかし、まだもう少し、生き長らえる人だと、高をくくっていた私は、夫の健康管理に目を向けていなかったのです。

向けていなかったというより、その年齢でまだ恋に身をやいていた夫に、体調を気にかけるよりなにより、うじうじと、嫉妬心を抱き続けていたというのが本音でしょうか。

北九州の福岡在住だった遠縁にあたる家から、養子に迎えた夫は、私を愛そうとはしませんでした。兄弟が多かったために、仕方なく養子娘の私と結婚をしたのです。

夫は真面目でした。中学校の美術教師として生徒に信望が厚く、慕われていたようでした。

しかし、帰宅してからの夫は、のんびりしているように見えて非常に気難しく、私に笑顔をほとんど見せませんでした。

「おい。ほれ見ろ！　机の上に埃がいっぱい積んでいるぞ」

私が田畑で忙しく、家の中の掃除ができない日々が続いていると、きまって、そう言って家のあちこちの汚れを指摘したのです。

養子に迎えたてまえ、気兼ねで、野良仕事を手伝ってくれるように、言えないまま暮らしている私の苦労や辛さを、夫はまったく気付いてもくれませんでした。しかし、辛抱しました。

それぐらいは辛抱の内ではありません。初めての子がお腹にやどって、十カ月目を迎えたころです。夫が新任教師の先生と、密かに逢瀬を重ね始めたことを知った日々は、どう言ったらいいのでしょうか。心をこなごなに切り刻まれていくような、きりきりとした痛みと、冬の海原に、一人でたたずんでいるような、さむざむとした寂しさに襲われ、耐えかねて、しのび泣く日が続いたのです。

新任教師というのは、宇野律子さんといって、夫の教え子だったのです。教師として迎えた教え子ですから、当時、彼女はまだ二十三歳で、四十二歳だった夫とは十九歳も年の開きがありました。

学校の会議で遅くなるからとか何とか言って、夫の夜の遅い日は、今夜のようにガラス戸を全開にして、夫の年齢では、やや遅い子どもとして生まれた、乳飲み子を抱いて、夜空を眺めながら、涙を流していたのです。

特に、蝶のように小さく見える木星が、月に寄り添うように並んで西の空から昇ってくる日は、月と木星が自分と生まれたばかりの娘のような気がして、何とも、愛おしい思いで東から中天へ、中天から西へ移動するのを、夜が更けるのも忘れて眺めていたものです。

そんな初冬のある日、恋人と会っていたのでしょうか。深夜に帰宅した夫が、冷えびえとして寒い夜風が肌に落ちているのに、戸を開け放したまま、夜空を眺めている母と子の光景を見て、

「どうした。こんな遅くまで！　……可奈が風邪でも引いたらどうするのだ」

ひどく、怒りました。そのとき、私は夫に向かって、

「私が、どんな思いで、あなたを待っていたか！　分かりますか？」

そう叫ぼうとしました。しかし、抱かれたまま、覆った膝かけのぬくもりで、すやすやと心地よさそうに眠っている娘のことを思うと、言葉が声になりませんでした。

夫は愛を感じない妻に対して、うしろめたさを、まったく抱かなかったのでしょうか。抱いても、無視を通していたのでしょうか。黙もくと田畑の仕事で、明け暮れている田舎者の私を、愛そうともしない夫は、ある夏休みに、訪ねてきた学生を相手に、声高らかに

言い放っていました。

「君たち、一生の内で、一度でいいから、熱烈な大恋愛の経験を持たないとだめだよ」

茶菓子を運んでいって、応接室のドアの前へ立ったとき、日常、ともすれば聞きのがしてしまいそうなほど、早口でしゃべる夫にしては、珍しく、はっきりと、よく響く声で、恋愛の体験を力説していたのです。

夫の大恋愛説を耳にしてしまった私は、ぶるぶる震え出した体を沈めるために、しばらく、間をとってからドアを開けました。そして、冷静を装いながら、懸命に聞かなかった振りをし、男女合わせて五人居た学生さんの前に、茶菓子を置いていきました。

あの日のあのとき、私自身も若いとは言えなく、それでも夫とは一回りも年が離れた、三十歳になったばかりでした。二十代のような初《うぶ》さが残っていて、胸が高鳴り、手が震えているぶざまさを、夫に見破られないよう、はりつめた思いで、コーヒーカップを置き終えると、そそくさと、応接室を出てきたのでした。

きっと、まだ童顔の愛らしい顔立ちをしていた、その時の生徒さん達は、そんなそっけない私の態度に、北見先生の奥さんは、何んと無愛想な人だろうと、良くない印象を持ったことでしょう。

思春期に染まり始めるか始めないかの純情な生徒さんの前で、大恋愛を説く夫は、丁度そのころ、自分自身が熱烈な恋の渦中にいたのです。私に新任教師と夫との噂が耳に入って間のない時だったのですから。

胸がちくちく痛む感じで、そんな昔のことを思い出していた私は、横たわった夫が、胸の上で合わせていた、体温を失って冷たく硬直した両手を、解き離しました。そして、棒のように屈伸がきかなくなっている腕を、布団から引っ張り出すと、思いっ切り爪で引っ掻いていきました。

「痛いでしょう！　痛いでしょう！　……痛ければ痛いと言いなさいよ！」

ヒステリックに、かすれて言葉にならない低い声で言いつのりながら、私は夫の腕に爪を立て、無茶苦茶に傷を付けていきました。

凄まじい、豹変したその瞬間の私の姿を、誰かが見ていれば、きっと、気が狂い始めたのではないかと思ったことでしょう。

浮気で私を苦しめてきた夫が、まだ命が絶えていないかのように、あまりに穏やかな表情で、静かに横たわっているのを目の前にしていると、無性に腹がたち、悲しみが噴き上がってきて、ひどく痛めつけてやりたくなったのです。

この春ごろでした。生涯病気知らずだった夫が、急に激しい腹痛が起きて体調を崩しました。単なる風邪からきた胃腸病だろうと、町医者は診断しました。

胃腸薬をもらって服用すると、激しい腹痛がとまりました。それで全治したと思った夫は気をよくして、京都の絵画展まで出かけて行ったのです。退職後、いつの間にか公然のようにして連れ歩きはじめた恋人であり、絵の弟子でもあった律子さんの、自動車の迎えを受けて出かけていきました。

律子さんも現在は六一歳です。いえ、私の夫が四十歳を過ぎたころに、東京のM美大を出て教壇に立った人ですから、もう六十四歳で退職した身軽な立場のはずです。ずうっと独身を通しています。

最初のころは、新規採用で同じ学校の教壇に立つようになった律子さんを、夫は単に、教え子という思いで何かと面倒をみ、失敗を庇ってやっていたようです。律子さんにしても、学生のころから絵画に秀でていて、私の夫のような美術教師への憧れがあったとしても、先生になりたてでもあり、毎日緊張の連続の中で、夫の親切は、恩師だからという以外に、特別な意識はなかったことでしょう。

それが、その恩師と教え子という関係が、第三者の目には隠れ蓑になったのでしょうか。面倒を見たり見られたり、お互いに雑務を手伝いあって、一緒にいる時間が多くなっていくうちに、男と女の情が深まり、離れられない関係になってしまったようです

小さな田舎町では、たとえ夫が隠していたところで、噂は伝染病のように、耳から耳へと伝わり、早くに私の耳へ入ってきていました。

その最初のころに、私が勇気を持って夫を諫めていれば、夫の浮気を沈めることができたでしょうか。いえ、男女の恋情は、あの、群生して咲いている彼岸花のように、真っ赤に燃え、情熱をたぎらせている状態だと思いますから、とても、他者によって、不条理を覚めさせることは不可能でしょう。

そのころまだ生きていた私の父親が、

「妙や、男の浮気は甲斐性があるということや。……辛抱していたら、きっと、茂一さんはお前のところへ戻ってくる」

明治の初めに生まれた父親が言えば、それは決しておかしくない言い種です。顔に染みがいっぱい浮きはじめ、薄くなった肉に皮膚が張りついて、骨がごつごつと見える手を、もみもみ言われてみれば、私とても、父親に逆らえませんでした。

今にもあふれ落ちそうになる涙を拭くと、「分かりました」と、父親に笑顔を見せて安心させたのでした。

私が結婚をする前年に、祖父よりも五年長生きをしていた祖母が老衰で亡くなり、その後を追うようにして母親が亡くなりました。母も養子娘だったのです。その母が乳癌で死ぬ二カ月前の病床でいいました

「父さんは、よう、辛抱してくれたった。母さんの父親、あなたにとっての祖父は近所でも評判の厳格者で、養子の父さんに辛く当たって……、その度に母さんはおじいちゃんに食ってかかって、おじいちゃんとは、よう喧嘩になって……」

私にも覚えがありました。畑仕事中であろうが、食事中であろうが、母親と祖父の話し合いがいつも、火炎が燃え上がっていくように、激しい口論になっていました。静かで穏やかな空間が、いたたまれない状態になっていったのです。

喧嘩は決まって祖父が、

「養子の分際で」とか、「養子の癖して」とか言って、私の父を大声でなじるのです。

中学生ぐらいまで、祖父母と両親が畑仕事をしているそばで、一日中遊んだり手伝ったりしながら過ごすことが多かった私は、耕作のやり方で、父を叱る祖父の濁声を聞くのが

たまらなく嫌でした。

「おじいさん。どうして、ちょっと健造さんが意見を言ったからと言って、そんなひどい言葉でなじるの」

「なあにも、分からん癖して、理屈ばっかり並べるからじゃ」

「理屈じゃないでしょ！　少しでも、合理的に作業ができるように考えるから、健造さんは提案しているのよ」

「屁理屈言うな！　……昔から、体で覚えたやり方が、一番ええのや。それを、経験も積まん者が分かるか！」

娘を婿に取られた寂しさが、祖父の感情を荒あらしくさせていたらしいのです。大人になっておじいさんの気持ちが分かったのですが、祖父は、そこまで言わなくてもいいのではないかと思うほど、憎にくしげに父へ喚き立てました。それに対して、ただ黙っている父をかばって、母はいつも弁護をしていたのです。

こんな風にいつも温厚な父は、浮気する夫に一切意見をしてくれませんでした。私はむしろ、夫が毎晩のように恋人の家で夕飯をすませて帰宅するようになった日は、厳格だった祖父のように、父親が夫を怒鳴ってでも、意見をして欲しいと思うことがありました。

養子の辛さを嫌というほど味わってきた父は、夫を叱らないで、私に我慢をするように言い聞かせたのです。しかし、我慢をするにも限界があります。娘を膝に乗せて夜空を仰ぎ見ながら夫を恨み続けました。

そんな日の夜空に限って、負傷して血を流している顔のように、形がいびつで、表面が褐色がかった赤色の、無気味な月が、黒と白の濃淡でまだらな厚い雲の流れの中を、ゆっくり、泳ぐように、見え隠れしていました。

美しいとは言えない八日月夜か十日月夜らしい、歪んで無気味な、赤い月の浮くそんな夜空の情景は、何となく不吉なことを予知しているように思えました。浮気で遅く帰ってくる夫を憎みながら、遅ければ遅いで何か夫の身に、不吉なことが起きているのではないかと、夫を案じさえしていて、ふと、その矛盾に気が付き、自分で自分の心の内を笑っていました。

不穏な日々に、死んでしまいたいとまでは考えませんでしたが、娘を連れて、どこか遠くへ家出をしてしまいたいと考えたことは、一度や二度ではありません。そのたび断腸の思いで、老いた父親がいなければ、家を守る責任を背負った養子娘でなければ、今すぐにでも、娘を連れて身を隠すぐらい、簡単だろうにと、悔しい念にかられながら、堪え忍んだのです。

それもこれも、もう遠い昔のことです。私を悩ませた夫は、心臓が停止し、言葉を発する機能も失い、私が、爪で引っ掻いてひどく痛めつけているというのに、痛みを感じることもなく、しーいんと、静まりかえって目を閉じています。

二枚目というより、私が娘のころの名優であった佐分利信のような、渋い顔立ちと、かっちりとした骨格と脊格好をしていた夫は、数カ月の病院生活で、角ばった顎が、瞬く間に細くなってしまいました。そのせいでしょうか、優しいいい表情をしています。生前に、こんな優しい表情を、一度でも私に見せてくれたでしょうか。


春のあの日、夫が律子さんと京都の絵の展覧会へ行くのだと言ったとき、

「宿泊されますか」

と、私は聞きました。若いときの私であれば、こんな質問は絶対にしなかったことでしょう。いいえ、出来なかったはずです。

もう、七十代に入っている私は、諦めの境地にどっぷりと浸っていて、嫉妬心はあまり

湧きません。むしろ、八十三歳という高齢で足腰が弱り始めた夫を、「上村松園」の絵が見たいという願いに答えて、自家用車で片田舎町から、二、三時間もかけて、京都へ連れて行きますという、律子さんに感謝さえしていました。ありがたい思いがあって、私は本人に直接宿泊の有無を平気で聞けたのです。

あの朝、車で陽春のふりかかる野道を駆け抜けて来て、夫を家まで迎えに来た律子さんは、萌え黄色のワンピースを着ていました。首には淡い七色のスカーフがゆるく巻きつけてあって、それは年齢よりも若い装いでありました。が、決して不自然ではありませんでした。

面長で痩身の律子さんは、都会育ちのような品のよさが漂っていて、田舎の女まる出しの、モンペにエプロンがけした私の目には、羨ましいほど若わかしく、生き生きとした女性に映っていました。

「じゃ、行ってまいります」

見送るために玄関前に立っている私に、律子さんは深く頭を下げながら言いましたのに、真前を通りながら、夫は私に目もくれないで車に乗り込みました。

二人が乗った自動車が、細い田ん圃道を走り、家屋が密集する所で消えるまで、見送って立ちつくしていた私は、そのとき急に、思いがけなく、不純な、妬み心が起こったのです。その辛さは一言で表せません。

律子さんを夫の恋人ではなく、一人の女性として眺めれば、あんな素敵な女性はいないでしょう。礼儀正しく、お節介な押しつけがましいところがなく、いつの場合も相手の身になった気配りができ、決して、人を見下すような態度を見せない人柄は、女の私自身でさえ惚れぼれします。

背丈が子どものように小さくて、見たからに貧相なうえに、無愛想な私は、律子さんと比較にもならない見劣りのする女ですから、夫が私を愛せなかったのは分かります。

いくら、挑んでみたところで、女として律子さんに勝るものを持つことができないと思った私は、父親が私を諭したように、どんな理不尽なことがあっても、辛抱しなければならないと覚悟しました。

年齢を重ねるにしたがって、覚悟する構えも変化し、最近では辛い思いも軽減され、夫を突き放して眺められるようになっていました。それでも、たまに、どうしても律子さんを妬ましく思えるときは、懸命に妬ましい思いが消えるように努めました。

妬まない方法として、私が考えた一つは、私も律子さんを愛することでした。それは、格好の良すぎる不可能に近い行為にちがいありません。しかし、最初から二人が出会って結ばれていれば、何の悲劇も孕まなかったはずです。皮肉にも、私という妻と子供を持った夫と、運命的な出会いで結ばれてしまった律子さんは、言ってみれば気の毒な人です。

そうした事情の中での、離れられない夫と律子さんを憎み通して一生を終わるより、たとえ愛されなくても、寛大な態度で接していけるなら、私自身が穏やかに暮らせるかもしれない。そう思いました。

しかし、その嫉妬心をなくそうと努力する一方で、人として生まれ持って出てきた、愛されたいと願う一つの煩悩は、むしろ強烈さを増していきました。寸暇も心の痛みは止まることがなく、悩みは続いていきました。

そんな私には、老いた父親と田畑を耕しながら、娘の成長を楽しみに生活する日々が、いくらかの救いといえば救いだったのです。

自然を相手の作物つくりは、油断を許しません。日和なら毎日田畑に出ています。秋の稲作は、一年計画のおおまかな作業で終わりますが、畑作のほうれん草、白菜、キャベツなど、すぐ害虫に蝕まれる野菜などの駆除だけでも大仕事です。

そして、根が残っているのでしょうか。種が飛んでくるのでしょうか。畑にはよく草が生え、根気よく草引きをしない限り、草が繁殖し、一面草ぼうぼうになり、作物のできばえが悪くなります。

年毎に老いていく父親に任されることが多くなった私の頭の中は、いつも季節ごとに植えていく作物の、プランで一杯になっていきました。そして夫が定年退職をする頃には、私は、生産と出荷をやりこなしていける、完全な、いっぱしの農婦になっていました。

農耕の土いじりが多忙な日々の中で、私は嫉妬心を持たない努力をするのではなく、諦めの境地に浸ることで、律子さんに対して寛大でいられるようになっていったのです。

校長を歴任の後に学校を退職した夫は、請われて、各町村の公民館へ絵画指導に出向くようになりました。自動車に乗れない夫は、自転車で遠くまで指導に行っていました。その生き生きとした姿は、私には羨ましい限りでした。そして、日本画を主とする夫は、絵画旅行とか言って、よく自然の美しい風景を求めて、日本の各地へ旅行に出かけていきました。律子さんと共に出かけて行きました。

諦めの境地に立つことができていた私でしたが、娘の結婚式の前日に突然、父親が蜘蛛膜下出血で亡くなった日を境いに、心細く寂しいひとときが冷気のようにおそってくると、また、やっかいな、夫への憎しみと、律子さんへの嫉妬心が甦ってきていたのです。

しかし最近では、嫉妬にしても、憎しみにしても、若い頃のように激しく、涙がこぼれるほどの、悲嘆さはともなってきません。冷静に感情をコントロールできました。

京都の絵画展へ行く二人を見送ったそのときの嫉妬心も、それほど、激しいものではありませんでした。しかし、いつも払拭し切れない、うじうじとした感情を、胸に抱えていたために、夫の体の不調に気付かなかったのです。

京都から、日帰りで帰宅した夫は、非常に疲れた表情で玄関を入ってきました。私はなんとなく不吉な思いがして、

「お疲れでは?」

と、尋ねました。

「ああ、少し疲れたかな」

荷物を車から運んできて、心配そうにたたずんでいる律子さんを、ちらっと見てから夫は気弱に言いました。

やはり、いつもと様子が違っていました。普段の夫なら、少しぐらいのことで弱音を吐きません。疲れを否定して、元気に笑って見せます。特に律子さんと出かけて帰ってきた後などは。

その翌日でした。夫は歩行困難なほどの腹痛に襲われて、隣町に住んでいる娘夫婦に連絡し、付き添ってもらって病院へ駆け込みました。そのときはまだ、治療不可能な病気にかかっているとは思いもしませんでした。

体力が危ぶまれる中、実施された種々の検査の結果、手遅れの前立線肥大症のうえに、大きな腫瘍があると告知されたのです。

死の床に横たわる夫が、数カ月前まで、美しい風景を求めて旅に出たり、岡山や神戸、大阪、そして最後には京都へと、美術館巡りをして、それも恋人と一緒に過ごしていたのだと、誰が信じられるでしょうか。

私という妻を、家庭を守る主婦の位置に釘付けして置く以外に、ねぎらいの言葉も、感謝の気持ちも述べることもなく、夫は人生を閉じました。

「一生のうちで、一度の熱烈な大恋愛を」

という自分の思いだけを叶えて、息を引き取りました。

呼吸が止まって、一切の返事が戻ってこないことが分かっていながら、私は、いつの間にか、夫の死に顔にぶつぶつと語りかけていました。

……この後、私にどのようにして生きていけというのですか。……あなたが生ませた律子さんの息子を、我が家の跡取りに貰い受けろとでも言うのですか。私は、一切そんなことはしたくありません。

律子さんに息子がいることを知ったのは、つい最近のことです。何でもすぐに伝わってくる田舎で、どうして、そのことだけが、すぐに伝わってこなかったのでしょう。不思議な気がします。

律子さんの息子は、娘にとって、父親の血を引く異父姉弟ということになります。その息子も、今まだ大成できるかどうか分からない作曲家の道を歩んでいて、もう三十に届く年齢になっているというではありませんか。

あなたは、その親子へ形見分けに、何かをやって欲しいと言われるのですか。

あなたは定年退職後に数知れない絵を描いて、倉庫に並べていますね。そのたくさんの絵の中に、律子さんの協力を得て創作したという、若葉のころの「ブナの森」を描いた大作は、日展か何かに入選していて、価値があるようですね。絵を理解しない私に、何人かのあなたのお弟子さんが、耳打ちをしてくれましたよ。

その絵を律子さん親子に、やって欲しいと言われるのですか?

死んで初めて、私の胸へ戻ってきてくれたあなたの物を、形見という名目で、一切あなたの愛人のもとに残してもらいたくありません。せめてもの今の私の意地です。

時間がたてば、また優しい自分に戻れるかもしれませんが、あなたを失った今、自分でも驚き、呆れるような押さえがたい、鬼のような感情と復讐心が、律子さんに向かって、むらむらと湧き上がってきます。抑制もきかずに、荒んでいく私は、悔やみ受けの最後まで残って、いつまでも、あなたの枕元を離れようとしない律子さんに、きつい言葉を投げ付けていました。

「もういいでしょう！　お帰りください」

きっと、変貌した私の鬼面を見て、律子さんは肝を冷やしたことでしょう。畳に頭を擦り付けるばかりの挨拶を終えると、夫の枕元から静かに去っていきました。

貧弱な女のうえに、養子娘である負い目のために、あなたのわがままを許容し、どんなに悲しく辛い思いをしてきたことでしょう。

娘の可奈には、私のような悲惨な思いを、させたくありませんでした。三代続く養子娘である可奈を嫁がせました。その時点で、私は覚悟をしていました。この家が絶えてもいいのだと。

しかし、そのときは娘に子供が出来て、その子が家を継いでくれるかもしれないと、望みを抱いてのことでした。が、五十歳近くなってまだ子供に恵まれない娘は、きっともう、子供のないまま一生を終わるような気がします。それは、我が家の絶えることを意味していることでもあります。

家が絶えるということは、それほど問題にしなければならないことでしょうか。私には、愛されないまま、一生を終わる人生の方が、どんなにか、問題があるような気がします。

月がかなり西へ傾きました。気がつかなかったのですが、よく考えてみると、今日は仲秋の名月だったのです。どうりで、月の輝きがいつもより、数段、美しいではありませんか。

あなたはこれから、あの月へ向かって、昇っていくのでしょうか。それとも、私を愛しようともしないで、悲しませてばかりいた私の恨みを受けて、星ぼしの間に広がる、底なしの、漆黒で塗りつぶされた恐ろしいほどの暗黒、広大な、宇宙の果てに落ちていくのでしょうか。

地獄や極楽が存在するなら、やはり、その天体のどこかに有るのでしょう。

……いくら憎んでも憎み切れないあなたでしたが、憎い裏側にはいつも、狂おしい愛が渦巻いていました。あなたに地獄へ落ちて欲しくありません。……あなたが極楽へ救い上げられることを祈っていたいのです。

経文を読み上げるかのようにして、私の思いを吐き終えたとき、私は夫の顔に白い布を覆いかぶし、布団から引っ張り出していた両手をまた、夫の胸の上に戻しました。硬直した指は、なかなか自由になりませんでした。

しかし、一本一本組ませて元通りに合わせました。そして爪で引っ掻いたのに出てくる血もなく、白い線の交差が無数に浮いただけの腕には、明日の朝に対面する兄弟たちには分からないよう。袂をしっかり巻き付けておきました。

ほっと、一息ついた私は、またしばらく、月夜の下の幽玄な彼岸花を眺めていました。ぼんやりと眺めながら、自分自身を慰めるように、言うともなく言っていました。

〈野辺を、真紅に染めて咲くこの彼岸花は、私が勝手に思い込んでいるような、恋愛に身を焦がす人の情熱を表す花ではなのかもしれない。反対に……、愛を告げることもできなく、愛されることもなく……、愛されないからこそ、胸奥に燃やし続ける片思いの恋、そんな悲恋を象徴して、華麗に咲いている花なのかもしれない〉。

夜も更け、虚ろな私の目に、お弟子さんが描いてくれていた、少し若い頃の肖像画の乗る祭壇に立ち昇る線香の煙と、一膳飯の白さがわびしく映りました。明日からはあの、一膳飯に使っている鳳凰が描かれている茶碗に、御飯をよそって、夫の手に渡すことも無くなったのです。

浮気をされても、毎日家に戻って来てくれることを願い、父親に諭され慰められながら家を守り、家事仕事だけはおろそかにしないように努めてきた私でした。でも、もう、私のような辛抱をし続けなければならない悲惨な人生など、私一人で十分です。他の誰一人として送ってほしくないものです。

夫との生活の、あれこれを考えているうちに、眠気に襲われた私は、ちょっと、うとうととしたのでしょうか。夫の布団の上にうつ伏せになって眠ってしまっていたようです。

「お母さん。寒くありませんか?」

娘の声で、私は慌てて身を起こし、気を持ち直し、姿勢を正しました。

「お母さん、もう入ってもいいですね」

また、襖の向こうから娘が声をかけてきました。私は朝を迎えるまでは、まだ、誰も夫に近付けるまいと思っていました。娘の心細そうな声を跳ね返して言いました。

「まだ、夜が明けていないでしょ！」

美鈴さんの初恋

高校時代の恩師から掛かってきた電話に、美鈴は思い切って打ち明けた。低いが、しかし、はっきりした声で言った。

「高校在学中のときから、ずうっと、憧れていたんよ。でも……、良子が先生にぴったり寄り添っていて、私の入っていく隙間がなかったんよ」

何十年という深い年月の間、心の底に沈めていた赤い珊瑚を、明るい日差しに晒すような行為は、夫が、今はこの世に存在していないという事実がさせるのだ。

正月明けの三日目のその日、高校時代のクラス会があった。三年間隔だったり、五年間隔だったり、ぽつりぽつりと思い出したように案内状が届くクラス会に、これまで美鈴は出欠を繰り返していた。今回は、行きたくもあり、行きたくもない、といった優柔不断な迷いに駆られながら出席をしたのだった。

夫が前年の初夏に亡くなり、寂しさも手伝って出席する気が起きたのであった。そのときまさか、初恋だった恩師に、胸底に沈めていた思いを打ち明ける機会が訪れようなど、考えも及ばなかった。

「……美鈴のそんな気持ち、ちっとも気づかなかったなぁ。悪かった。……しかし、よう打ち明けてくれた。先生は嬉しい」

「そう？　ほんとうに？　嬉しい？」

「ああ、おれも良子が亡くなって、子らもそれぞれ独立し、一人で生活をしている今だから、素直に君の気持ちを聞けるよ」

「ほんとうに、好きだったんだから」

次第に語調に力が入り、告白する声はうわずっている。歓喜で、自分でもおかしいほど甘ったるい声が出てしまう。五十代も半ばに入った年齢を忘れているわけではないが、十代のころに抱いた思いを、覆っているベールを裂くようにして、包み隠すことなくそのまま相手に伝えた。

「どうして、そのころ、君のそんな気持ちに気づかなかったんだろうなぁ」

「そりゃ、私、活発な良子にはかなわないと思ったから、好きだ好きだって思いながら、先生には気づかれないようにしてたもん」

年を重ねた厚かましさもあるのだろうか、美鈴は昔の恋情を相手に語ることに遠慮をしなかった。恩師である初恋の相手は、そんな美鈴の大胆さを、電話の向こうで、どう受け止めているのだろう。電話線を通って返ってくる相手の張りのある声は、いっそう美鈴の歓喜をあおってくる。

「そんな遠慮深いところがあったんだ。君の若い頃は……、で、今、君は何をしてるんだ」

「一人で、ぼんやりしてる」

今回のクラス会は、姫路城がそびえる中心街から少し北に離れたレストランであった。当時は、現在とちがって一クラスの人数は多く、男女合わせて四十二名いた。そのクラスの約半分の二十三人が出席をしていた。

出席してくる同級生の女性は、各人それなりに年齢より若作りの化粧をし、着飾って、幸せそうな顔をしていた。美鈴も夫の死があったからといって、苦労人に見られないように、いつもより気をつかい、化粧を念入りにして出席をしていた。

いつものようにクラス会へ招待をする恩師が、妻を亡くしているという噂は、美鈴の耳にも入っていた。そのことが、クラス会の案内が届いて以来美鈴を落ち着かせなかった。仕事から帰宅し、自分だけの料理を手早く作り、食事後テレビを見ていても、画面をなぞっているだけ。内容は頭に残っていなかった。休みの日の朝食後にコーヒーを飲んでいるひとときでさえ、ふと気がつくとぼんやりしている。窓から見える冬木立の、その辺りに、クラス会で顔を合わせる妻を亡くした恩師の幻影を追っている。

良子は美鈴とちがって、だれはばかることなく、担任の桂庄司に積極的であった。教え子へ恋愛意識を抱くことに対して、私立の学校といえども、禁止するわけにはいかないことなのであろう。

桂は大学卒業と同時に教員に採用され、初めて美鈴たちのクラスを受け持ったのだ。その生徒の中の、少し小柄で、愛くるしい良子の積極さに、若い桂は魅了されていった。その良子が卒業をするのを待って、結婚に踏み切ったのであった。

自分も好きだったのに、先生は良子と結婚をしてしまった。くつがえせない事実をまえに、美鈴は部屋に籠もると涙を流した。切なさは心に疼いて、うつうつと年月が過ぎた。

原因を知らない母親は、急な食欲の減少と無口になった美鈴に、病院へ行くように勧めた。しかし、原因が自身で分かっている美鈴は、頑として従わなかった。

失恋が癒されないまま、その数年後の二十二歳のとき、美鈴は親が勧める加藤泰夫と結婚をした。

結婚後も美鈴は、初恋の桂を思い続けていた。心から消せないでいた。

「私ね、高校のとき担任だった先生が好きだったんよ。片思いだったけど」

不思議なことに、両親に言えなかった秘密を美鈴は夫に隠していなかった。新婚当初から写真を見せて失恋を話題にした。八歳の年齢差がある夫は優しかった。不愉快そうにもしないで、まだ女学生のように初うぃしい、美鈴の打ち明け話に耳を傾けて、静かに聞いていた。

美鈴は娘と息子を一人ずつ恵まれた。その娘が思春期を迎えたころ、娘にも、

「お母さんね、高校のとき、担任の先生が好きだったんよ。でも、打ち明ける勇気がなかったから、片思いのままなの」

美鈴の打ち明け話は、完了をしていない。ずっと桂に恋をし続ける進行形状態で話していく。娘に軽蔑されてもいい。初恋の体験は娘にも聞かせておきたい。

特に、『マディソン郡の橋』のような、つかの間の恋に燃えた男女の、切なくも美しいストーリーが展開をしていく洋画を見た後などで、

「お母さんはね」

と、テーブルを挟んだ向こう側に座っている娘に、語り掛けるのであった。

太い眉の下の大きな瞳を、覆うように生えた長いまつげの、ギリシャ型美人と言われる美鈴が、初恋体験を語り始めると、娘はまぶしそうに、うっとりとした目で聞き入ってくれた。

美鈴はそんな自分をいつも、〈何と幼稚で少女っぽい大人だろう。こんな自分は母親として失格に違いない〉と、ときどき一人苦笑しないわけではない。

娘に語ることで、自分を慰めていたような美鈴であったが、意外に早く、聞き手を失う日がやって来たのであった。

小学校からサッカーをやり始めて、高校でサッカー部に入り、日暮れまで帰って来ない息子とちがって、いつも自分の傍にいて、自分の分身のように感じていたこの娘が、高校を卒業してすぐに勤め始めると、好きな男性に巡り会い、両親の同意を求める前に、結婚を決意してしまっていたのだ。

「麻紀ちゃん、少し早すぎはしないの？」

美鈴は、まだ子どもだとばかり思っていた娘から結婚の告白をされ、卒倒するばかりに動揺をした。

「結婚なんて、嘘でしょう！」

半信半疑で娘を睨んだ。大事に大事に育ててきた娘だ。二十そこそこでお嫁に行ってしまうなんて。

「お母さんは許しませんよ！」

まだまだ、親のそばに居て欲しいのだ。私の可愛い娘。結婚をするなんて言わないで。美鈴は涙を一杯ためて訴えた。その半狂乱になって結婚を反対する母親に、麻紀は驚いていた。驚きながら抵抗をした。

「お母さん。お母さんは好きな人と結婚をしたかったのでしょう？　私は好きな人と巡りあったのよ。ね、いいでしょう？」

膝にしがみついて、下から見上げながら懇願をする娘に、美鈴は我に返った。自分はもしかして、無意識のうちに娘の恋愛に嫉妬をしているのではないか。そうだとすれば何と罪深い母親であろうと。

麻紀は寛大な父親よりも、母親を説得する難関をクリアすると、桜が満開の最中に嫁いでいってしまった。

「そんなに思い詰めていると、体を壊すぞ」

娘が嫁いで以来、美鈴はもぬけの殻同然であった。ソファに身を凭せかけると、いつまでも、じっと座って寂しそうにぼんやりしていた。

「寂しいわ。麻紀がいないと」

毎日毎日、夫と夕飯を食べながら何度、同じ言葉を漏らすことだろう。

「遠くへ嫁いだわけではないのだ。一時間もあれば娘の家に行けるだろう」

いくら夫に慰められても、娘が自分の傍から離れていった寂しさは拭い切れない。麻紀が使っていた部屋の掃除をしながら、麻紀が好きだったオムレツを作りながら、そして麻紀が好きだった歌がラジオから聞こえてこようものなら、どうしようもなく涙があふれる。

娘を手放した悲しみは、二年後に麻紀に子供が恵まれ、腕に孫を抱くことができた、その喜びで癒されていった。

「私の可愛い孝夫ちゃん。ほら、お目めを明けて見てちょうだい。あなたのおばあちゃんですよ」

初ういしい柔らかな物体。愛撫しながら無条件に愛情が湧いてくる。美鈴は幸福で満たされた。夫も美鈴が機嫌よくしていると、にこにこ嬉しそうな表情をしている。ときどき嫁ぎ先の京都から、娘が連れてくる孫を迎えた家庭の幸せが、美鈴の心の中から初恋の人の影を、いつの間にか消していた。美鈴は幸せだった。

その幸せの日々に、災いが忍び寄っているなど美鈴には予想もできなかった。頑丈で人一倍元気だと思っていた夫が、パーキンソン病と診断されたのだ。六十歳を間近にして、会社の定期的健康診断を受けて分かったのであった。

「どうして、温厚で優しい主人に、治療が困難だと言われる酷な病気が、すみついてしまっていたのやろ」

美鈴は悔しさに嘆いた。しかし嘆いてばかりいられなかった。現実を受け止めて、夫と共に病気と闘わなければならない。戸外の白んでくる夜明けの床の中で、美鈴は覚悟をしていった。

幸いなことに、パーキンソン病でも手のつけられない凶暴な症状ではなく、夫の病状は進行も目に見えて悪くはならなかった。工芸印刷会社の社長付き運転手の仕事は、続けることができた。仕事をしながら毎日、根気よく病院へ治療に通った。

「ねえ、散歩に行きましょう。脳の指令がスムーズに働かなくなると、寝た切りになってしまうでしょ」

仕事から帰宅して食事をすると、やれやれと思うのに違いない。医者から義務づけられている大切な散歩を、夫は怠けようとした。嫌がった。しかし、美鈴は許さなかった。夫に寝込まれてしまっては困る。美鈴が困る以上に、本人が一番辛いはずである。彼女は執拗に夫を促して散歩に連れ出した。

自宅から十数分の距離にある武庫川の川沿いを、毎日夫と肩を並べて歩いた。桜の満開の下を、花火の上がる夏の夜空を見上げながら、小雪が舞い、木枯らしが顔を打つ真冬の冷え込む中を、ほとんど言葉を交わすこともなく黙もくと歩いた。夫の病気の進行を少しでも遅らせるために。

美鈴のそうした努力にも効果がなく、意外にも、夫は急性心不全であっけなく、患って二年も経たない一昨年の初夏に世を去ってしまった。大学を卒業した息子も、友人とオーストラリアでパソコンショップを開くのだと言って、夫の一周忌を終えると海外へ渡ってしまった。

美鈴はやむなく、一人で暮らすことになったのだ。寂しい心の空洞に、無意識のうちに、何かを求めていたのだ。

クラス会の夜はかなり冷え込んでいた。美鈴は二次会に参加をしないで、まっすぐ帰宅をしていた。しかし、桂庄司の姿が目に浮かんできて、切なく心がうずいてしかたがなかった。もうかなり夜も更けてきていた。そろそろ床に入ろうとしたところに、電話が鳴ったのだった。

「クラス会の終わりのころになってな、美鈴さんの一番の友達だった洋子さんから、『先生、美鈴が先生を好きやったの知ってるか』って言われて、僕はびっくりしたんや。遅いから電話は迷惑かと思ったが、美鈴さんも一人住まいをしていると聞いたもんやから、掛けてしもうたのや。なんで、何もせんと、ぼんやりしてたんや」

「うふふ。……先生も一人暮らしをされているんやなぁ、私と一緒や。なんて、考えながらぼんやりしてたんや」

「今日は風があって寒いけど、星空が綺麗なの分かるか？　先生の家は山の中腹にあって、縁先から空を見上げると、星空が非常に綺麗いなんや。時間の立つのも忘れて見ているときがある。そして狐がときどきそーっと、顔を見せたりすることもあるのや。可愛いで。一度、先生の家へ来ないか？」

ではそのうち洋子と訪ねる、と美鈴が返事をすると、桂は一人で来て欲しいと言った。

美鈴は、心が熱くなっていくのを感じながら、今すぐにでも飛んで行きたいと思った。

その日から、毎日のように桂から電話が掛かってくるようになった。話の最後に、

「寂しいよ。一人で居るのは」

決まって弱気な言葉を漏らした。

それからの日々、毎日、美鈴も電話を心待ちにするようになった。もともと憧れていた初恋の人である。先生と話していると心が満たされた。これからの人生に幸せが訪れてくれるような気がした。

交際を始めて二、三カ月が過ぎたころ、桂は美鈴が小さいころ住んでいた姫路城の北に位置する、八代町へ連れて行ってくれた。車窓から町並みを眺めたとき、四十数年前の町並みがほとんど姿を消しているのに驚き、美鈴は寂しい思いに陥った。

もう父親も母親もこの世にいない。私の生まれた家の影も形もない。クラス会で顔を合わせる以外、幼なじみとも顔を合わすこともなくなっている。ふる里は私に寂寥感を呼ぶだけのような気がする。

「ねえ、先生、今度私の家へ来て下さい」

美鈴は五階のマンションに住む窓から、沈んでいく真っ赤な夕日が、とても綺麗なので是非、桂に見てほしいと思った。

夕日はどうして、あんなにきれいなのであろう。絵ではなく、写真ではなく、肉眼で見る夕日は、心を溶かしてしまうような美しさだ。美鈴はいつも一人で眺めるのが惜しいと思う。誰か一緒に眺めたいと思っている。

美鈴の誘いに桂はやってきた。美鈴が住む五階のマンションへ。その日は秋のよく晴れた日であった。夕日は綺麗に焼けるにちがいなかった。

美鈴は手料理を並べると、お酒も用意して桂を迎えた。心が弾んでいた。しかし、お酒を飲み始めた桂は、人が変わったように、亡き妻の愚痴をこぼし始めたのだ。

妻の母親が自分をまるで養子のように、毎日毎日こき使ってきたのだと。自分は今まで妻のいいなりで、不幸な日々を過ごしてきてしまったのだと。

スポーツマンで、はつらつとしていた若いころの恩師。年齢を重ねながらまだ、衰えをみせない魅力的な初恋の人。その桂の思いがけない愚痴る醜態を、目の前にして、美鈴の心は急激に凍っていった。

美しい夕日を眺める、心のゆとりが消えていた。

〈もういい。男の人なんて〉

美鈴は過去を振り返りたくないのだ。これからは、前だけを向いて、明るく生きていきたいのだ。美鈴の頬から、止めようもなく大粒の涙が流れた。

ある日の恋

故郷の姫路から上京してきた長野さんが、ハルの住み込み始めて間のないユーモア作家の邸宅へ、突然電話を掛けてきた。

「長野です」

「?……」

「長野たえ子です」

相手がフルネームで言ったとき初めて、幼馴染みの長野さんであることが分かった。

「やあ、たえちゃん。どうして東京に?」

ハルは誰であるか分かった瞬間に、弾んだ言葉を返していた。

「親戚の家に来たんや、用があって」

「そお。で、長いこと東京に居るの」

「わからへん。でも、ちょっとの間、こっちに居るけどな」

「ふうん、それじゃ、家の人によろしくね」

お手伝いさんという身分では自由に外出できるはずもなく、ハルは懐かしさを押さえた。さいなら、と言って電話を切ろうとした。

「ちょっと、ちょっと、電話を切らないで」

新聞を読んでいたはずのY夫人が飛んできて言った。友だちがせっかく電話をしてきてくれたのだから、会っていらっしゃいよ、と。

どうしてこう、夫人は優しいのだろう。お手伝いさんの友人が、電話をしてきたところで、放っておこうと思えば放っておけるのだ。

Y夫人にうながされて、ハルはふりかえ休暇をもらって、翌朝長野さんに会いに行った。まさか、この長野さんの上京してきたことが、ハルとパキスタン人をめぐり合わせ、ハルのパキスタン人へ抱く恋心の発火点になろうとは、思いもよらなかった。

長野さんとは銀座で待ち合わせて会った。昭和三十九（一九六四）年と言えば、東京オリンピックが開催された年で、そのころは銀座もまだ賑やかな町であった。縦横の隊形を作って、移動していく深海の小魚のように、人びとがうようよと群れて動いていた。

ハルはその日、銀座の洒落た商店街から劇場や映画館の密集する有楽町へ、得意げに長野さんを案内した。そこから東京タワーへ行く都電に乗った。歩きながら、乗りながら、訪ねてくれた友との話は尽きなかった。

二人の会話の中へ、パキスタン人が話しかけてきた。偶然にも、そのパキスタン人は、ハルの住み込んでいる作家の邸宅の真裏に聳えているアジア会館に宿泊していた。国際電信電話局へ、電気技師として派遣されてきたのだと身分を明かした。

三人で東京タワーへ上った。パキスタン人は貧弱なハルの英語で十分会話を理解した。ハルも必死で、高層から見下ろすお伽の国のような、小さく密集している町の様子を説明した。耳を傾けるパキスタン人の東洋人的な黒い顔に、きれいな形で並ぶ二つの目は、澄んでいた。吸い込まれるように透き通っていた。

東京タワーを出ると、パキスタン人はハルと長野さんに別れを言った。別れ際に、パキスタン人は、夕方四時にアジア会館の前でまた会って欲しいと言った。ハルは近いから会ってもいいと返事をした。

ハルと長野さんは、再び銀座へ戻って三愛デパートへ入った。筒状の、空に聳えているデパートの階段を登って、七階のアイスクリームコーナーへ行った。そこは当時、百円だせば、好きなだけアイスクリームがお代わりできた。チョコレート、パイン、ストロベリー、宇治茶などなど、種類が非常に豊富であった。ハルも友人も二十三歳の娘盛りであった。面白がって何杯もお代わりをした。食べ飽きるとビルから下界の展望を楽しんだ。展望の南は東京湾であり、いぶし銀の海面に、船が数艘だけ幻のように浮いていた。

午後を回って、しばらくして渋谷へ出た。三時に「忠犬八公」の前で、家族で東京の住人になってしまった二人の共通の友である香田さんと会う連絡を取っていた。香田さんは時間通りに現れた。小柄な長野さんに比較して、背丈がある香田さんは、服装や身のこなしが、すっかり、都会のセンスに包まれていて眩しいばかりであった。

そこからは、苦学をして幼稚園の先生になっている香田さんの案内で、トコロテンの美味しい店へ行った。長野さんとは中学校を卒業以来の出会いだったことも手伝って、三人になると切りもなく話が繋がり、盛り上がった。時計の針にスピードが付いたような錯覚さえもった。

ハルの心は揺れていた。パキスタン人に会う時間が近づいていたからだ。ハルは香田さんにパキスタン人と会う約束をしてしまったことを説明した。香田さんはけげんな顔をしていたが、そこから、長野さんの東京見物を引き受けてくれた。ハルは急いでアジア会館のある赤坂へ戻った。

「ルーム五三六号。ミスター・カーンを呼んでいただけませんか」

ハルは教えられた通りに受付へ言った。愛想のいい日本人の受付嬢が、連絡を取ってくれると、五分後に下へ降りてくると言ったという。ロビーの片隅で、少々不安な、もの苦しい思いで待っていると、外套を腕に、傘を持ったミスター・カーンが現れた。彼は萎縮気味に立っているハルの前に来ると、約束の時間より早いではないかと言った。

友と別れて、地下鉄で来たために、早く着いてしまったのだと説明をすると、納得してうなずいた。

彼が滞在しているアジア会館前には、高級車がずらりと並んでいた。それぞれの車のボデイは、降りかけた春雨を吸い込むようにして、しっとりと光っていた。〈もしかして、この内のどれかに乗せられて、サッと、何処かへ連れ去られるかも知れない〉

美しい目に魅せられるようにしてやって来たものの、上から見下ろしながら言葉をかけてくるパキスタン人をハルは多少警戒していた。が、長いほっそりとした足が、会館ビル前の坂をゆっくりと下り始めたため、ホッとして横に並んで歩くことにした。

彼は日本語をかなり知っていた。英語と日本語の入り混じった会話が弾んだ。笑うと薄黒い皮膚の顔に、歯並びの奇麗な白い歯がのぞいた。若いのか中年なのか、定かでないミスター・カーンは、お酒が飲めなくてコーヒーかココアがいいと言った。ハルもその方がいいと答えると、喫茶店へ行こうと言った。

坂が続いていた。乃木坂の大通りから一本北の裏道は、ほとんど車は通らなかった。歩き始めたとき小雨だった雨が、日暮れとともに激しい雨足を道に叩きつけていた。喫茶店が見つからなかった。小ざっぱりした寿司屋の前へ来たので、ハルは寿司はどうかと尋ねてみた。彼は「テンプラ」か「スキヤキ」ならいいが「寿司」は嫌いだと言った。

どちらかといえば優柔不断なハルに対して、ミスター・カーンは、金鎚のように意思をはっきりと叩きつけてきた。彼の意思に従って、喫茶店が見つかるまで歩くことにした。数時間前に会ったばかりの、しかも、外国の男性である。心の緊張がほぐれていないハルにすれば、その方が幸いした。

坂を下り終わって、ＴＢＳテレビ局の東西の通りに出たとき、やっと小さな喫茶店を発見した。喫茶店内は暗かった。街灯で明るくした道路より暗く、向かい合って座っている彼の表情がよみとりにくかった。

お互いに今の仕事がどういうものか。その仕事に満足しているのかいないのか。など、それぞれの思いの通じるところがあって、一時間余りを一杯のコーヒーで語り合っていた。六時には帰宅しなければならないからと腰を浮かすと、また、会いたいと言った。しかし、ハルにはもう休暇が無い。会えないことを伝えると、仄暗い明かりの下の、鼻稜の高く突き出ている顔が大きく歪んで、

「バッド、バッド」を繰り返した。

帰路は広い通りを選んだ。大通りは自動車も激しく行き交い、ヘッドライトが光の帯を幾重にも走らせていた。無言になりがちなハルへ、彼はハルが好きだと言った。そして、彼はハルが彼をどう思うか尋ねてきた。ハルも迷うことなく好きだと、英語で答えた。

しかし、ハルのラブは愛のラブではなく好意のラブだと説明した。が、微妙なラブの違いをハルの英語力では理解してもらえるわけがなかった。歩道の坂を登りながら、彼はハルにキスをさせてくれと言った。

「キス!? 私には経験がない。恐い」

答えを返しながらハルの胸は高なって狼狽していた。しかし、乃木神社の樹木が道を覆

うように、枝を繁らせている暗い所にさしかかったとき、彼は無理やりハルの頬へ口唇を押しあててきた。瞬間、小石でも飛んできたように、チクリと小さな痛みを感じた。彼の歯先が頬を突いたらしかった。同時に彼の両手がハルの首に巻かれてきた。

ハルがもっとも警戒していたことが起こってしまった。ハルは彼の手を振り切り、体を大きくくねらせた。すると、かれの手はすばやくハルの胸を抱いた。乳房をまさぐってきた。

ハルは彼に傘をさしかけていた。傘はハルが身を交わして動かすたびに、背の高い彼の頭へコツン、コツンとあたっていた。なおも衣服の上から胸をまさぐる彼の手を、払いのけながらハルは、

「アイアム、アフレイド！　アイアム、アフレイド！」

夢中で恐い恐いを繰り返していた。全身が震えていた。低いが、あまりに悲愴な声を出したために、彼は逆に驚いたらしかった。刺していた魔が解けたような感じで、彼は謝り始めた。

「ごめんなさい。ごめんなさい」

日本語で何度も何度も謝った。それが心の内側から出た言葉として受け取れたハルは、

張り子の虎のように頭を幾度も振って許す表現をした。しかし、映画で見た、演劇で見た、テレビで見た、芝居のことではない実際に起こっている男性のショッキングな行為の前で、田舎娘のハルは震え、心を乱していた。

乃木坂から西へ回ってアジア会館通りへ達した。そこで別れようとすると、彼はハルの住居を案内しろと言った。ハルはひと呼吸してから、アジア会館のすぐ裏だと言ったが、裏という言葉が通じなかった。分かり易い赤坂マンションの角まで引き返して、この道を真っすぐに突き当たった所だと説明した。

頭をうなだれて説明するハルに、彼はまたキスを要求した。ハルは即座に拒否した。彼の美しい澄んだ目と、温もりの溢れた人間味に魅了されながら、田舎育ちで若かったハルにとって、男性の求愛には憶病であった。キスをさせる勇気がなかった。

ハルは、「グッドバーイ」と言いながら、自然に日本流のお辞儀をしていた。それに答えて彼は「さようなら」と日本語で言った。地味な背広姿であったが、スタイル画から抜け出してきたようなスラリとした長身を、ハルより丁寧に深く曲げて別れの挨拶をした。

翌日、夕飯の支度をしながら、ハルはY夫人にミスター・カーンについて語った。華族の娘に生まれながら、苦労の多い数奇な人生を歩んできたY夫人は、何事も話せる雰囲気を持ち合わせていた。

漱石の『坊ちゃん』に登場してくるマドンナを思わせる美しい夫人は、うなずきながら静かに耳を傾けていたが、さすがに、キスを求められたことだけは言えなかった。

その二人の会話を、料理の出来るのを待って、食卓で本を読んでいた小学五年生のA坊が、聞き耳を立てていたらしい。Y夫人によく似て、白くてふっくらした顔を輝かせて、

「じゃ、家へ招けばいいじゃない」とか、

「僕、ハルちゃんと明日、その人に会いに行っちゃいけない」とか、

「明日に日本を発っちゃうんだったら、日曜日だし、ハルちゃん、羽田まで送りに行けよ。僕ついて行ってやるからさ」とか、
好奇心と親切心とを、ハルのふつふつと燃えている心にぶつけてくるのであった。そのうえ夕飯のテーブルに皆がつくと、ハルに向かって言った。

「ハルちゃん、パパに話してもいい？」

悪くはないが恥ずかしいではないか。とまどっているハルにお構いなく、A坊は何でもないことのように一部始終を話してしまった。そして、

「ね、パパ、その人、家へ呼んでもいい？」

手酌の酒をゆっくり口に運びながら、渋い顔をして聞いていたS作家は、ハルの内心の要望を、子どもなりに汲み取って、頼まれもしない代弁をする息子へ、

「さあ、ねえ」

と、賛成でなさそうなあいまいな返事をした。あいまいながら威厳があった。A坊に言葉を続けさせない威圧感があった。A坊は口を閉じてしまった。

その夜、ハルは本を開いていながら読むでもなく、昨日、一緒にひとときを過ごしたミスター・カーンのことを思い返していた。それは七色に彩られながら膨らんでいく、シャボン玉を見詰めてでもいるような、快い夢見心地にさせて、ハルをうっとりさせていた。

すると、部屋の戸を少し開けて、A坊が顔を覗かせた。

「ハルちゃん、その人は、何歳ぐらいの人だった?」

A坊はまだ好奇心を続行させていた。

「そうね、かなり年を取っていたと思う」

ハルは、彼が二十八歳だと言っていたのを思い出していたが、照れ隠しもあって不正直に答えた。

「そしたら、駄目だね」

「何が？　……」

「ハルちゃんとその人が結婚するのは」

「うふふふ、A坊はおませさんね。そんなこと言うべきじゃないわ」

「僕、思うんだ。ハルちゃんと肌の黒い人が結婚したら、どうなるだろう？　顔や手の黒い赤ちゃんが生まれるだろうね。きっと」

「うふふ、A坊は面白いこと考えるのね」

A坊のストーリーは、時間の経過と共に、ふつふつと沸き上がってくるハルの心の切なさを、笑いで吹き消していくような気がした。

眠れないまま朝を迎えた空は、淡い藍色を広げていた。肌は冷たい風を感じていた。A坊は朝食を終えると、母親に自動車で送られて学校へ行った。そのとき電話が掛かってきた。ミスター・カーンからであった。ハルに会いたいという。

すぐそばのソファにS作家はいた。朝食後はいつも新聞を、一杯に見開いて、顔へ覆い被せるようにしてそこで読むのだった。

ハルには出来ないことだった。悪知恵を働かせ、もっともらしい用事を作って、S作家に外出を願い出るということが。……彼の言葉をそのまま伝えた。会いたいと言っているのだと。伝えながら、ハルは顔が燃えているような気がしていた。

「あまり、そういう人と付き合わない方がいいね。……断っちゃいなさい！」

若い娘を預かって、保護者代理の責任があるS作家は、受話器を持って突っ立っている

ハルを見ないで、正面の壁に向かって張りのある高い声をぶつけた。

いいえ、会いに行きたいんです。行かせて下さい！　……そのとき、とても、ハルは正直に言えなかった。胸の底から、勢いを増しつつ膨らんでくる切なさを、胸に押し込めた。

ビンの口から溢れるしゃぼん玉を、むりやり押し込むように。

キス事件のときの、彼の「ごめんなさい」は、純粋で素直な響きが伝わってきて、ハルの心情をやさしくした。明日発つからもう一度会いたいのだと、懇願にひとしい彼の誘いにも、不純なものが感じられなかった。しかし、S作家に逆らって家を飛び出して行く勇気はなかった。S作家の長い横顔に圧されつつ、残念ながら、忙しくて会えないのだと、

ハルは懸命に断った。

「さようなら」

涙ぐんでいるハルの耳に、ミスター・カーンが哀愁のこもった別れの言葉を残した。

ショットバー

小さな裏庭の紅葉が、緑を圧して赤く染まり始めたある日の夜更け、勤務から帰宅した息子が、話があると言い、私たち夫婦がテレビを見ている居間へ入って来た。あらたまって、また何事かと、いぶかって、むっくり突っ立った巨漢の息子を二人は見上げた。

「ショットバーをやろうと思うんや」

背丈一八五センチ。体重九十キロもあるとは思えない低音で、つぶやくように言った。

「ショットバーって?」

嫌な予感に、私は声高に聞き返した。

「洋酒をカクテルして、飲んでもらう店や」

目を宙に浮かせて用心深く息子は応えた。

「ようするに、飲み屋のことやろ」

自ら鍛造金型の職人であることを自負し、会社の商売上の接待は実弟に任せ切っている下戸の夫が、わかった風なことを言った。

「飲み屋?、そんなことせんといて! 世間体が悪い」

私は即座に、荒い言葉で毒気づいた。

「何が悪いん。悪いことするんやないのに」

「でも、普通の者がする商売やない! 人が笑ろてや」

「お母さんは、しょうもない事を言う。何で人が笑うんや!」

息子の声が次第に威圧的な激しい口調になった。瞬間、私は親の威厳で押さえられないことを察して口を閉じた。しかし、私にはショットバーがどうしても好ましい職業とは思えない。何とか阻止しなければならない。そう考えると夜も眠られない状態に陥り、それからの毎日、息子が帰宅するのを待って、勢いをつけて執念深く説得にかかった。

「折角、給料のええ、大手メーカーの住宅会社へ入れたんや。三年目になると、仕事も慣れてきたところやろ。何でまた、バーなんか! そんな仕事は人がいいように言わん。肩身の狭い思いをせんならん。それに、いずれ親の鉄工所を継がな」

「今の仕事は嫌いやない。でも、一生続けたい仕事ではないんや。で、色いろ考えた末に、やっと決めた僕の一番やりたい仕事なんや」

「そんな、暴力団が絡んでくるかもしれん、危険な飲み屋なんかを」

そういう商売は、最初ようけ儲かっても、次第に未払いの人が増え、気が付くと借金が膨らんでいる。しまいに店を閉め、夜逃げ同然で姿をくらましてしまう人がいる。そんなことよう聞く。不景気な今は尚更や。なあ。やめといて。

「何をつまらんごちゃごちゃしたことを言うのや。なんぼ止めても、やるからな。……会社の上司に、今日も仕事が終わってから思い直すように説得され、頭が痛いんや！　帰って来てまで、やいやい言わんといてえな。それに、お母さんは何も知らへん。そういう所で働いとっての人でも、真面目でいい人はようけおってや」

「でも、近所の人がどないおもてか……」

「なんぼ止めたて、ショットバーは僕のやりたい仕事なんや」

中背中肉の夫婦から、どうして巨漢が生まれてきたのだろう。その日も、服を着替える息子を見上げながらの私の説得は、どうどう巡りの口論のすえ、怒らせ、反発を強めても、考え直させることは不可能であった。

息子は反対を押し切ると、バブル時代に見学研修の交通費支給、食事代支給と、手厚い待遇を受けて入社したトップメーカーの、S住宅会社を年の暮れに退職してしまった。三年間勤めてもらったそれ相当の退職金をはたくと、背中にリュックサックを背負い、バー巡りだと格好をつけてドイツをはじめとして、ヨーロッパ各地へ旅立って行った。それは平成五（一九九三）年が明けた一月のことであった。

夫は六十歳を間近にして、家業を継がない息子に大いに不満を持っていた。しかし、強引に引き寄せはしない。先輩の無理やり継がせた息子が、ノイローゼで立ち上がれなくなった。そのために廃業。そんな悲惨な状況の痛いたしさを見、胸中に抱え込んでいるからかもしれない。いや、それより何よりも、

「鉄工所はお爺ちゃんとお父さんが好きで始めた事業や。好きでもない僕が継ぐと、工場をつぶしてしまうのが関の山や」

パンチの効いたこの言葉に、言いたくても何も言えないのだ。その上、親馬鹿もほどほどにと、私は歯がゆい思いをする。旅立つときに、初めて海外旅行に出るのや、小遣いをちょっとでもやれ。と甘い顔を見せる。

私は、家の事業を継がんような息子に何で小遣いまでやらんなんの。腹立たしい。ぷり

ぷり怒っていたのに、親戚じゅうから餞別が届いたので、ふしょうぶしょう、いくらかのお金を都合つけて持たせたのだった。

昭和四十二（一九六七）年に生まれたこの息子は、夫と舅が非常に喜んだ。事業の跡取りができたのだから。その後、長女と次女が生まれてみると、事業をしているのやから、男の子がもう一人生まれると理想や、と家族も私自身も考えたのであった。

しかし、子どもは天からの授かりものにちがいない。理想通りにことが運ぶはずがない。後に生まれた二人の子も女の子で、九年間に授かった五人のうち、望んだ男の子は一人切りであった。そのたった一人の息子が、従業員二十人ばかり抱えた鉄工所を、継がないことになったのだ。

私は激怒した。しかし私の怒りは事業を継がないことは第二のことで、一番の理由は、一般に白眼視され、軽蔑の眼差しが注がれ勝ちなバーという職業自体にあった。蔑視される仕事。そういう仕事に自分の息子が就くこと自体許せないのだ。

私は慌てた。そういう仕事を息子が始めようものなら、格式高い家柄の多い村のここかしこの人たちがまず、奇異な眼差しを投げかけてくるに違いない。まして、品行方正を誇りに繋がっているＰＴＡや婦人会の友人知人たちは、いずれ敬遠の態度を取り始めるにちがいない。

　今から思えば、何と、親として恥ずかしい馬鹿な憶測に惑わされたことか。


　顎ひげを生やしかけで旅に出た息子は、二カ月して立派な髭面になって帰宅した。そしてその日の数日後から働きに出た。一軒店を任されてバーテンとして働くためであった。あきれたことに、Ｓ住宅会社で働いている間から、退社後や休暇の度に、その店のマスターから修業をさせてもらっていたのだ。

　任されバーテンでは、給金は少なかったらしい。それでは自分の店を持つ夢の実現へ年月がかかりすぎると思った息子は、昼間もホテルのウェイターとして働き始めた。それでも、親から一切の援助はしないと、断固言い渡されていては、かなり遠い道のりにちがいなかった。

　息子は半年ばかりで、雇われバーテンもホテルのウェイターも、きっぱり辞めてしまった。運送会社へ転職したのだ。その日から、大きな体格をしていながら、慣れない運送会社の重労働に、疲れ切って、ぐったりとした格好で帰宅するようになった。

何で慣れん、しんどい仕事をと、私の愚問に息子はむっつりして答えた。

「給料がええもん」

「でも、すぐにやめたら会社に悪いやん」

「入社するときに、社長さんにちゃんと、理由を話して雇ってもらったんや」

今どき偉い社長さんもおってんやな。目的の資金が調達できたら辞める。そんな我がままで聞き入れて雇うなんて。私は、正直に打ち明けて、雇ってもらった息子をほめる前に、大きな器の人らしい運送会社の社長さんに感心してしまった。せちがらい世の中に、まだ、こんな若者の気持ちを受け入れて雇ってくれる人がおってやなんて。

息子はそこで働らかせてもらいながら、店を開く準備に余念がなかった。そうした日々の平成七（一九九五）年の一月十七日に阪神淡路大震災が起きた。

震災の翌日から息子は、入信したばかりのカトリック教会の仲間と、父親の会社のトラックを借り受けると、神戸へ走った。最初は、何が必要か分からないままインスタントの食料、布団、食器、衣類などを知人からかき集めて行った。

二度目から、警察署で通行許可書を申請して受け取ると、震災の現地で見たり、被災者から聞き出して、最も必要とされる水や簡易ガスコンロなどの品物を、できるだけ多く調達するとトラックに乗せて走った。雪が降ろうが雨が降ろうが、交通の混雑を避けて、夜明けの暗い間に仲間と出発をしていった。

何回か後から、数名の仲間が我が家へやってくると、物置にしまってある石臼と餅つきの道具一切を積み込むと被災地へ向かった。日曜日ごとに、仲間と結束しながら震災の現地へ向かう息子を見送りながら私は思った。息子がバーを始めて、人様からたとえ偏見の目で見下されることがあったとしても、私はあえて言いわけはするまい。どうどうと、偏見の目に晒されようと。

「餅を一緒に搗いてやるんや。そうしたら、被災した人たちに元気が戻ってくるのや」

息子はそう言って、仮設住宅が無くなるまで、移動訪問の救援活動への参加を継続しつつ、そのうち、運送会社をやめさせてもらうと、小さな、夢のショットバーの開店にこぎつけたのであった。

そこは姫路城西南の塩町の一隅で、平成八（一九九六）年一月十七日であった。震災を忘れないため、息子は意識して、大震災のあった翌年の同じ日に合わせて開店をしたのであった。

開店に先がけて息子は知人である大学生の兄と妹を、色いろな打ち合わせがあるのだといって家へ招いた。二人の珍客に驚いた私は、茶菓子を運んで行って二人に質問を向けていた。

「店を手伝って下さるの？　ご両親は承知をされていますか？」

この私の質問の深い意味を二人は知るはずもなかった。今どき珍しく地味な服装の、細面長のおとなしそうな、よく似た兄妹は、にっこり微笑みながら口を揃えて答えた。

「はい。承知してくれています」

私は二人の返事にまた驚いた。父親が検察庁へ勤務する家庭だという。色白で切れ長な目が澄んでいる。汚れを感じさせない素直そうな兄妹。その二人の姿を目の前にして、ショットバーという職業を偏見視している自分を重ね合わせつつ、変化していく時代の風を感じた。同時に、自分の心の過ちを正される思いがした。

間もなく出来てきた開店に向けたパンフレットは、またまた私を驚かせた。息子がバーの店を持ちたいと思ったのは中学時代だったという。『カサブランカ』という映画を見たときからだという。ハンフリー・ボガードが演じるバーテンのボギーがイングリッド・バーグマンの演じる昔の恋人と再会し、女性が、夫を捨てるか恋人と新しい生活に賭けるか、ずいぶん迷いながら、結局、切なく悲しい別れをする。その迷いながら恋人と別れる舞台が、洋酒がずらりと並んだ、居心地のよさそうなバーだったのだ。

その二人の名優が演技するバックのバー。しゃれたバーが息子の目に焼き付いて離れなかったのだという。いつか自分は、あんな落ち着いて心がなごむようなバーを持ちたいと。その実現に、息子は二十八歳で漕ぎ着けたことになる。

猛反対をした私であったが、相談に駆けつけた、こだわりの地酒を醸造している酒造元のT氏の、「今は暴力団に対して、我われが対処しています。心配いりません」という断言が、いくらか心配を取り除いていることも相まって、家族や気のおける友人と店へ行くこともある。そして息子が作ってくれる、お酒の濃度が低いジュースのようなカクテルを飲みながら思うのだ。

〈不思議や。私がこんな場所に座っている……〉

どの子のときか思い出せないが、小学校のPTA役員をしていて、学期の最後に数人の役員さんで慰労会を焼き鳥屋さんで持った。その焼き鳥屋さんは、息子が店を開店させた姫路の飲み屋街で有名な、塩町と魚町とを通り越した、姫路城の見える国道沿いにあった。

通過する飲み屋街といえば、昼間は普通のビル街とそう変わらない。ビルの壁の看板が、帳簿のインデックス風に隙間なくぎっしり掛かっているのが賑にぎしいぐらいで、むしろ人気もなく、静まり返っている。が、夕日が沈むころになると一変して、その町並みは、がらりと変貌してしまう。

ネオンが半端ではない。何千というビルというビルが一斉に動く光の花になる。快楽を誘発するような、原色の華ばなしいネオンが、余すところ無く輝き始める。その隙間もなくぎっしり立ち並んだ、きらめくビルの谷間の歩道には、胸郭もがっしりとした用心棒とか客引きとか言われる男性が、ところどころでタバコを吹かしながら立っている。

お酒が飲めない私にとって、姫路の町では飲み屋街として、有名な塩町や魚町のその路地は、不気味で怖いビルの谷間であった。

急用があって、慰労会を一足先に失礼しなければならなかったその日、私はネオンが輝き始めた夕方、近道になるその町を通り抜けて姫路駅へ向かった。店の前のあちこちに立つ、今にも腕を引っ張られそうで怖いという潜在意識が強く頭にあって、見るからに腕っ節の強そうな人を避け、ぞわぞわした道を怯えながら走り抜けたのだった。

それから十数年後に、息子がその町で夢のショットバーを開店させた今、そのときの恐怖心が可笑しく思い出される。

飲屋街のビルの谷間に立つ、ぎょろ目や眉太の男性にしても、妻や子供たちの家族の前では、いいお父さんかもしれないのだ。

……息子が、シェーカーを振る背後のずらりと並ぶ洋酒の棚を、まぶしい思いで眺めながら、私は繰り返し反省の思いに浸る。

何が、私を怯えさせ、怖がらせていたのであろう。何が、私にバーという職業を一切合切ひっくるめて、世間体の悪い仕事と、蔑視と偏見の目で見つめさせていたのであろう。

平成十二（二〇〇〇）年三月に、店は飲み屋街から少し離れた姫路駅に近い白銀町のビルに移転をした。そのとき、トラックの運転手をしながら夜間に手話を習っていて、知り合った耳の不自由な仲間が「ぼくらも、店に行ってもええか」と言って来るようになったその仲間や友人知人、そして不景気の最中、生き残りに挑む逞しい青年実業家の人たちの、熱い声援を受けての移転であった。その年の秋、息子は店を手伝ってもらう相談のため、自宅へ連れてきた大学生の兄弟の妹と恋愛に発展し、結婚をしたのであった。だが、経済の安定しない今、多額の投資をした息子夫婦は、気を合わせて踏ん張っているらしい。

そのショットバー、「パブリックハウス・ホサンナ」のホサンナという言葉は、ヘブライ語で「ご機嫌よう、栄光あれ！」という意味らしい。

では、ご機嫌よう。またお会いできますように。

もどれない道だから

誰だって知っている。百も承知していることだ。人生は、生まれて歩き始めた日から一歩だってもどれない道だってことは……。だから、誰だって、学業を終えてからの仕事は、自分の夢に向かって歩きたいのだ。

しかし、一・八メートルで九十キロという巨漢の一人息子の文吾が、夫の鉄工所を継がないで、「ショットバー」をやりたいのだと申し出た日、トキ子は仰天して顔面が蒼白状態に陥った。

「何でまた、世間体の悪い飲み屋なんか！」

他のことをするならまだしも、そんな仕事をしていることを近所の人が知ったらわろてや。顔を上げて道を歩けん。トキ子は必死で反対をした。夫はもちろん大反対をするはずである。

夫が会社から帰宅するのを待って文吾の申し出を告げると、老境に入りつつある夫の顔は一瞬、厳しい表情になった。が、

「ショットバーって、何するとこや」

と静かに尋ねた。夫は事業を経営している人間にしては珍しくお酒に弱い人であった。接待の酒席は実弟の専務に任せている。トキ子自身も飲めないから、バーという商売が、世間ではあまり歓迎されない水商売の部類であるという知識以外に、「ショットバー」への理解なんて無い。

夫はトキ子のように度量の小さい人間ではなかったのだ。腕組みをし、不動の姿勢で言葉を発しなかった。

——自分の夢を実現させ、自分の道を歩む——

そのことが生きる上で何より大切であるということが、夫の胸の内には確立されているのだ。例え、事業を継いで欲しいという思いがあったところで、押し付けることはしなかった。

文吾が開店を手伝ってくれた女性と結婚をし、営業を開始してから早、今年で十二年目

を迎えている。平成八（一九九六）年に塩町の小さな店を借りてから、平成十二（二〇〇〇）年に白銀町の三階建てのビルへ移転。そこから平成十八（二〇〇六）年に、古いビルを買い取り、改築して営業を始めて二年目になる。

その間に再三、やめていくシェフに悩み、自らシェフをやり始めた嫁も、料理学校に通うなどして、調理師免許証も修得、試行錯誤を繰り返しながら、客から料理を褒められるようになっている。

文吾は文吾で自社ビルの改築には、アンティークにこだわり、アンティークの職人さんを紹介してもらって、わざわざ長野県の職人さんに大改築を依頼したのだ。

「お兄ちゃんの趣味の店みたいやなぁ」

妹が出来上がった店を眺めて、揶揄するように言うと、

「当たり前や、自分の趣味にこだわって、改築をしたのやから」

文吾は満足げに答えたという。

開店当時は、夫もトキ子も、心配ばかりしていた。お客さんが無いのではないかと。心配もあって、よく店へ出かけた。すると、嫁の両親もトキ子たちに前後して姿を見せた。トキ子たちと同じ思いに違いなかった。店の繁盛が気になっていたのだ。

しかし、常連さんの姿を見かけることで、余計な心配はいらないのだと、悟らされるのであった。

その常連客の一人に、小柄で華奢なS氏がいる。彼は静岡県の人だ。今は姫路にマンションを購入して、両親をいずれ姫路に呼び寄せたいのだと言っている。大会社の転勤族を避けて、小さくても転勤の無い会社を選択し、今の調味料製造会社に勤めることになったと話す彼は、仲間の何人かと休みの日は、リュックを背負い、山登りを楽しむことが何よりの生き甲斐らしい。

このS氏と山登りをするというK氏は、楽しい人だ。店に現れるたびに、帽子が変わっている。面長でハンサムな容貌は、どの帽子もよく似合っている。声高に話す会話のユーモアぶりは、文吾の祖母の頓智を負かしてしまう。

山登りは同行しないらしいが、よく二人と席を同じくしている痩身で色白のT氏は、どうやら教師らしい。グラスを傾けるときも、料理を口に運ぶときも、リズムにのせて、楽しそうに、美味しそうにしている。よく訪れる外人客と流暢な会話ができる人だ。また彼は神戸在住の虹色を混入させた雅なガラス創作者の作品に魅了され、創作展に出かけては、一つ二つと作品を購入し、大事に大事に抱え込むようにして持ち帰って来る。

トキ子はそんな七色が擦り込まれた、美しい小さなガラス作品を、箱から出してもらい、目を楽しませてもらうのである。

文吾の店のお客さんでは、夫婦で来られる人も多いようだ。近所でありながら交流がなかった医師のGさん夫妻は、文吾に紹介をされて後に、おばあさんが介護関係も含めていろいろ世話になることになった方だ。しかも、夫人が同人誌に発表しているトキ子の作品を読んでいる人だと知って、驚かされた人でもある。

もう一人の夫妻は結婚前からの常連客で、文吾の熱狂的な野球の阪神ファンに、意気投合。優勝をした年に、優勝の勢いを借りて、文吾の店の帰り道でプロポーズ。めでたくゴールインしたというエピソードを持ったお客さんだ。

そのK新聞の記者さんは、現在神戸の本社へ転勤してしまっているが、姫路支社在職中は、事件記者とか、社会部記者ではなく、文化生活部の記者だったことで、地域の人達によくとけ込み、たくさんの地域の人びとに夫人と共に慕われていた。最近、癒しのアロマ・セラピーを始めた夫人に、トキ子がときどき世話になることがある。

また、店から五十キロばかり離れた神戸の町から来られる若いNさん夫妻がいる。一度来て、気に入って来られるようになったらしい。一杯をゆっくり飲んでから、とは言っても、夫人は運転をしなければならないので、アルコール抜きの飲み物を飲むらしい。

日常の労働を癒すかのように、バーテンさんと会話を楽しみながら飲んだ後で、二階のフロアにある「ダーツ」を、仲良く始められる。どちらも相当の腕前で、たいてい試合はシーソーゲームを展開していく。夫人は旦那さんに負かされそうになると、大変な喚声を挙げる。

トキ子たち家族が、たまに傍に居合わせていると、長女など、厚かましく二人の中に入り込んで、ゲームを共にさせてもらって楽しむのだ。

トキ子の知人で常連の人に、Tさんがいる。Tさんはトキ子が東芝で働いていたときの後輩である。トキ子とは二、三年一緒に働いただけであるが、トキ子の作品の愛読者だと名乗ってはばからない。トキ子の息子がショットバーを開店させたことを知って、姿を見せてくれるようになった一人だ。お酒は何でもいけて、いくら飲んでも足を取られることがないらしい。お酒に強いこともあって、知らない人とでも賑やかで饒舌になり、店に現れると閉店まで飲んでいるらしい。

Tさんは、退職後は農業一本で、ときどき韓国へ農業指導に行くらしい。韓国の土産を届けてくれることもある。また地域にある「太子堂」が組織している「奉奠」の重要文化財として保護されるホラ貝奏者でもあるらしい。

欠かせないもう一人の常連客は、文吾の祖母だ。初孫に当たる文吾を、忙しい母親に代わって育てたと自負する九十七歳の祖母は、干し梅のように皺を顔にのせている。どんなに疲れていようが、文吾の店に行くのだと言うと、身つくろいをし、嬉しそうについて来る。

店に行って、文吾の友人知人など訪れる客のそれとなく話される会話を耳にしている限り、その人たちは、人生をどう生きることが大切かということを、しっかり胸の底に据えて、生きている人たちだということを、トキ子は確信することができるのだ。

いまになってトキ子は、自分が文吾の開店に向けて、大反対をしたことに対して、胸の内側で謝り続けている。

――もどれない道だから、夫婦で気を合わせて、悔いのないように歩んでくれるように――と、思いつつ。

好きなこと

息子の嫁は、自分の想像外であっただろう人生の展開に、無我夢中で取り組んでいる。

「これが私の運命なんや、そう思っています」

息子と結婚して数年あとに、嫁は後悔した風でもなく、軽い調子で答えたことがある。

嫁は幼稚園の先生になるため、倍率の高い難関だとされる幼児教育専門の学校を卒業した。

卒業後は希望通り幼稚園の先生になり、姫路市から少し遠いI市の幼稚園へ単車で通っていた。

嫁の両親は娘が希望通りの仕事に携わることになって、喜びと同時に、親としての責任を果たせたと、多少の安堵と満足感に満たされていたに違いなかった。

姑に当たるトキ子にしても、〈自分の好きなことを仕事に選べることほど幸せなことはない。好きな仕事なら、やりがいがあるし、満足感を味わえる。たとえどんな苦労に遭遇しても耐えられる〉と、男一人と女四人の子どもたちに口癖のように言ってきた。

だから、子どもたちの特技に合わせた専門的な知識や技術を受けさせる努力をしてやってきたかと言えば、長男、長女、次女の、上から三人目までは、何もしてやれなかったことに、今、気がついている。

むしろ長男が中学へ進級したとき、家庭訪問で担任教師から、

「息子さんを、塾へ通わされたらどうですか。教師の私が言うのは変ですが、成績が下がる一方ですから……」

と、太い枠ぶち眼鏡の目をくもらせ、低い声で告げられたときは狼狽した。その担任の先生の言葉を鵜呑みにしたトキ子は、その時点から教育ママに変貌をしていった。

もともと体格が大きく、敏捷さに欠けていて、ゆっくり理解する息子であったが、小学五年生のとき、友達が塾へ通っているから自分も行かせてくれと訴えたことがある。

「塾まで行って、勉強をせんでもええ！」

トキ子は言下に厳しい口調で答え、息子の願いを聞き入れなかった。人生、勉強がすべてではない。学校の勉強で十分だという思いが強く、トキ子は塾通いをよしと思っていな

かった。

「塾へ行かせないと駄目ですか?」

母親の質問に、息子さんの成績が下がらないために勧めますと、やはり低い声が返ってきた。このH教師の言葉は、トキ子の信念をゆるがした。知り合いの紹介で、いつも優しい笑顔を浮かべている素朴で誠実なMさんという家庭教師さんに来てもらうことにした。長女は塾に通わせることにした。塾は嫌だと言う次女は、実姉の娘である姪に勉強をみてもらうことにした。

勉強の出来不出来に関わりなく、子どもたちを同じ高校へ通わせたい。そんな思いがあったトキ子は、勉強の嫌いな子どもの水準に合わせて選んだ高校へ、子どもたち全員を受験させる気でいた。が、その子その子の個性を考えると、現実としてそれは不可能であった。そう考えたとき、トキ子は教育ママから脱出し、子どもたちの「好きなこと」に目を向け、その子の得意な専門的な方向性を、できる限り生かしてやって、励ますよう心掛けることにした。

三女は絵を書き始めると、無心で取り組むタイプであったことから、デザイン系の学校を目指させた。Tデザイン工業高校なら合格できるという先生の助言に逆らって、本人の可能性へ挑戦させるために、叱咤激励し、水準が高いといわれるHデザイン工業高校を受験させた。本人も納得した挑戦であったが、結果は不合格に終わった。

やむなく私立の高校で、早朝の特進学級に入り、絵画教室へ通うなどして、芸大を目指させた。短大であったが、合格した芸大で意気揚々と、専門的な授業に取り組んでいた。そして卒業後は、アート工藝社へ就職。身につけたデザインの教養をこれから生かして仕事を始めるだろうと、親が期待をする間もなく、職場で相手を見つけると、さっさと結婚をしてしまったのだった。

この娘の旦那は、アウトドア派だ。泳ぐのが苦手な娘を、河川で楽しむカヤックに連れ出し、カヤックに夢中にさせたのである。

帰郷したとき持ち帰って見せてくれたビデオを見ると、娘が橋の上からカヤックに乗ったまま、川に飛び込んでいるシーンがあるではないか。泳ぐのが苦手で、学校の水泳を怖がって泳げなかった娘が、一緒に過ごす相手によって、こうも、活発になっていくものだろうか？　この夫婦は、トキ子たち夫婦をキャンプや、筏に乗って水飛沫《みずしぶき》を浴びながらの川下りなど、珍しい体験をさせてくれるのである。

この二人の何よりのプレゼントは、三年前に、トキ子たちに男の子の孫を抱かせてくれたことである。五人の子持ちでありながら、トキ子たちは初老を迎えた今も、一人の孫にも恵まれていなかった。

孫の可愛いさは、体験した者でしかわからないような気がする。アウトドア派の父親の影響で、孫は明るく元気で、すくすく育っている。海を怖がらない。海のワカメを海中から拾い集めると、「ワカメマン」だと言って、自分自身や夫の、頭や体に巻き付けて歓喜する。

この間は、和歌山の海で泳いだのだといって、娘の夫がパソコンで動画を送ってきた。海面に顔をつけたまま、小さな手足を必死で動かして泳ぐ孫の姿が、映し出されると可愛くないはずがない。孫のたくましさは、年老いていくトキ子たちにパワーをくれる。

トキ子たちに恵まれた五人の子どものうち、たった一人の男である長男が、当然家業の鉄工所を継ぐ予定であった。九歳年下に当たる末娘の四女は、兄を手伝うようにという親の意志に従って、彼女自身の納得の上で、女性がクラスに二人だけというA国立高等専門学校の機械科を卒業した。

しかし、卒業した時に兄は親の家業を継ぐ意志はなく、レストラン兼ショットバー経営に乗り出していた。四女はあっさり進路を変えて、外資系の家庭用品製造企業の研究所に就職したのであった。

その就職は四女を満足させなかったのだ。三年間で退職すると、翻訳家を目指して、あの恐ろしいアメリカ同時多発テロ事件の起きた最中に、渡米をしてしまった。

翌年早そうにカリフォルニア州立大学へ入学を決めて、親にすれば長いと思っている間に卒業日を迎え、帰国することなく、ロスアンゼルスにある日系ラジオ局へ就職。就労ビザを収得。

職場では総務担当で、日本から招致した芸能人の通訳をしたり、イベント会場の交渉、パンフレットの製作、かなりハードな仕事に挑んでいたのである。そして、

「望んでいたメディアの仕事なので楽しいです」と、メールを送ってきた。

しかし渡米して六年目を迎えた昨年、毎日が充実していたらしいが、自分が最も目指している映画などの字幕翻訳の仕事が、なかなか出来ないということで、ラジオ局を退社。

「いずれ日本に帰りたくなるような気がするから」と、親に相談をするまでもなく自分で決断し、行動に移していた。現在東京住まいである。昼間働きながら、翻訳専門学校へ通

い、翻訳家への針路を歩んでいる。

長男の二年後に生まれた長女は、京都のR大学へ入学。卒業後は大阪のコンピュータ会社に就職。当時、花形と言われていた企業であったにもかかわらず、運が悪いのか、バブルが弾けるのに合わせるようにして、一年足らずで従業員が百人近くいたという会社は倒産してしまった。

倒産した会社の従業員十二、三人で新しい会社を設立。その会社で働きながら、十年余りを大阪で過ごした。が、そこも思わしくなく、長女はやむなく、三年前にトキ子の勧めもあって故郷に舞い戻ってきた。

帰郷後は家庭教師の職に就いて、意欲的な姿勢で働き始めた。紆余曲折の末に辿り着いた家庭教師の仕事は、さぞかし長女を満足させていることだろうと、トキ子は思っていた。しかし、相手が傷つこうが、落胆しようが、理詰めで問題を解決しようとする、ハイレベルの集合体である職場の人間関係が、長女を悩ませないではおかなかったらしい。○○塾を退社、家に引き籠もり状態がしばらく続いた。

社会で若者層に広がっているニート状態に陥った長女を、何とか、その状態から抜け出させようと、夫と考えを合わせながらトキ子は長女へ、今の間に何か技を磨くか、積極的に就職活動をするか、再び専門分野の大学を目指すか、いろいろと助言をぶつけたが、無駄な日が続いた。

長女自身も、考えていないわけではなかった。漢字や簿記の検定を受けるための勉学で一日の殆どを費やす日々が続いた。結局、一級検定の合格を間近にしながら、親戚の紹介を受け、自動車関係の○○会社へ今春就職を決めた。

その会社ではコンピュータが多少とも得意とすることが役にたっているらしい。そのうえ上下関係が威圧的であることに耐えられない長女の、気性に合ったソフトな人間関係が整っている会社らしく、居心地よさそうに働きに出ている。

長女と年子で生まれてきた次女は、あまり勉強が好きでなかった。自身の意志で大学を受けなかったが、卒業をした高校すらも、親や先生の勧めに押されてH高校へ入学したものの、自分自身にとっては、非常に不本意な高校を卒業したのだと悔やんでいる。卒業後何年経っても、そのことで胸の鬱憤を晴らし切れないでいた。

電機関係の仕事が好きだということで、高校卒業後すぐにT電気会社に就職した。その喜びもつかの間、職場から職場への異動が多く、驚くほど異動を繰り返したのち、総務部でコンピュータの事務仕事に就いた。が、それもつかの間、また異動。

昨年、十九年間という長い間勤めていながら退社を決心。三十代後半の年齢だというのに、女姉妹で唯一結婚をしている妹の助言で、歯科衛生師を目指すことにし、大阪の専門学校へ入学。現在国家試験に合格するための勉学中である。

「これが私の運命なんや、そう思っています」と言った、息子と結婚をすることで、家族の一員になった嫁は、父親が検察庁の事務畑で働く、地味で質素な家庭で育ってきた娘の品格を崩すこなく、今は、夫に選んだ息子に気を合わせて厨房で働いている。

客の「美味しい」という褒め言葉に背中を押され、めざましく料理の腕を上げながら、調理をしている。

せかせかと、素早く仕事をこなすタイプではなく、ゆっくりと、熟慮の末に行動を起こす嫁の姿を見ていて、

「好きなこと、やりがいのあることに巡り合った者は、こうまでも、不可能を可能にしてしまう力があるのだ」

と、トキ子は感心して見ている。そして、好きな仕事をしながら、日々を過ごせることこそ、人生の醍醐味ではないかと、思わせられるのであった。

しかし、自分の理想の職業に就ける人は何人いるであろうか？　どこかで、妥協をしながら働いている人が殆どのような気がする。そういう人が、あやまり無く人生を歩んでいくためには、自分の心が解放できる空間、例えば音楽とか絵画などを鑑賞することで、楽しく過ごせる時間を、いち早く発見することが、何より大切ではないか。

トキ子は、子育てを終えて老年にさしかかった今、そんなへりくつを、つぶやいているのであった。

それぞれの道

若いころ私は東芝へ勤めていた。その八年間の勤めは、私に思い出をいっぱい残してくれている。ときどき電話をくれる山田道代先輩や河本慶子先輩そして井上富枝同輩は、開口一番に言う。

「なぁ、楽しかったなぁ、今は亡くなってしまわれたけど、加納班長さんのときは、初出の日に、必ず各自がお餅と茶碗と箸を持ち寄って、ぜんざい大会をしてたもんね」

この東芝で八年間働いた私の最後の年に、社内機関誌が初めて短編小説の募集をした。それに私は応募をしたのであった。社内機関誌にしては、選者が、小説家の安部公房氏と文芸評論家の奥野健男氏という、豪華な顔ぶれであった。

娘時代の私は、無知で、今は亡き安部氏と奥野氏のお二人が活躍されていた立場をまったく知らないでいたのであった。それにしても、その社内機関誌を編集する人達の、文芸に対する思い入れはすごかったと、今にして思う。

職場での体験記を綴った『起き上がり小法師』という作品は佳作入選で終わった。しかし、私の作品に限って、佳作ながら入選作と同様に、機関誌に発表されたのであった。

その掲載された作品を通じて、後に東芝副社長の要職に就かれた吉田英彦氏と、思いがけない出会いがあった。現在吉田氏は退職、ゆうゆう自適の日々らしいが、私の作品の愛読者の一人として、今も激励の言葉が届けられている。

思い出が一杯詰まったこの職場を、私が退職をしたのは、二十二歳のときであった。小説家の邸にお手伝いさんとして住み込むために。

そのときは亡き母や母を援護する叔父や叔母たちの、上京への反対で激しい説得があった。それでも私は、七歳のときに病死した父親の作家志望の思いを知りたいために、東京オリンピックの開催された前年に、姉の後押しもあって作家の邸宅で働き始めた。

劇団「文学座」の創設者の一人であり、ユーモア作家であった獅子文六邸での生活で、田舎者の私にも文壇の様子が手に取るように伝わってきた。

「ひめじ読書会」で巡りあった柳谷郁子さんが編集長である同人雑誌『播火』の同人に

加わり、一年間余り住み込んだ小説家邸での体験を、平成四年から休載をしながら、十年近く連載した。

その体験記は、平成十五（二〇〇三）年の暮れに一様の区切りをつけると、現在、早川書房の『悲劇喜劇』の編集顧問である高田正吾氏から紹介を得た「影書房」から、『獅子文六先生の応接室』として、出版されたのである。

東京から帰郷して今年で四十二年の歳月が流れている。私の娘時代に選んだ道は、今も迷いや悩み、苦しみや気落ちなど、指針はあいまいで進展がない。

その点、若い人のエネルギーは私を鼓舞してくる。

私が大津校区連合婦人会長に選出されて、奔走していた平成十七（二〇〇五）年に、姫路市が姉妹都市提携を初めて結んだベルギーと、四十周年を迎えることになった。

その記念式典を姫路国際交流協会がベルギーで催す企画をした。その際、式典に各地区の校区連合婦人会長の希望者も、M姫路連合婦人会長さんと共に参加することになり、私も加わらせてもらって、シャルルロア市へ行く機会を得た。

この旅で、一般から参加の明るくて若さが溢れる由香さんと、国際交流の職員としてお世話役で同行をしていた望さんという二人の女性に巡り会った。その初ういしい彼女たちには、悩みが無いと思っていたのだが。

その年が暮れ、由香さんから年賀状が届いた。賀状を見ていると、若さを象徴するニキビがのったまぁるい顔で、楽しそうに涼し気によく笑っていた由香さんが浮かんできた。もう一人の小柄で目の涼しい望さんから、初春のある日、カナダへ語学留学をするのだという便りが届いた。ではでは、由香さんと壮行会をしましょうということになって、私の息子が姫路駅に近い所で経営しているレストラン兼ショットバーの、パブリクハウス・ホサンナで、たった三人のささやかな励ましの会を持った。

私はお酒に弱い。若い二人はめっぽうお酒がいけるという。では、私に遠慮しないで。

「ビールがいい？　それともカクテル？」

私の問いかけに二人は顔を見合わせ、遠慮がちに恥じらうような表情でにっこりした。

「それなら、最初はカクテルで……」

お酒が入ると、朗らかで天真爛漫な人だと思っていた由香さんが、しんみりと、

「転職をしたいんです」と、思いがけない悩みを口走った。おやおや、有名な金融機関でバリバリ働いていると思っていた由香さんがどうして？　私は多少驚いた。

「先輩たちはね、嫌な仕事を若い者に押しつけ、おまけに、失敗をしても、どうしてそうなったかを考えようともしないで、責任のなすり合いをするんです」

「ああ、嫌ですね。そういうの我慢出来ないわね。でも、そこから逃れて転職をしても、やはり新しい職場でも、苦しいことが湧いてきて、また、転職したくなるから、今は辛抱をして、あなたが先輩になったとき、後輩に頼られる先輩になることだと思うわ。今、由香さんの生き甲斐になっている、子どもたちへの剣道指導もあることだし」

辛くても何時かその辛さは、解消する時期があるはずだからと、私は苦しんでいる由香さんへ説得にかかっていた。と同時に、望さんに質問を向けていた。

「望さんは、これから英語を習得して、何をするつもりなの」

学業を終えて、就職前にスペインで二年ばかり滞在経験がある彼女が、再びカナダへ語学留学した後に進むべき道は何なのか。私はカナダへ送り出す前に聞いておきたかった。

自分の娘も高校在学中にカナダへ語学留学をして、卒業後に外資系の企業に就職したものの、通訳か翻訳家を希望して会社を退職。アメリカの大学へ留学し、昨年卒業したが、ビザの問題などかなり困難を極めているし、自立した生活には、かなりの年月が必要らしい。

「自立は大丈夫なの？　何時までも、親に頼って生きてはいけないでしょう？　親は先に死んでしまうのだから……、それより、親から結婚をしなさいって、言われるでしょう？」

私は甘い行動をよしとしている、自分の娘たちに投げかけている言葉を、そのまま若い二人に、うかうかと吐露してしまっていた。残酷にも前途をつぶしてしまうような。

涼しい可愛い目を、酔いで、多少赤くしながら望さんは、

「ＮＧＯのような所で働けたらと思っているんです。アメリカでは世界の困窮した人たちを救うために、色いろなボランティアグループがあります。そういう人たちと一緒に働けたらと思うのです」

望さんは何と優しいのだろう。すばらしい道を選んで歩いて行こうとしている。偉いと思いながらも、自立した生活の保証があるかどうかにこだわる私は問いかけた。

生活の保証はどうなのか。生活の保証、それがそれぞれが選んだ道を歩いて行くための最大の大事な条件なのだと。

生活の保証が得られなかった私だから、結婚をして家庭を持ったのだと、言いかけて私は口を閉じた。私の結婚は、それだけが理由ではなく、親の強引さに押し切られ、見合いをした相手に、幸い好感を持つことができたために、結婚へ踏み切った経緯があったから

だ。

しかし、結婚をしたことで、自分の選んだ道が紆余曲折を辿って、未だに達成できないでいるのは事実だ。現実がそうであるからといって、後悔はしていない。これは、決して強がりを言っているのではない。私が夫と結婚したことによって拓けた家族は、何にも代え難い幸せをもたらしてくれている。それを亡き母に感謝していることも事実である。

後日談であるが……。

由香さんは転勤によって、職場の雰囲気がかなり働きやすいいい環境になったらしい。同時に、活発で明るい由香さんを、私が友人の息子さんに、紹介しようとしていた矢先に、相思相愛の男性に巡り会い、瞬く間にゴールイン。幸せ一杯の毎日を過ごしている。結婚式で、上司が由香さんを腕利きのいい社員として、非常に賞賛していた。若年にもかかわりなく、由香さんが、住宅関係の営業で、すばらしい成績をあげているということである。

何より、由香さんはよく本を読んでいる。実母と二十歳を迎えた二カ月後に死に別れていながら、非常に明るい。その明るさで、由香さんなりに試行錯誤しながら、ニキビがすっかり消えて素顔が一だんと美しくなった由香さんは、素晴らしい人生を、力強く、切り拓いていきそうだ。ハンサムなよきパートナーと共に。

望さんは、温和しい性格から考えられないような国際派だ。神戸市に拠点を置いて、インドネシア、ビルマ、ネパールなどアジアの国々で「平和と健康を担う人づくり」をスローガンとする、財団法人ＰＨＤ協会で仕事をし始めている。そして講演のため各地を回っている。希望があれば、何処にでも行って、講演をするつもりだと、はりきっている。こつこつと、前進しながら世界の平和に向かって、由香さんと異なった人生を歩んでいくようだ。

その他、現在私が身近に感じている若い人に、息子の嫁の妹である幸子さんと、三女の婿の妹に当たるみゆきさん、そして夫の従姉妹の娘にあたる明美さんの三人がいる。

息子の嫁の妹である幸子さんは、平成二〇（二〇〇八）年の今年大学を卒業したばかりで、神戸のアパレル系の店で働き始めているが、高校時代は演劇部で活躍をしていた。学校の演劇発表会に案内をもらい、二度ほど観劇させてもらったことがある。

ぷちぷちした小柄な体で、スピードが要求される役を溌剌と演じていた。なかなか演技が上手だと感じた。しかし本人は、舞台で演じるより、舞台装置を制作している方が楽しいのだと言っていた。

高校を卒業すると大学に通いながら、兵庫県立ピッコロシアターの演劇学校の舞台美術学校へ入学した。そこでは自分の望みでもあった舞台美術を学んだのだ。大学へ通いながら、高校時代の演劇部の仲間たちと劇団を結成し、舞台活動をつづけていた。

脚本、音楽、舞台装置、演出、チケットの販売。すべて自分たち仲間で企画し、熱心に、楽しそうに公演に漕ぎ着けていた。若いエネルギーが行動に熱く溢れ出ていた。

いつも若わかしい発想の、ミステリアスな作品が演じられ、面白いと思ったが、田舎の町に浸透していくまでに至らなかったのだろう。小さな劇場ですら、観客を一杯にするのは、とても困難なことだったようだ。やがて劇団運営の資金難が継続を阻むことになった。

幸子さん達の目指していた演劇活動を、応援したい私であったが、限界があって、私の力の及ぶ範囲ではなかったことが残念に思える。何時か再起されることを望んでいるのであるが。

大阪在住で、三歳の男の子を育てながら働いている三女の夫の妹であるみゆきさんは瘦身である。よく笑うが、笑っても目がふさがらないほど、目がくりくりしている。糸を引く細目の私に譲ってほしいほどだ。

みゆきさんは、驚くほど自由人だ。いつも誰に左右されることもなく、のびのびと、仕事でも趣味でも、自分の気に入ったことだけをやり、自分の思ったように生活をしている。

仕事は自分のリズムに合わせて、その時どきでいろいろ変えて働いているらしい。私が最初に聞いたときは、旅館の仲居さんをしていて、近かろうが遠かろうが、たとえ他府県であろうとも、請われると何処へでも出かけて行って、働いているということであった。

その合間に、早朝に粗大ゴミの場所を巡って、掘り出し物を見つけると家に持ち帰り、綺麗に磨いて、フリーマーケットで販売をしたりしていた。そうかと思うと、浪花節の修業をつんで舞台にまで立った。

平成五（一九九三）年に亡くなった、母方の九十二歳のお婆さんが、骨折で入院をしたときなど、みゆきさんは、病院のすぐ近くへ引っ越しまでした。働く母親に代わって、おばあさんの世話をするためだ。

無理に頼まれたわけではなく、自分から進んで、小さいころ世話をしてくれた、大好きなお婆さんの看病をするために、移住をしたのだという。

三十代ではあるが、私の娘たちと同様に、みゆきさんはまだ結婚をしていない。身軽だからそんなことができるのかも知れないが、家まで引っ越しをして、年寄りの世話など、そうそう誰にでもできることではない。

みゆきさんがお婆さんの世話をするようになって、ヘルパーさんの仕事を選んだのか、そのずっと以前から、ヘルパーさんをやっていたのか、私には思い当たらないが、ともかく、ヘルパーさんの仕事をしながら、お婆さんの世話を毎日したようだ。

一年ばかり世話をして、お婆さんを見送ったのであるが、その後もみゆきさんはヘルパーさんの仕事を続けている。珍しく仕事を変えていない。自分に最も相応しい仕事が、見つかったということであろうか。

このみゆきさんは、非常に器用である。仲居さんをしていたとき、吉野の千本桜で有名な吉野山の近くの旅館で働いていたことがある。そのとき、休憩中に、山小屋へ何気なく足を運んだときに拾った桜の切れ端で、木の人形を作りたいと思ったらしい。

一体、二体、自分で考えた手の平に載るような、小さな人形を作り始めた。山小屋のおじさんに借りた鋸を使って、ペーパーで磨き、仕上げていった。

木の細切れだけではなく、流木を拾って磨くと人形を乗せる台にしたり、枯れ葉や枯れ枝、どんぐり、苔、蔓、山に落ちている物は何でも材料にし、服、髪の毛、髭、帽子などを装着。バイオリン、太鼓などの楽器まで持たせた人形。一体として同じでない色いろな人形。人間だけではなく、狐や猫などの動物も加え、細部に工夫をこらしている創作人形を作っていた。

早や数年前になるが、私は三女から、みゆきさんの初めての創作人形展が、大阪の喫茶店で催されることを聞いて、観に行ったのである。

小さな喫茶店では、一般に募集をして、いろいろな展示の催しをしているらしいが、その日、みゆきさんも喫茶店内の棚や壁に創作人形を飾って展示会をしていた。ゴスペルを歌う友人の競演を交えて、楽しい展示会を開いていた。

私は初めて対面をした小さな木の創作人形に、一度に魅了された。

「何と素朴で愛らしい人形たちであろう！」

値段が貼り付けてあって、全部でも買い取りたいほどに心を奪われた。見れば見るほど愛着が湧いて、皆、自分の物にしたい欲望を抱いた。

「お母さん、一人占めしたら、他に欲しい人に迷惑かけるから、二、三点にしときよ」

そのころ初めての子供を妊って、大きなお腹をしていた娘にたしなめられて、思い止まったが、人形を観ながら、みゆきさんの器用さ、巧みさに感嘆するばかりであった。

その後も、みゆきさんのミニ人形展があると、出かけて行って購入し、家に飾っているが、何度見ても飽きることがない。

「本当にいい芸術作品は、いくら見ても飽きないってことだ」

私が獅子文六先生宅のお手伝いさんをしていたとき、壁に掛かった道化師の絵を見ながら、先生がそう言われたことがある。私はその言葉を忘れていない。みゆきさんが山で拾った小さな細切れの木で作った創作人形は、正にその言葉が当てはまるのだ。

可愛いだけではない。それぞれにテーマを与え、物語らせている人形の表情が愉快だ。哀切を感じる。社会風刺をテーマにした人形など、思わず笑いがこみ上がってくる。しかし、人形として見過ごせない鋭い風刺に、考えさせられる。

「家族派遣社員」・「警察官&警察犬？」

「履歴書を飛ばす中年」・「家政婦と猫」

「脱・なまけ脳生活」

「紙ヒコーキを飛ばす少年」

バイオリンを弾いたり、将棋を指していたり、バーベキューをやっていたり、赤ちゃんを抱いた清楚な看護婦さんなど。
何より人形に装着したバイオリン、太鼓、将棋盤に乗る駒、バーベキューの串焼の肉、薬味を作るすり鉢、草や木の実で作った色いろな髪、人形に装備させたミリ単位の小道具や動作が、一通りではない。自由自在に創作された小さな人形の表情が優しい。
おおらかで、こだわりのない母親に育てられたみゆきさんの、心の内側にある優しさが、人形に滲み出ているのに違いない。

夫の従姉妹の娘である明美さんは、独身の幸子さんやみゆきさんと違って、若いと言っても、五十歳を間近にしている主婦である。
二人の子の息子は社会人になっているし、娘は大学生である。その母親であるから若い人とは言い難い。しかし、娘のような無邪気さがある。活発で物怖じしない。華道を長年続けて、師範の腕前で先生の弟子を務めたり、地域の展覧会の会場の花を活けたりして、結構多忙な毎日を送っている。

私は数年前、兵庫県の地域ビジョンによる地域のコミュニティと、文化芸術の発表の場として自己実現「夢サロン」（ふれあい交流の場「夢サロン」と改名）を立ち上げ、リーダーとして活動をしていた。その後も校区婦人会長に選出されて、色いろなイベントを実践する立場にたった。そういうときは、実行委員さんによって、具体化されていくので、そう困ることはない。

しかし、個人的な私の出版記念会や、夫が（財）姫路市文化振興財団が催す「こころの祭」に参加して、自宅で催す写真展の会場の飾り付けなどは、友人の松川千鶴子さんに任すと、色いろな工夫を凝らして、見事なアートで表現してくれる。が、たまに、明美さんに頼むことがあるのだ。明美さんは会場の花を活けることにかけては、誰にもひけを取らない。気軽に、腰軽く引き受けてくれるので、重宝な人として、すぐに色いろな雑用まで頼んでしまう。

「明美ちゃん。家の奥さんは、何でもかんでも頼むから、用心しとかなあかんで」

些細なことにも目が行き届き、敏捷に動いてくれている明美さんに、ときどき、夫が冗談半分に水を差す。

「いいんや。私も楽しいし」

あっけらかんとして、小ネズミのようにイベントの所用を手伝ってくれる。初めて顔を合わせた人たちのイベント会場でも、しばらくするとリーダーになって、他の手伝うスタッフに指示まで出している。先天的に人を動かす知恵と器用さがある。

あまり活発過ぎて、――出る杭は打たれる――といった苦い経験もあるだろうけれど、あまりくよくよしないからいい。悩む前に体が動いている。私の好きなタイプだ。ついつい、何事でも依頼をしてしまっている。

年輪を重ねていく私には、こうしたそれぞれ若い人の行動が眩しい。これからの若い人たちが、小さくてもいい、成長していく自分の木に、生き生きとした元気な葉を、一杯茂らせて欲しいと、最近は特に思うのである。

トイレット主任の嫁

恋は威力だ。私は息子と結婚をした嫁を見てつくづくそう思った。

鉄工所のたった一人の跡取りとして、大事なはずの息子は、平成二（一九九〇）年に大学を卒業するとすぐに、大手住宅会社へ入社した。意気盛んで、はつらつとした同期の人たちと比較して、大男でスローモーな息子ながら、三年目を迎えれば、遅ればせながら、会社の役に立ち始めたころではなかったか。

親の欲目でそう思い始めた矢先、息子は、会社を辞めて「ショットバー」を開くのだと宣言をした。夫も私も下戸で酒場へ足を踏み入れたことがなかった。親の私にとって、バーは非常に世間体の悪い職業でしかなかった。

そんな商売を、我が息子がするなんて！

私の取り乱しぶりに対して、自分が築いてきた事業をいずれ継がせたいはずの夫は、無言を続け、一切何も言わないのであった。

「嫌いや言うのを継がせても、会社をつぶしてしまうだけやろなぁ」

家族が寝静まった夜更けに、寂しそうにぽろりと言葉を落とす夫の内心を汲んで、息子に父親の心の底を伝え、思い直させようと試みた。が、息子は、

「そんなこと言うても、ようよう考えた末に決めた。自分が一生、一番やりたいことやから、やめられへん！」

鬼面の険しい顔で反発し、強靱な意志を私の胸に叩き付けてくるのだ。

しかし、私は、来る日も来る日も、事業を継がないことは第二のことで、何より、世間体ばかりを気にして反発を続けていた。そんな悶もんとしていたある日曜日に、息子が若い男女のお客さんを連れて帰ってきた。

「店を手伝ってもらうYさん兄妹や」

玄関を入って、にこやかに、丁寧にお辞儀をした二人を息子が紹介した。紹介を終えると、とんとんと、二人を従がえて二階の自分の部屋へ連れて行った。あんな若い、おとな

しそうな子を、バーみたいな店で手伝わすって？　私は驚き、茶菓子を部屋へ運んで行って、二人の顔を見ながら言った。

「ご両親は、承知をされていますか」

すると、色の白い、面長で品のよい顔立ちの、若者にしては、今時珍しい白と藍を基調にした、清楚な服装の二人はにっこり微笑んで答えた。

「はい。承知してくれています」

二人の素直な答えを、びっくりして胸中で反芻しつつ階段を下りた私は、自分は何と恥ずかしい人間だろう、息子のやろうとしている仕事を軽蔑している。世間体ばかり気にして、何と自分は小さな人間だろうと、差別意識に支配されている自分をもてあました。

私は純情そうな二人の姿を見て、何かしら世の中の新しい風を感じると同時に、息子の新しい仕事への純粋なこだわりを、感じ取れるような気がした。まして父親が検察庁という公務員勤めをしている家庭の子たちだと、二人が帰宅した後に息子から聞いたときは、自分の古い社会的観念を壊さなければならないと悟った。

最初から店を手伝うことになった兄妹の妹さんは、希望通りの幼稚園の先生になっていて、何時の頃からか、息子とプライベートな時間を持って、交際をするようになっていたのだ。

開店をして四年目に、開店に向けてなにかと世話になっている酒店のH氏が、探してくれた姫路駅に近い白銀町に移転した。その三階建ての小さなビルでは、イギリス風「パブリックハウス」として、若いが熟練の腕を持つ女性シェフ、カクテルには自信を持つ若いバーテンさん、そして見習いの人なども新しく加わって、昼間にランチも始めることになった。

新しい店の開店に向けて彼女は大奮闘をした。改築中の店の掃除、パンフレットの準備、必要な物品の調達。勤め帰りや日曜日のほとんどを、息子の片腕となって準備に奔走した。そして、担任だった園児の卒園式を終えると同時に、園を退職し、新しい店を手伝うことになった。様変わりした新しい店の出発に向けて息子は、当時熱愛中である彼女に、「トイレ主任」を任命したのだ。

私はびっくりした。が、彼女は、

「勤めていた幼稚園で、園児のおもらしをしたパンツを洗ったり、毎日のように汚す便所掃除で鍛えられていますから、頑張ります」

と、「トイレ主任」の役を、明るい笑顔で素直に引き受けたのだ。痩身で、切れ長の美しい瞳のその彼女を、まぶしく仰ぎながら私は、恋は威力だと胸中でつぶやいた。

私が嫁いできたころ、姑さんはトイレを綺麗にする人であった。私もトイレが少しでも汚れていると気になって、何をさておいても掃除にかかった。子どもたちが小学校の上級生になったころ、進んでトイレ掃除をしてくれる子には小遣いを多く与えたのであったが。

普通の店舗と違い、ショットバーのトイレは酔客が汚すことが多いかもしれない。息子が店を開店させてしばらくたったとき、

「お客さんを迎える商売は、いつもトイレを綺麗にしておかな、いかんよ」

と、私は忠告をした。忠告するまでもなく息子は、店を閉めて帰宅する前に、便所の掃除をしてから帰宅するのだと言っていた。


トイレ主任の任命を言い渡されて、怒りもしないで、快く引き受けた彼女に私は感動しながら、トイレに関する色いろなことを思い出したのであった。
七、八年も前だったが、北海道の旅で休憩したレストランに、一千万円もかけた豪華なトイレがあった。ガイドさんが豪華なトイレですから一見して下さいと案内した。
調子者の私が、体験のつもりで長い列に加わって入ると、広い空間に、たった一つのス

カイブルーの便器が、オブジェのような感じで据え付けられてあった。壁面には鏡が張り巡らされ、同じフロアーに設置された洗面所は、タイルが真っ白で、真鍮のカランは、シャンデリアの光を跳ねてピカピカ黄金色に光っていた。

ゆっくり、憩いながら化粧をするように置かれた椅子は、ベルサイユ宮殿で見たようなゴージャスな深紅のビロードで仕立てられていた。観光客をほんのつかの間休ませるだけの店に、こんな豪華なトイレが作られているのは、宣伝のため以外に何なのであろう。

それから間もなく、姫路市が故T市長さんの時代に、二億円の（それはあくまでも市民間の噂で、正確な金額は分からない。が、驚愕する大金であったことは確かだ）トイレを姫路城裏のポートピア公園に建立した。トイレが裏側で、表側は厚いガラス張りの半円形の休憩所になっている。その前面には人工池があり、池の水面には、花を切断したような金属の巨大オブジェが配されている。外見ではトイレとは思えない豪華なトイレだ。

意図が分からないから、税金の無駄遣いだと市民の批判が飛んだ。そのトイレが話題になってすぐ、私は野次馬根性で見物に出かけた。そのときは、高校生ぐらいの若い学生たちが、休憩所で群がっておしゃべりしたり、読書をしたりしている姿が見受けられた。

それから後、夫が四季を通して城の写真を撮影するたびに同行して、そのトイレの前を通過するが、学生の姿は日を追って見かけなくなった。代わって、遊び人風な男性たちが群がって、将棋を打っている姿がガラスを透かして見えていた。

その数年後に、たまたまそこを通りかかったので、道端に車を止めると、私は初めて二億円のトイレに入って行った。しかし、休憩所の自動ドアが開いたままで動かなくなっていた。おまけにジュースの自動販売機がブンブン唸っていて、二十脚ぐらい列んだ椅子の中央に、たった一人のセールスマンらしい若者が、雑誌を読み耽っているだけであった。

その休憩所の背後の、男子と女子の入り口を対極にしたトイレへ入ろうとすると、入り口に、「調整中のため、三時以降は使用禁止」という張り紙があった。

何の調整だろう。腕時計は午後三時を回っていた。私がためらって、引き返そうとすると、腰を少しかがめた老女が、張り紙を無視して入って行った。私は恐る恐る後について入って行った。

その先に花一つ飾られていない、殺風景な洗面所があった。そのまた先に三つのドアが並んでいた。一つは今の老女が入り、他の洋式と和式のトイレは、ドアが半開きで、無造作に紙が散らばって汚れているのが見えた。

〈二億円のトイレには主任がいないのかな〉

私がぶつぶつつぶやいていると、先ほどすれ違った老女が振り向きつつ去って行った。

毎日、欠かすことのできないトイレ。しかし、誰が好んでトイレ掃除を率先してするであろうか。そのことを思うと、気持ちよくトイレ主任を引き受けた彼女は、恋の最中の優しさだったのに違いない。

新しく開店した店の、トイレ主任を引き受けた二十三歳の彼女は、平成十二（二〇〇〇）年の秋に、九歳離れた息子と結婚をした。

私は、純白のウエディングドレスに包まれたその日の初うい しい彼女を、息子を助けながら、自分らしく生きていく、天下一の嫁に違いないと思いつつ眺めていた。

平成二十（二〇〇八）年を迎えた今、嫁は、新しい自社ビルになったレストラン兼ショットバーの厨房で、シェフとして働い

ている。募集をかけて雇ったシェフが、すぐに辞めていく経営の躓《つまず》きに、嫁は奮起して、自分自身が厨房で働く決心をしたようである。

人に教えてもらったり、自分で研究をしたり、料理教室へ通ったり、調理師の資格を修得すると目覚ましい料理人としての腕をあげている。もちろんトイレ主任を背負ってである。

今年の梅雨も終わるころだった。エッセイ教室の仲間が店で食事をした後、Sさんが厨房を覗いて、

「おいしかったわ。三つ星、三つ星よ」

と、そんな言葉を嫁に投げかけた。手早く行動のできる嫁ではないが、落ち着いて、納得がいくまで挑戦をする性格だ。出来上がった料理にも、性格が表れているような気がする。Sさんの賞賛の言葉は励みになったことだろう。

卵巣

　ある日突然、異常が起こったのだ。元気な姑さんに正午近くなって腹痛が起きた。その異常の起きたことが原因で、私は、人間体内の神秘な美しい卵巣という臓器を、目のあたりで見る機会を得ようとは。

　現在はまだ医学で賛否両論がありながら、クローン人間が造られる段階にまできて、神聖な臓器を侵し、侵そうとしている。それに対して、私たちはどう見守り、どのような意見を届ければいいのであろう。

　庭の紅色のさざん花が満開だったその日、

「お腹が痛い。お昼ご飯はいらん」

　普段と様子が違った母親をつれて夫は工場から帰宅した。

姑さんは九十二歳という高齢ながら、鉄工所を営む息子の仕事を、助けてやるのだという意識が強く、夫が出勤をする車の助手席に乗って毎朝工場へ通っている。

出社するとまず、工場内の手拭き用の手ぬぐいを集めて、工場の裏に置いてある洗濯機で洗濯をする。ときどき自分が身につけている衣類も、ついでにやってしまう。病気のとき以外はそうして工場でやってしまう。

八十歳後半の数年前までは、機械の回りに飛び跳ねたダライ粉という鉄屑を、額に汗を浮かべ、せっせと掃いていた。しかしその年齢ではさすがに足の筋力が低下して、見ていてもよろつくことが多い。危なかしい。

そのころから、夫は工場内の清掃を禁止した。禁止されてからも、夫の目を盗んでやっていたが、何度も叱られるうちに、自分でも納得したのか掃除はしなくなった。

我が家の工場は精密機械加工業である。機械の加熱を防いで油を流しながら作業をする。そのため、機械の油汚れを拭き取るためのボロ布は幾らあっても足りない。ボロ布が欲しいのだと、私が友人知人に、吹聴するものだからあちらこちらから着古した衣服類が届く。

それを、姑さんは、職人さんが使い易いように、適当な大きさに鋏で裂いていってくれる。大好きなテレビの歌番組を見ながら器用にやってのける。

その他、姑さんには毎日欠かせない用事がある。

正午を報せるベルと共に、二階の食堂へ従業員が駆け上がってくる。それに合わせてお茶を沸かし、座布団を敷き、弁当と箸と湯飲み茶碗を並べる。その役目は、強い自負心でやってのけている。他の者がたまにやると、不満そうに、箸や湯飲み茶碗の置く位置が間違っているのだと、容赦なく指摘をする。

しかし、二十名近い者の弁当の用意は九十代になると、さすがに疲れるらしい。最近は義妹か義弟の嫁が手伝っている。

腹痛が起きたその日は、いつも通り、変わりない元気さがあった。朝食に三個のお餅を食べたのだ。総入れ歯だから、喉に詰めなければいいがと、私が心配していることなど、気付きもしないでぺろりと平らげたのだ。

夫に連れられて帰宅すると、丸い皺の顔にますます皺を寄せ、お腹を押さえるようにして、小さな体を居間の椅子に埋めた。

午後の診察時間を待ちかねて、連れて行った町医者の診断を受けて、点滴をしてもらったが、次第に熱が上昇し、便所へ行った足が萎え、自分で歩けない状態にまでなった。

町医者は高齢を理由に用心を取って、入院させることを提言した。

紹介を受けて入院させたM病院では、高熱と腹痛を訴える姑さんを、なだめ、色いろ処置をしながら二日間を掛けて検査を続行した。その間、ナースセンターのガラス越しに、数人の医者が、何度もX線写真を見ながら頭を寄せ合って、いろいろ検討をしている姿が見えていた。が、病名がはっきりと確定できないと言うことであった。

「試験的に、開腹をしたい」

次第に痛みが強くなっている以上、そのままにしておくわけにはいかない。医者から高齢だから手術後、呼吸困難な状態になる可能性があると説明をされたが、医者に任せるしか方法はない。夫は弟妹達を納得させて手術をしてもらうことにした。

所要時間約一時間半ぐらいという手術中、家族が待合室で待機していると、入院時の内科主治医の女医さんが、にこにこしながら手術室から出てきた。

〈あっ！　大した病気ではなかったのだ〉

きりっと、理知的な容貌で近寄りがたい女医さんの、思いがけない微笑を見て、私は即座にそう判断した。

「手術は大丈夫でしたか」

私は駆け寄って尋ねた。が、女医さんは、

「後で説明をしてもらいますから」

そっけない返事を残して、白衣のポケットに手を入れたまま、痩身で中背の体に速度をつけ、廊下の奥へ走り去った。

姑さんは手術前には、一階の内科病棟から二階の外科病棟の病室へ移室していた。手術は若い外科医が執刀で、麻酔の専門医と副院長さんが加わっての手術であった。そして高齢など問題なく、手術は成功したのだった。

しばらく待って資料室へ呼ばれ、手術の結果が若い医師によって説明された。何人でもどうぞ、という医者の言葉に、手術中待機していた夫の弟夫妻や妹、私の娘など総勢七、八人がぞろぞろと説明に立ちあった。

「おばあさんは、盲腸が破裂をし、腹膜炎を起こしていて、開腹までは、なかなか分かりにくかったのですが、結果は盲腸炎でした」

「えっ！　九十歳を越えた人でも盲腸炎？」

私が驚きの声を上げると、医師は何歳でも盲腸炎はありますよ。別段珍しくありませんよと、いとも単純明快な応答をした。

医師から切除した盲腸を指し示されて、皆は恐る恐る凝視した。ほうろうの白くて浅い入れ物に置かれた、親指ほどの肉の切片は、魚類の内臓に似て赤い部分を少しだけ残し、つぶれて、茶褐色の腐った色をしていた。

〈九十二年間持ちこたえた盲腸か〉

私は興味津しんと眺めた。が、もっと驚くべき物がその真横に転がっていたのだ。私がしげしげと見つめながら尋ねると、

「もう、おばあさんには、卵巣は要らないでしょう？　ついでに切除しておきました」

痩身で色が白く、背の高い、まだ医学生ではないかと思わせる若い医者は、細い目をお細くしながら冗談ぽく答えた。

切除した盲腸の脇に置かれた、薄桃色の透き通ったピンポン玉ぐらいの臓器は、卵巣だったのだ。その初めて見る人間の卵巣は、何と、生なましいことか。細い血管を何筋も浮き立たせて美しかった。高齢者の卵巣とは思えない滑らかな球体であった。

他の臓器の衰えさえなければ、この神秘な卵巣は、精子を受け入れて卵子と結合させる機能を十分に備えているのではあるまいか。

若い医師に、質問を向ける勇気はなかったが、私にそう思わせるほど、潰れて赤黒く混濁した盲腸の臓器の横で、九十二年を生き抜いて、体内から放り出された人間の卵巣は、

蛍光灯の光を透してころりと転がっていた。

「卵巣は、これから股間でころころ転がり、腸など他の臓器に悪戯をしかねませんので、この際、ついでに切除しておきました」

閉経後の卵巣は、害があっても利がないと言うことか。不思議そうに見つめる親族たちへ、医者はそんな説明を加えた。

姑さんは二十六歳の初産で私の夫を産み、それから丁度三年置きに、続けて男の子を二人産んでいる。その後に期待の女の子に恵まれていた。しかし、二歳を過ぎて、可愛い頃のその子を赤痢で死なせている。

桃を食べさせ過ぎたのだと、主人は死因を私に伝えたが、可愛くなりかけた我が子を失った姑さんの苦しみは、何にも例えようがなかったにちがいない。幸い、三年後に生まれ変わりのようにして続いて女の子に恵まれている。

終戦の前年に死んだその子の名前を、文字は違ってもそのまま命名された義妹は、そのことを嫌がっている。が、男三人の中の女の子一人という環境で、義妹は兄弟や両親に、非常に可愛がられて成長をしてきている。

私自身の卵巣からは、男の子一人と女の子四人という五人の子どもが恵まれた。幸いにも、一人の命も失わないで、五人とも元気で成長をした。現在は、海外出張の多かった会社を退社して渡米し、留学で再度学生に戻った末っ子を除けば、皆、社会へ巣立っている。

しかし、結婚をした息子の嫁と、四人の我が娘の卵巣からは、一人も子供が恵まれていない。結婚をまだしていない長女と次女、そして四女は無理としても、四年前に結婚をしている三女と、一年前の秋に結婚をした嫁の卵巣から、どんな子が恵まれるのであろう。

四十数年前に閉経し、夫と死別して二十六年になるおばあさんでさえ、あんな綺麗な卵巣を保持していたのだ。若い人の卵巣は、子孫を遺していく機能を備えて、もっと、弾力と活力に富み、体内で美しく輝いているに違いない。

病院の待合室の窓は、戸外の暗闇に塗りこめられていた。私は、瞼に像を残した卵巣を、暗闇の、ずっと高い星空の宇宙空間に遊泳させながら、際限もなく、生誕による、人類が繰り返してきた歴史にまで、思いをふくらませていった。

手術経過の説明から二時間後の午後八時過ぎ、姑さんは手術室からＩＣＵへ移された。

「おばあさんは、よう頑張ったった」

と言った若い主治医の言葉を、それぞれの思いで受け止め、親族は順番に見舞った。

酸素マスクを付けてすやすやと眠る姑さんは、盲腸と共に卵巣をも切除されたことを、もちろん知らない。仮に、目覚めて説明をしてやっても、次第に痴呆が進む今、きっと理解し得ないに違いない。

ブラックユーモア

人によってブラックユーモアは心を傷つけかねない。ところが、我が家では日常茶飯事にブラックユーモアが飛び交う。それでも平然としている。特に、今年九十二歳の高齢で頑張っている姑さんに、皮肉たっぷりな言葉を浴びせても、逆にやりこめられてしまうのが落ちである。

現在、私の子ども五人が社会人になり、各人各様の人生を歩んで家を離れ、夫と私と姑さんの三人切りの生活をよぎなくされている。そのころから私は、日曜日だけ、我が儘を認めてもらっている。

その日も朝日が部屋へ差し込むまで、十分な睡眠を取ってから台所へ入って行った。その私へ、先に起きていた夫が言った。

「神さんや仏さんのご飯も供えんと、何時までも寝ている。そんなおばあさんが、何処の家にいるのやって、言っているのや」

「ほんまや。朝ご飯の用意もせんと、遅うまで寝ている。そんな年寄りは、何処の家を探しても、おってないわ」

自分が遅くまで、床に居たことは棚に上げて、私はわざと夫に加勢した。すると姑さんは丸い目を大きく見開いて、澄まし顔で、瞬時に返答をするのだ。

「ここに居るがな！」

確かに、意に合った返答だ。思わず夫と私はくくくっと、笑い声を漏らしてしまった。

「それにしても、H町自治会では、家のおばあさんが一番長生きしているのとちがうか」

夫が感慨深げに言った。

「そうや、もう、おかあさんが一番高齢者になっていると思うわ」

私が確信の声を落とすと、姑さんは、

「そんなことあるかいな。まだ、よおけ居ってやわいな。村を廻ってこうか。あんたとこの年寄りさんは、何歳ですかって」

千軒もある大きな町で、一番高齢であることを言われると、抵抗を感じるのか、強気な言葉を切り返してくる。その後で、不思議そうに言う。

「長生きしたなぁ。私、九十歳を越えてるのやろ？　……なんぼ思うても、何でこないに長生きしたんかわからんわ……。早よ、おじいさんに迎えに来てもらわな」

姑さん自身、自分の長生きが不思議で仕方がないらしい。テーブルに肘を付いて、首をかしげながらつぶやく。

「迎えに来てもらわんでも、今度、姫路の町へ行くとき、名古山（斎場）へ送っといてやるがな」

姫路の中心街の近くにある斎場へ送ってやる。何と、余りにもむごい言葉ではないか。そのうえ心を傷つける非情で意地悪い冗談である。さすがに、私は夫のきつい発言にどきっとした。いくら、強気な姑さんでも、そんな冗談は胸にこたえて、泣き出すに違いない。私が慌てて夫を制する間も置かないで、姑さんは、

「ああ、送っといてくれたらええがな。棺桶を開けて、『この人はまだ、息しとってや。体がぬくい』って、斎場の人が言うてやわ。あははは！」

人ごとのように、皺が覆っている小さな顔に、いっそう皺を寄せて、可笑しそうに、太い声で笑い飛ばした。

冗談を瞬時に受け止めて、冗談で切り返す知恵は、生まれつきの才能らしい。手早く編み物をしていた技などは、八十歳を過ぎたころには衰えてしまったのだが。

二年前に結婚をした息子は、結婚式で式場内を花嫁さんと挨拶回りに、私たち家族のテーブルの後ろへやって来た。にやにやしながらやってきた。そのとき、お婆ちゃん子である息子は、大好きなおばあさんの頭に、白いナプキンを三角に折って、白装束の死人の頭にかぶせるようにして、載せた。

勿論、冗談だ。息子の冗談が分かっていて主人も私も笑ったが、百人近い参列者の結婚式場では、度が過ぎた悪戯だ。勿論おばあさんは、頭上だから何をされたかわかっていない。孫が傍に来たことが嬉しくて、にこにこ笑っていた。

広い会場のこと、息子の悪戯が、酒宴で賑わっている人たちに気づかれなかったのが、もっけの幸いだった。

おばあさんは、どの孫が結婚をするときも、まだ留め袖を着て結婚式に列席し、孫の晴れ姿には涙を流して喜ぶ。しかしどの孫の場合も、結婚したことを記憶していない。

町中で暮らしている、最愛の初孫である息子が、結婚後、嫁と実家へやって来ても、

「この人だれ？」

と、嫁を仰ぎ見ながら尋ねる。来るたび尋ねる。半年ほど、息子たちと頻繁に会う機会をつくって、接しているうちに、やっと記憶に残ったようだ。

夫と私には、まだ孫がいない。兄弟で一番多い子持ちでいながら、不思議に孫に縁がない。が、外孫たちには子供ができる者が多くなった。おばあさんは、曾孫ができると、病院へ出かけ、赤子と対面し、目を細めて愛おしそうに眺める。何時までも、眺める。しかしそのことをまったく記憶していない。

お盆に、分家している主人の兄弟たちが、家族でお経をあげにやってくる。もう結婚をしているおばあさんの孫たちも、それぞれ幼児や赤子を連れて、大勢でやってくる。お盆にそうしてやってきた曾孫に、目を細めて嬉しそうに相手をしながら

「これ誰の子?」

と質問をする。

「Tちゃんの子で、おかあさんの初曾孫のNちゃんや」

説明をすると不思議そうな顔をして、

「ふううん。Tちゃんの子かあ」

感心してうなずく。そして次の曾孫の手を取って、ゆさゆさ揺すりながら、

「これは誰の子？」

と、聞く。

「それはYちゃんの子で、Rちゃんや」

傍にいる者が説明をすると、不思議そうな顔をしてうなずく。しばらくするとまた、同じ子をあやしながら、

「これ誰の子？」

と尋ねる。教えても、一分と経たないうちに同じ質問をしてくる。

ここまで記憶力が衰えている。が、不思議なことに、ユーモアの発想に関しては、決して衰えていない。瞬時に、気の利いた頓知で返してくる。

秋口のことであった。一緒にスーパーで買い物をしながら、おばあさんは柿と蜜柑を一袋ずつ買った。そのとき、

「これはあんたら二人で食べたらええ」

八個ばかり赤い網に入った蜜柑を、夫と私の分として買ってくれた。その帰宅後、おばあさんは、自分自身の分の柿と蜜柑を、

「一個ずつ、これあんたらの分や」

と、言いつつ食卓に転がした。買ってくれたことを忘れていると思った私は、

「私らの分は、ちゃんと買ってスーパーでくれたったやん。また、無くなったら貰うわ」

そう言って、戻そうとすると、

「ええがな、ええがな。やる言うたら貰っといたらええ。マタ取られたら歩けんようになるがな」

冗談が咄嗟に口から出ている。私が先に言った「また貰うわ」のまたに掛けて「股を取られたら歩けない」と、言ったのだ。

おばあさんは、肝臓がやや悪いために、一カ月に一度の割で検査を受けている。私は検査結果を、すっかり、病院に問い合わせることを忘れていた。

「結果がどうなのか、心配していたのに」

夫が夕食をしながら、心配そうに言った。するとおばあさんは、人ごとのように、

「どないあらいな。何かあったら、性が悪いだけや」

このような、冗談を言う日は機嫌がいいのだ。もし、おばあさんに些細なことでも、注意をしようものなら、異常なほど嫌がる。激怒して、顔を歪める。

おばあさんはまだ、毎朝、主人の車に乗って一緒に出勤をしている。そのとき私は車庫

まで行って、バックしながら道路へ出る車を誘導している。うっかりすると、走って来た自動車に衝突する恐れがあるからだ。

それに、車に乗るために歩いてくるおばあさんは、夫が、ミラーを見ながらゆっくりバックしているものの、その車のすれすれの真後ろを、急に横切り、轢かれそうになるからだ。何度も轢かれそうになる。そのたび、

「おばあさん。危ない！」

びっくりして、私が腕を引っ張ると、すごい勢いで腕を振り払う。

「わかっとうがな！　息子が轢いたりするかいな」

仁王のような険しい顔で睨み付ける。

「轢く、轢かんの問題違うがな。車が見えとう思うたら、間違いや。危ない、危ない。ほんまに、轢いてしまいよったがな」

夫は危険を感じさせられる度に、母親を叱る。叱られると、黙ってうつむくが決して反省はしない。道路の後方から走ってくる自動車でさえ、危ないから、路の端へ寄るようにと注意をしても、

「車の方で、ちゃんと、避けるがな」

怒った顔で耳を貸さない。避けようともしない。道の真ん中を、小さな胸を張って、どうどうと歩く。おばあさんのそんな態度に、つい私は腹を立ててしまう。

しかし嫁の立場では、ブラックユーモアがブラックユーモアとして、受け取ってもらえないだろうから、さすがにブラックユーモアを吐けない。

〈気の強い人や！　轢かれそうになっても、放っておいてやるわ。轢かれたら、がっぽり保険金も入るし〉

爆発させそうになる言葉を呑み込む。

しかし、おばあさんは、得な性分をしている。憎み切れないものをもっている。夕方帰宅したときには、朝の出勤どきに、嫁ともんちゃくのあったことなど、すっかり忘れている。忘れて、機嫌よく、よっこらしょ、といいつつ、

「ただ今」

と言って、勝手口から帰宅する。朝と同一人物とは思えない、可愛い雰囲気で帰宅してくる。そしてまず、

「おじいさん、みんなを見守ってよ」

と、二十六年前に先だったおじいさんに、話し掛けながら、仏壇の前に座って読経する

のである。玄関にまで聞こえる太い声で、お経を読むのである。

そんな日から五年が過ぎて、おばあさんは九十七歳になった。食事したかどうかも忘れる。一緒に生活している者の名前さえ忘れがちになった。糞尿の排泄も、子ども以上に手が掛かるようになっている。足の筋肉もかなり弱り、家の中での歩行もよろけながら、やっと移動している。

しかしまだ食欲旺盛である。以前とそう減っていない。が、食べた物が身に付かないらしい。体重はほとんど変化がない。皮膚と骨の間に肉の層がなくなっている。

つい先日も、工場のトイレで転んだら、皮膚が剝がれてぶらりとぶら下がった。慌てて外科で、取り外さなくていいバンソコウを貼り付けた治療を施してもらった。膿もしないで治ったことを思えば、十分な食事が出来ているからであろうか。

総入れ歯だが、固い物でも、餅のような粘着のある食べ物でも結構いける。誤嚥があれば、すぐに指を入れるか、掃除機で吸引するか。傍で心配しながら見守っている私のことなど、まったく関知しないで、美味しそうにゆっくり咀嚼すると、するりと飲み込んでいる。

そんなある日曜日、昼食が終わったあとで、おばあさんが、

「ああ、美味しかった。美味しかった！　何時死んでもええ」

最近、特に小さくなったように思える顔をほころばせて言った。

「ほんまに、死んでもええと思っているん」

二年前から実家で生活をするようになった長女が居合わせていて本心を探るように聞いた。すると、認知症が進んでいる高齢者とは思えない速さで、返事が返ってきた。

「でもなぁ。葬式代が貯まってないから、それが貯まってから死ぬわ」

おばあさんは孫の問いに、するりと、上手に切り抜けた。

「心配せんでも、葬式代ぐらい、ちゃんと貯蓄してあげてる」

嫁の意地悪で私は言葉を返した。

「えっ？　貯めてくれてるん？　そうしたらそのお金をくれてか。そのお金を遣ってから死ぬわ」

「ああ、やっぱりおばあさんには勝てんわ」

頓智がまったく衰えていないのだ。その不思議さに驚きながら、娘と私は大笑いしたのであった。

母の記録

実家の母が、花の水やり中に転倒をして手首を骨折した。水道口から引っ張っていたホースに足を絡まれて、転んだ拍子に手を付き、体の重心が乗って骨折したらしい。

平成十四（二〇〇二）年の七月で九十歳になった母のこと、手足の筋肉が弱っている。起き上がることが困難だったに違いない。出っぱなしの水で、衣服が濡れるまま転んでいたらしい。

転んでから三十分ばかり経ったころ、経営する書店の本を配達し終わった弟が、帰宅して、家の庭先に横転している母親を発見。

「何をしとんやいな」

弟は不思議に思いながら、転んでいる母親を起こすと、手首が半回転して裏を向いていた。慌てて外科病院へ連れて行ったのだ。

弟はT電気会社へ勤めていたが、結婚後に脱サラをして、呉服店を共同経営で始めた。二年も呉服商に身を置いただろうか。共同経営の難しさがあって、弟は身を引いたようだ。その直後に書店の経営に切り替えた。

「お前の、おっとりした性格は、商売に向いていない」

書店を開店させる前に相談にきた弟に、私の夫はそのように断言して反対をした。しかし、実弟はやり方次第で儲かる商売だと反論して、昭和五十一（一九七六）年の秋に開店させた。

「始めたころは、本はよう売れて、儲かりよった。だんだん売れんようになって……」

一度、母が淋しそうに言ったことがある。

弟が書店を開店して間もなく、町の中心にある大型書店が、郊外へどんどん支店を開店させていった。車社会に合わせた、広い駐車場を持った書店の経営に乗り出したのだ。

「自動車でわざわざ本を買いに行く人は、そんなに多くいるはずがない。郊外に出しても経営に破綻を招くやろ」

弟は強気であった。しかし、車は人の流れを変えた。そのうえ読書人口減と不景気の到来も合わせて、弟のような三十坪あるかなしかの小さな書店は、次つぎ廃業していった。妻が働いているものの、娘三人と母を抱えた生活は窮乏に陥ったようだった。弟は私の上の実姉に店番を任せると、早朝から正午近くまで、青物市場へパートに出るようになった。が、私の夫が平成二（一九九〇）年に膵臓癌という生死を分ける大手術で入院した時以来、青物市場のパートから、夫が経営する鉄工所に助っ人として来ることになった。

弟が退社してしまった同じ会社に勤めていた弟嫁は、書店の経営が軌道に乗れば退職をするつもりでいたのだ。しかし大手書店の戦力には敵うわけがなく、経営は不調で、勤めを続け、家計を助けている。

弟は毎日、鉄工所を正午で切り上げて、店番をしている姉を昼食に帰らすために交代をする。姉が、留守居をしている姑さんと昼食を終えて店に戻ると、弟は単車で注文を受けていた本の配達に出る。そのパターンは、姉に手伝ってもらうようになってから決まっている。

大抵、午後三時過ぎに配達が終わる。終わると山陽電鉄平松駅に近い書店から、一キロばかり離れた自宅へ帰ってくる。昼食を摂ったり、姉の帰宅後の夕方から午後九時まで店番をするための小休息を取る。

その日衣服が濡れるまま、手首が骨折していることにも気づかないで、母は横転した状態で、春先の薄ら寒い風に晒されていたらしい。

「よおそんな。息子さんが、帰って来なかったら、どないしたんやいな！」

病院へ見舞いに行った我が家の姑さんが、叱るように母を諌めた。諌められた母は、

「帰って来る時間が分かっているさかい。じっと、待っとった」

治療が終わり、添え木をし、首から包帯をした腕をぶら下げた状態で、ベッドに座る母は、角張った顔の目を細めて暢気そうに答えた。

「もうこれからは、誰かが居るときに、花の水をやるようにしな」

手伝ってやるのだと、まだ工場へ出る九十二歳のわが家の姑さんは、先輩顔で説教をしていた。

姑さんが陽なら、母は陰だ。母は寡黙で姑さんは饒舌家だ。姑さんは小柄でしゃきしゃきしているが、母は大柄で何をするにもスローだ。この二人の高齢者は、何かに付けて対照的にもかかわりなく、不思議と気が合う。

入院中は病院に泊まり、弟嫁と近隣に住む母の娘三人が交代で世話をした。幸い骨折が

手で、数日で退院して帰宅すると、昼間はベッドにちょこんと座っていた。高齢者が数日歩かなければ歩けなくなるかもしれない。見舞いに行く娘達が危惧を感じて、口を酸っぱくし、歩くように説得した。

「しんどい。元気になったら歩く」

いつもそんな理由を言って、トイレに行くときと食事で食堂へ行く以外は、ベッドから下りなかった。添え木が外され、手首の運動をする習慣が必要になった時でさえ、

「痛いのや」

そう言って、手を動かさない。叱れば申しわけ程度に、こくこくと動かして見せた。勤めに出る弟嫁を助けて、実家に最も近い長姉は毎日出かけて、一番母の面倒を看た。面倒を看ながら手を動かし、歩くようにと、説得をすると母は怒った。ある日とうとう、

「うるさい。もう、来なくてええ！」

癇癪を起こして怒鳴ったという。娘だから感情を剝き出しにするのだと思うが、世話にならなければ何も出来ないことが分かっていながら、幼子とそっくりな怒りをぶつける。

骨折は右手で、箸さえ持つことができなかった。毎日おにぎりを作ってもらい、リハビリの通院など、弟夫婦に何かと面倒を掛ける日が続いた。

そんなある日、私は久しぶりに母を見舞った。母は、ベッドに座った姿勢で、うとうとと居眠りしていた。

眠っているのなら、覚ますことはない。私はそっと、足をしのばせて、また帰ろうと部屋の戸口に立った。すると、母が瞼をゆっくりと開いた。

「何？ 何か用事があるのか」

驚いた様子で声をかけてきた。

「別に、用はないけど、どうしているかな、と思って来た」

私はベッドの傍へ戻り、骨折した右の手首を持ち上げた。高齢のために手術をしない治療が施された手首は、完全には曲がらない状態で、まだかなり赤く腫れが残っていた。

普段は庭先にある猫の額ほどの野菜畑と花畑の世話を、何よりの楽しみにして過ごして居る母の手の指は太く、甲は日焼けで黒かった。

手首はもう完全には、元通りに曲がらないだろうと思いつつ、さすり、私はゆっくり曲げてみた。それから、痛がるのを覚悟でぐいっ！ と、強引に荒く深く曲げてみた。

「あっ、痛い痛い！ 無茶せんといて！」

「うふふ。そうでもせんと、曲げないやろ」

目をつり上げて怒って痛がる母を、愉快に思いながら、私はいたずらっぽく言った。

急に強く曲げられて、よほど痛かったのだろう、母はまた、私に摑まれないように腕を後へ引いてしまった。

「もう、せえへん、せえへん」

母を安心させながら、ふと、布団の上に乗っている一枚の紙を見た。それには名前がずらりと書いてあった。

「これ、何？」

私は紙を手に取って見た。

――大江島老人会名簿――昭和五十一年――

二十六年も以前に老人会が配った名簿である。五段に書かれた名簿の一番下段に、母が六十四歳で書き込まれている名簿である。

「弟が書店を開き、私が五人目の一番下の娘を産んだ年で……、お母さんが、今六十四歳である私と同じ年齢だった時に作成された名簿やんか。……○が付いているけど、これは何の印《しるし》？」

「死んだった人を、印、してるんや」

「……死んでいった人を!?」

私は絶句した。

五段の名簿のほとんどは、○が入っているのだ。一番上段で、当時九十歳代と八十歳代だった人は当然皆、○の印が付いていた。七十歳代であった人は、百歳を越えて二人を残して○印が付いている。そして、一番若い欄に記載されている六十代だった人の半数以上に○印が付いている。母を含めた数人の生存者は、現在九十代に達している。

名簿が配られてきてから、死んでいった人に○印を付けてきた母のその行為に、私は恐怖を感じた。体が震えた。

同じ村に住んで居る人の死亡記録を取りながら、母は怖く無かったのであろうか。

一人二人と、黄泉の世界へ姿を隠すたび、印を付け、二十六年間で、小さな片田舎の同じ町で五十人余りの人が死んでいったのだ。

――常に、人は死ぬものとして受け入れ、死への覚悟ができていなければならない――醜い最期を迎えてはいけない。と先日テレビで小説家のSさんは説いていた。が、一枚のぺらぺらの紙に印刷されている名簿を大事にして、どんな思いで、死んでいく人の記録を母は取り続けているのであろう。

自分を含めて印の付いていない人は、もう数人になっているというのに……。

三十三歳のとき、戦争の最中に夫に病死され、夫が遺した幼子四人を苦労して育て、家庭を持たせ、賢明に生きてきた母。何をどう考えてのことか。老いながらこんな行為をする母は、何と、強靱な心の持ち主なのであろうか。

最近、学校を卒業した三人の内孫が、みんなそれぞれ結婚や就職をして、家から離れていった。否応なく、昼間、一人で留守をしていることが多くなった母は、

「淋しい、淋しい」

と、よく口にするようになっている。そのことから推測すると、人以上に恐怖心を内包している人間かも知れない。だが、何故か、近所の人に誘われて食事や折り紙、歌や遊技で楽しく遊べるデイサービスに参加をしようとしない。

私はもう九十歳になった母の胸奥が測りしれない思いで帰宅しながら、身につまされてきた。

「もう、記録を取るのを止めとき」

今度見舞ったとき、私は言おうと思った。その時は、その年の八月、手首の骨折の回復を喜ぶ間もなく座敷で転倒、腰の骨を折って入院一カ月後に、母が亡くなる運命だと知る

はずもなく、私は母を諫めるつもりであった。

家《うち》のおばあちゃん

今年でうちのおばあちゃんは九十五歳になる。明治の最後の年に生まれたと言うのやけど、五人目に生まれたさかい、父親は長いこと放っていて出生届けを出してくれんかったって、おばあちゃんは悔しそうに話していた。

五人目に生まれたというけど、私も同じ五人目の子どもや。私は五人目でも末っ子や。お兄ちゃんが一番上で、二年後に長女、年子で次女が、そのあと三年間隔で三女と四女の私が生まれてきたのや。

母は私に遠慮もせんと言うた。家は父が鉄工所を経営してるさかい、男の子がもう一人欲しいて、次々五人目まで頑張って産んだけど、とうとう、男の子はお兄ちゃんだけしか貰《もら》えなかった、って。

おばあちゃんは、

「男の子でも、女の子でも、元気な子を貰えたらええ、ええ」

がっかりしている母に、赤子の顔を見ながら、毎回、そう言って慰めたんやて。

五人目だったおばあちゃんは、弟一人と妹が三人いて、九人兄弟やったんや。今は一人になってしもうてる。長生きしたさかい兄弟姉妹をみんなあの世へ見送ったことになる。

仲ようしていた隣村の妹さんは、六十代のとき肝臓癌《がん》で死んだ。妹さんは夫が早くに死んで家庭が不幸やって、おばあちゃんを頼ってくるし、よく面倒をみてやっていたので、葬式の日など、「可哀そうや、可哀そうや、ええときが一つもない妹やった」って、おばあちゃんは泣き明かしていた。

あまり悲嘆に暮れていたさかい、それから急に、おばあちゃんはおかしなことを言い始めた。そのときは、まだ元気な七十代やったさかい、一週間もすると、正気にもどって家族もほっと、安心をした。それでも、姉妹の死は、自分の連れ合いの死より悲しいのやろか、と母が言っていた。

おばあちゃんの連れ合い、つまり私のおじいちゃんは、私が昭和五十一（一九七六）年十一月に生まれる五カ月前の六月に七十二歳であの世へ。だから私はおじいちゃんと顔を合わせてない。

お兄ちゃんと上二人のお姉ちゃんは、おじいちゃんによう肉まんを、買うてもろうたことを覚えている。三女のお姉ちゃんは三歳やったさかい、さすがにおじいちゃんのことを何も覚えてない。

でも、母が、おじいちゃんに子守を頼んで外出している間に、よちよち歩きのお姉ちゃんは、うんこをしてしもて、おじいちゃんにムツキを取り替えてもろたんや。

「あんたらのお父さんやったら、ぜったい、よう取り替えんやったと思うで」

おじいちゃんはよう取り替えてくれたったわ。と母は言うし、みんなで、盆栽や懸崖《けんがい》菊作りの名人やったおじいちゃんのエピソードを語るとき、いつもその話で盛り上がる。

おじいちゃんは朴訥《ぼくとつ》な人で、母はいい人やったと言うてるけど、おばあちゃんと結婚をしたころ、酒飲んだら癖が悪うて、暴れていたらしい。飲んで帰って来ると、寝ている子を喚いて叩き起こし回ったんやて。

おばあちゃんはおじいちゃんのことを、

「目をぎょろりとむいて、好きになれんさかい、結婚をせえへん、って言ってるのに、『兄貴が、ええ人や言うてる。頼むさかい結婚してくれ』と、母親が頼むように言うさかい、仕方なしに結婚したんや」

しゃあしゃあと息子の嫁である私の母に、そんなこと平気で話したんやて。

だからおじいちゃんが死んだときは、実妹の死んだときほど悲しくなかったんやろか。悲しそうにしていても、すぐに朗らかになったらしいし、「おじいちゃんが死んでも、可愛い孫がいてくれるさかい、ちっとも、悲しいない」と……。本当は強がりを言うてたかもしれんけど、そう言いながら、孫の守をせっせとしてくれたんやて。

そのころ母は、父の仕事の手伝いや、お兄ちゃんの学校の進級に従うて、父が受けてたＰＴＡ役員の代役や言うて、小さい子どもをおばあちゃんに預け放しで、よく外出することがあったらしい。

「この子は私が育てたみたいなもんや」

おばあちゃんは、孫の中でも特に、初孫のお兄ちゃんが可愛いのや。人様には自慢げに自分が育てたと吹聴している。お兄ちゃんもおばあちゃん子で、母よりおばあちゃんを大事に思っている。母が、おばあちゃんにちょっとでも忠告をすると、おばあちゃんはすぐにお兄ちゃんへ訴えるものやから、

「年寄りやさかい、おばあちゃんを責めたらあかん、可哀そうや」

お兄ちゃんはおばあちゃんの味方をして、母をよう説教してたわ。さすが、母は悔しがって、ときどきヒステリーを起こしてノイローゼ状態に陥って、おばあちゃんとあまり仲良うできんかったみたい。

お兄ちゃんが結婚で家を出てから、自分の味方が居なくなったさかい、おばあちゃんは母に何かとお世辞を言うようになり、母は怒る気になれず、おばあちゃんと仲良うできるようになったんみたい。

でも、年が明けると九十六歳になるおばあちゃんは、顔は皺だらけ、だんだん赤子に還《かえ》っている。お盆におじいちゃんの仏前で、お経を上げるために親戚中が集まってきても、自分の孫や曾《ひ》孫を認識できなくなっている。

アメリカに居る私は、弁護士さんに依頼している就労ビザが、取得出来るまでの三カ月は帰国しているさかい、おばあちゃんのベッドの横に床を敷いて寝てやっている。けど、その私でさえ、ちょっと一日外出して帰ってくると、「あんた誰？」と言う。

失禁も日ごとにひどうなってる。その内の何回かは、考えられんほどぎょうさんうんこをする。便所の床から便器から汚した上に、パジャマの上から下までうんこだらけにして脱ぎ放している。そのままスリッパで歩いて部屋に戻ってくるさかい、ローカも絨毯《じゅうたん》もベッドさえ、べっとりうんこがいっぱい付きまわっている。乳幼児以上や。

汚したとき母は怒って叱りたいのを我慢してるようや。まず、バケツに湯を汲んできて足を拭くと風呂場へつれて行って、裸にしてシャワーで洗ってやっている。すごい臭いやし、私は、とてもよう手伝わんから、おろおろして見ているだけやけど、

「お母さんが年取って、こんな世話がいるようになったら、遠慮せんと、何処か施設へ入れてくれたらええで」

と言いながら、母は還暦をとうに終えてるのに敏捷におばあちゃんの世話をしている。

薬も朝昼晩の三度の食後に、心臓、糖尿、腸、ぜんぶ違った薬を飲んでいるのやけど、一回ごとに渡してやらんと、何度でも飲む。

おばあちゃんは七十二歳のとき心臓房室ブロックという脈が遅くなる病気になって、ペースメーカーを埋め込む手術をした。それを十年ごとに入れ替えた。そして九十歳で腹膜炎を起こしていた盲腸の手術をし、その三年後に心不全で入院をしたけど元気で退院。この間もまた心不全で入院したけど、入院のたび母はおばあちゃんが嫌がっても歩行訓練をしに行くので、寝たきりにならずに元気に退院してくる。

おばあちゃんは寿命がある人やと思う。どんな病気をしてもすぐ元気になる。耳はよう

聞こえるし、眼鏡を掛けると新聞が読める。ご飯も、総入れ歯にしているけど、若い私やお姉ちゃんと同じ料理が普通に食べられる。

男一人やのに、父の鉄工所の跡継ぎを拒否して、レストランパブを開業したお兄ちゃんは、お母さんの苦労を知らんさかい、

「おばあちゃん、百歳まで生きろよ」

格好よう言うてる。ほんまに、小柄やけど元気やさかい百歳以上長生きできそうや。でも、痴呆症が進んで、瞬時に記憶を失うのに、たまに、おばあちゃんに会いにやって来た叔母さんに向かい、

「こんな体になって、首を吊って死にたい」

泣いて訴えたのや。お母さんはそんなこと言われて、すごいショックやったらしい。

「大病をしたお父さんのこと以上に気に掛けて、面倒を見てるのに、たまたま尋ねてきた人に、『死にたい』って言うて泣くなんて」

お母さんはひどう気落ちしてしもうてた。

老人の典型で、同情を引きたい欲求や。本気で言ってるわけがない。介護施設でヘルパー経験のある叔母さんはそう言いつつ、

「おばあさんみたいに娘や息子、孫も周りに居て、家族と一緒に住める人あんまり居ないんやで。たいてい施設か病院へ入れられてるんや……、皆にええわいしてもらいよるのに、死にたいなんて言ったら罰があたるで」

おばあさんに、怒るように言い聞かせてくれていたけど、ほんまに、おばあちゃんは、何で死にたいなんて言って泣いたんやろか。

元気で長生きって言うけど、なんぼ元気でも、ほんまに長生きして幸せなんやろうか。記憶喪失はあっても、正気があり、プライドがしっかり残っているさかい、やっと歩けても、自分では何もできないし、何もかも世話になりながら生きんなんから、本当は気兼ねで辛いのとちがうやろか。そう言っても、自分で命を断てるわけないし、

「死にたいって、何で言ったんや。近場やけど旅行も行くし、何でも食べられるし、家族みんなに、ええわいしてもらいようやろ」

私と姉と、今は五人家族の夕飯どきに、お父さんがおばあちゃんを叱って言うと、

「え！　そんなこと、言ったことない。誰がそんなこと言うのや、此処へ連れてきな」

目を吊り、おばあちゃんは猛然と反発した。

「叔母ちゃんに、言っていたやん」

死にたいと言って、泣いてるところに居合わせていたさかい、私は証言をした。

「いいや！　これっぽっちも言うたことない。ええわい、ええわい、してもらいよんのに、そんなこと言うたら罰があたる」

いずれ自分もこうなるのや。白髪の多くなっている父は、苦い顔をしいつつ、つぶやいていた。お母さんは黙って俯いていた。

私は日系の放送局勤務の就労ビザがやっと下りたし、九月の末に再度アメリカへ渡る。今度、いつ帰国できるか分からんけど、元気なおばあちゃんや。まだまだ、最後の別れの危惧はなさそうや。

ユナの好きな居場所

人間の頭脳の構造はどうなっているのであろう。歳を重ねていくにつれ、日ごとに子どもに還っていく姑のユナに、日々付き合っているハルには、脳のメカニズムが不思議に思えて仕方ない。

「もう、兄ちゃんは会社へ行ったか？」

姑のユナは、同居する自分の長男を兄弟呼ばわりする。

「今行ったったとこ。十一時になったら、迎えに帰ってくれるさかい、それまで寝とき」

パジャマのまま、萎えかかった足でひょろつきながら、台所へやって来たユナにハルは答えた。

「ふん。十一時やな」

嫁に言われ、ユナは素直に部屋へ戻って行った。が、二、三分もしないうちに、

「兄ちゃん、会社へ行ったか？」

ハルが風呂場で洗濯機を動かし始めた背中へ、また同じことを尋ねにやって来た。

「時計を見たか、今、朝ご飯を食べたところやろ。時計が十一時になったら、帰ってくれてやさかい、それまで寝とったらええんや」

「よっしゃ、分かった。まだ、寝とったら、ええんやな」

納得をするとまた、縮んでますます小さくなる体をふらつかせ、障子の桟やテーブルの角にひょいひょいと掴まりながら、廊下と座敷を通り抜け、奥の部屋へ戻って行った。

ユナの部屋は八畳で、家で一番日当たりがいい。洋式便所も近い。猫の額ほどの庭ではあるが、春には牡丹、夏は槇や松など常緑樹の青葉、秋はモミジの紅葉、冬である今は山茶花が赤い花をいっぱい咲かせているのが、縁側のガラス戸越しに楽しめる。

我が家では特等である和室に、ユナはベッドを置いて寝起きをしている。ユナの孫でありハルの娘である三十代の麻美は、そのベッドの横に床を敷いて寝ている。

「あーあ、おばあちゃんが昨日は、何回も何回も便所に行って、ガタンガタン音を立てるさかい寝不足や」

ちょっとでっぷりの麻美が眠そうにあくびをしながら起きてくる日もあるかと思うと、

「おばあちゃんが夜中に、『お腹が空いた、ご飯を食べよう』って、何度もぶつぶつ言って、部屋をうろうろするんや」

真夜中の徘徊に悩まされたと報告する。

「可笑しいな、お餅を二個に、ご飯を茶碗に半分、粕汁と総菜を色いろ、食後にリンゴ。お母さんより少し多いぐらい食べたけど」

食べたことを忘れている。失禁もひどい。確実に認知症は進んでいる。しかし、有り難いことにハルたち夫婦は麻美のお陰で、夜は二階で安心して睡眠を取ることができている。交代を申し出るが、まだ独身の麻美は別段、苦にならないからと毎日ユナの傍で寝てくれている。

「さぁ、会社へ行こうか」

何度も言い聞かせたことを、もう忘れている。今度は衣服を着てやって来た。しかし何と滑稽なことか。外出用のズボンの上にパジャマのズボンを穿いている。しかも真冬だというのに、半袖の服を着ている。ベッドの傍に着る服を用意してやっているのに、わざわざ引き出しから出して着たらしい。

「おばあさん、そんな格好では会社へ行けんわ。上は夏服やし……、こっちへ来てみ」

ハルはユナの手を引いてユナの部屋へ戻る。

「あれ！　畳が焦げてる。仏さんの線香を点けたらあかんと言ってたのに、点けたやろ」

「いいや、ぜったい点けへん！　知らん」

「でも、畳が焦げてるやろ」

問いつめても、本人に点けた意識がない。ハルは夫に焦げた畳を示し、蠟燭と線香を隠すように言わなければならないと思った。


夫は母親のユナが七十歳になったとき、自転車を禁止した。老人が不注意で轢かれるのは自分が悪いので仕方ないが、轢いた人に迷惑を掛ける。気の毒で申し訳が立たないというのが理由であった。

自転車に乗れなくなったユナはよく歩くようになり、楽しみの一つとして、今は廃業で無くなっている駅前の八百屋へ、自分の欲しい物を買いに行くのが日課になっていた。

ある日末娘の友人が遊びに来ていた。勝手口から出て行くユナを見かけて娘が言った。

「おばあちゃん、何処へ行くの」

「あんたの婿さん買いに行きよんや」

冗談がすぐに口に出る。頓智能力は認知症が進んでいる現在も、健在で抜群である。脳の仕組みは本当に不思議である。

娘の友人たちも冗談をすぐに察知し、けらけら笑いながら応答をしていた。

「おばあちゃん、私ら二人の分もよろしく」

「ほな、お金をくれてか……。え、お金は無いんかいな。無かったら、止めときますわ。あははは」

冗談をうまく切り返して、ユナは、夕日が薄紅色から朱色に染まり、山かげへ沈みかける道を、すたすたと、驚く速さで八百屋へ向かって行くのであった。

ユナが饅頭やお菓子を一杯買い込んで、帰宅したとき電話が鳴った。名古屋の舅の弟からであった。受話器をハルが取ってユナに渡した。

「久しぶりやねぇ。ええ！　あんたはんも八十五歳になったったんかいな。年を取るのは姫路だけかと思ったら、名古屋も取りまっか。そう言うものの、わたいは八十六？　え？　八十七ですわ。ほんまに、年を取ったらあきまへんね」

名古屋で箸職人として、家族だけで箸を造っている今は亡き舅の弟からの電話であった。

東京の三越百貨店へ卸す手作りの箸製造も、兄弟の裏と表との二軒だけになり、技術賞を貰い、ＮＨＫの取材を受け、放送されるから、見て欲しいという電話であった。こみ入った話になると、ユナには理解が追いつかない。途中からハルが交代して聞いたのであったが、久しぶりの親戚からの嬉しいニュースであった。

八十代後半の頃のユナは、まだ頭もしっかりしていた。ハルが外出するために洗面所で化粧をしていると、のこのこやって来て、「おしろい付けて、紅付けて、男まどわす伊達女。あははは」

調子を付け、歌いつつ揶揄さえしてくることがあった。長年一緒に住んでいるからこそ、そのときは冗談として聞き流しはしたが、心底では腹が立って、ハルに、姑を突き飛ばしてやりたいと思わせたぐらいであった。

ユナは今年で九十七歳になり、確実に認知症が進み排尿排便の下の世話が大変で、家族を困らせている。

毎年商売繁盛を祈願し、ガンジキや箕を買いに行く年明けの姫路総社参りに、今年はユナを連れ出すのは無理に思えた。麻美は祖母は何処へでも行きたがりやから、何とか連れて行けると言ったが、長女である麻美と次女の康江の若い娘二人では、足の筋力がおとろえている年寄りを、人混みの中へ連れ出すのはとても無理がある。

「今年は、私も居るから、おばあちゃんは辛抱をして家で留守をしてな」

ああ、いいで、行かんでええで、と返事をするが、ユナは行きたくてたまらないのだ。

「姫路総社に鶴が来た。母さん鶴見に行きたいわ。総社（そうじゃ）お前も年頃じゃ。鶴が見たいの無理はない」

突然、ユナは出て行く孫たちの後ろ姿に向けて歌い始めた。ハルがユナの初めて口にする総社の唄に驚いていると、続いて歌った。

——あんたは御殿の八重桜、私は野に咲くレンゲ草、私とあなたのよい仲を、誰が噂を立てたのか、大工たのんでカンナ借り、立てた噂を削りたい。すっとっとん、すっとっとんと戸を叩く——

「へぇ、面白い唄を知ってるんや」

ハルが面白がるとまた得意気に続けた。

——私あなたに菠薐草（ホウレンソウ）、惚れたと言うのも恥ずかしや、膝を叩いて目で知らす、それのに、あなたは知らぬ顔——

俗曲の七、七、七、五の口語調である都々逸と言われるものだろうか。調子よく楽しそうに歌い続けた。ハルはユナがこうした唄を何時、何処で覚えたのだろうと、不思議であった。問いかけてみた。しかしユナの返事はあいまいである。

「何処で覚えたんやろうなぁ、知らんわ」

わざと知らん振りをしているのではないらしい。ハルは普段、ユナからときどき聞いていた話を、紡ぎながらまた問いかけた。

「娘の頃、お城に近い自転車の問屋さんへ奉公にいっていたと言うてたやん。そのときに大勢で酒盛りがよくあったのとちがう？」

「……そうや、職人さんがあっちからも、こっちからも、よーけ来て、お酒飲んで歌って」

八十年前の記憶が蘇ったようであった。嬉しそうに皺で縮んだ口を開けて歌う表情は幼児のようだ。大きかった丸い目は、たるんだ瞼にふさがれて小さくなり、頬も顎も数え切れない皺を乗せてしぼんでいる。

――雨が降ってくーる、洗濯物は濡れーるう、忙し何としょ、背なの子は泣く、飯焦げるーう、台所の真ん中で、させとは辛いねぇ――

何と艶っぽい歌か。意味が分かっていて歌っているのであろうか。高齢とは思えない張りのある太い声で歌う。またこの歌だけは、これまで何時とはなくよく歌う。この歌が始まると、まだ未婚である麻美がいるときは、

「おばあちゃんそれエッチな唄やで」

と嫌がって歌うのを止めさせているが、ハルには、姑の話を思い出しつつ、大正時代の姫路城界隈の、商人が酒盛りをする賑わいの光景が浮かんでくるのであった。

「兄ちゃん、迎えに帰ってくれるか?」

ユナは今日、どうでも、会社へ行く気になっている。そんな日は夫が迎えに帰ってくるまで部屋中を徘徊する。

九十歳近くまでユナは、

「私はハルさんのように、計算をようせんさかい、子守や、工場の掃除ぐらいしまっせ」

それを口癖に内孫五人の子守や、夫の経営す

る工場の機械掃除や従業員の弁当の用意をしていた。それも年を重ねる日々に次第に出来なくなり、最近は工場の二階にある食堂のベッドで寝ているか、テレビを見ているだけなのだが。自分の息子三人と娘がいる工場は、ユナの大好きな居場所らしい。

老齢

東隣の住人が病院へ入院をして、一年がこようとしている。夏の終わりには西隣の一人暮らしだったキミさんが死んだ。歯が抜けるように隣人が消えていく。

三カ月前だった。ハルの家の小さな庭の松の木にさえ、蟬がやってきて激しく鳴いていた。その朝だった。隣のミツさんが、ふらふらと、今にも倒れそうになりながら、塀に摑まり摑まり、ハルの家の前を通って、ナイロン袋に入れたゴミを捨てに行っていた。

その夕方、夕飯を食べながら、ハルは夫にミツさんの異常な様子を伝えた。

「なぁ、隣のミツさん、どうしたんやろ?」

「どうしたって、何かあったんか?」

「どうも、歩き方がおかしい。ふらふらと、倒れそうで、家の塀に摑まりながらゴミを出しに来てた」

「まさか。この間、自転車で出かけよってのを見たぞー」

「そうやろ、この間まで、元気で買い物に出かけよったった。でも、今日朝、ゆっくり、ゆっくり、こわごわ歩いとってんや」

東隣の七十代のミツさんが悪くなったのは急だった。きれい好きで、何時も、身綺麗にして外出をしていた。

ハルの家の二階から見下ろすと、ミツさんの庭が全貌できる。あまり大きくはないが、ミツさんが一人で手入れをするには、十分な広さの花壇である。ミツさんは毎日のように、つくぼって、チュウリップ、ひなげし、カランコリエ、水仙、それからひまわりや朝顔やと、幾種類もの花を、季節ごとに、綺麗な花が咲くようにと、楽しそうに手入れをしていた。

毎年その庭に鈴なりになる黄金の金柑は、もぎ取ると袋に入れて、ハルの家にもってきてくれた。甘みが少なくて酸っぱいのであるが、氷砂糖を入れて焼酎漬けにしておけば、風邪の妙薬だと教えられている。漬けた金柑酒は、家族が必要な時だけ飲んでいるので、一年に少しで済む。毎年造るので金柑酒の瓶が棚に並んでいる。

二、三日後のある日、ブザーが鳴ったので玄関を出ると、門の柱に摑まってミツさんが立っていた。回覧板を届けに来たのだ。
「どうされたんですか?」

小刻みに震えている手から、視線を外しながらハルは言葉をかけた。

「別に、痛いところはないのやけど、手が震えてね。足が思うように動いてくれんで……、年がいくと大変ですわ」

「そんな、まだまだ若いですよ」

もう、十年近くなるかも知れない。ミツさんの旦那さんが肝臓癌で亡くなった。娘二人を嫁がせているので、その後ミツさんは一人で暮らしてきた。

ミツさんは旦那の死後、我が家を飛び越えて、仲良くしている西隣のキミさんの家へよく遊びに行っていた。キミさんの旦那さんは歌が好きで、定年退職後に中学校の同期だという数人と、お互いの家を往来してカラオケを楽しんでいた。ミツさんも歌が好きだったことから、その仲間入りをして、カラオケに熱を入れていったようだった。

いつからともなく、ミツさんの家から歌謡曲が聞こえるようになった。

——りんごーのはなびらがー、少女が歌っているのかと思える、高い音程の細い声が聞こえた。しばらくすると、カラオケの仲間がミツさんの家へも訪れるようになっていた。カラオケの機器を設備して、本格的にやり始めたらしかった。

楽しそうであった。ハルは洗濯物を干しながら、耳を澄まして聞き入ることもあった。町の公民館の敬老会では、キミさんの旦那さんや仲間はもちろん、ミツさんも宴会が始まると必ず、舞台に上がって歌うらしかった。ハルの姑さんが、敬老会から帰ってくると、

「えらいもんや。ミツさん、温和しい人やと思ってたけど、舞台に上がって、どうどうと、歌ってやで……、感心するわ」

やや羨望と皮肉をないまぜた口ぶりで話すのだった。姑自身も歌が好きだ。我が家の会社の慰安会では、マイクを持つと太い声でどうどうと歌う。が、他所では恥ずかしがって一切歌わない。

普段は遠慮がちなミツさんが、町の人たちの前で人が変わったように、満面の笑みを浮かべながら、堂に入った調子で歌う姿が、姑さんにはお調子者に映るようだった。

ミツさんと仲の良いキミさんは自称の音痴で、旦那さんと一緒にいても全く歌わなかったらしい。そのうち、キミさんの旦那さんとミツさんが連れだってカラオケに行っても、キミさんは行かなくなっていたのだ。

五、六年そういう状態があって、初冬の寒さが身に染み始めたころであった。キミさんの旦那さんは、トイレで倒れて意識不明になったまま、息を引きとってしまった。

「昨日ね、キミさんの旦那さんが『買い物に行こうか』って言うてやさかい、自転車で一緒に隣町のスーパーまで、買い物に行ったんやぁね。……帰る途中、キミさんの旦那さんが、『ちょっと、喫茶店へ寄って行こう』って言うたったさかい、ほれ、橋の向こうにありまっしゃあ、小さな喫茶店が……、そこへ入って、せぇーんど、次の発表会で歌う歌のことや、昔の思い出話や、色いろ話してたんでっせ。そやのに、死んでしまうやなんてね」

ミツさんは、キミさんの旦那さんの余りの突然だった死を、受け入れられないらしい。ハルに、その話を何度も何度も、興奮気味で話して聞かせた。ハルは、もし、キミさんがこの話を聞いたら、ひょっとして、気を悪くしたかもしれないと思いつつ、

「ほんまに、昨日まで、死んでやなんて思ってないから、誰もが、びっくりしてやわね」

キミさんの十人並みの顔からすれば、ミツさんは細長い、大きな丸い目をした美人系の顔をしている。キミさんの旦那さんが、ミツさんに淡い思いを抱いても不思議はない。好意をミツさんが感じていたかどうかは、ハルには推量しかねたが、つい前日、長い時間、

二人っ切りでお茶を飲みながら、差し向かいで話をしていたミツさんにとって、もちろん、並な驚きでないことは理解できた。

その日を境に、どちらも旦那さんを失ったんだから、二人はこれまで以上に、仲良く往来をしていくだろうと、ハルは考えていた。

しかし、喧嘩した様子もないのに、傍目にも二人が、自然に疎遠になっていっているのが手に取るように分かった。その上、ミツさんの家から歌が聞こえなくなった。

「歌は、もう、歌われないんですか」

久しく歌が聞こえなくなって、二階の窓から、花壇の草引きをしている隣人にハルは声を掛けた。

「ええ、まぁね」

「歌わないと、寂しいでしょう」

「いや、もうねぇー」

ミツさんは顔を上げようともしないで、手をせっせと動かしながら、あいまいな返事を返して来るだけであった。キミさんの旦那の死は、ミツさんにとっても、かなりのショックな、深い悲しみごとだったのにちがいない。

ミツさんの様子が、尋常でないと知って間もなく、夕方に他所へ嫁いでいるミツさんの娘さんが尋ねてきた。

「母を我が家に引き取りましたので、家を留守にしますが、よろしくお願い致します」

「ああ、そうですか。お姉さんのあなたが引き取られるのですか」

急に弱られた様子に、すごく驚き、ハル自身がショックを受けていたこと、そして、あなたたち姉妹に連絡していいのかどうか、迷っていたことをハルは話した。

「いえ、ときどき来ていましたので、母の異常に気づいて、K病院へ連れて行きました。で、色いろ検査をしてもらったのですが、医者は年寄りだから、自然に弱っていっている、心配はない、って言いましたので、しばらく様子をみていたのです。しかし、高齢が原因としても、どうも急な、余りのひどい弱りようなので、変だと思って、K病院からT病院に変えて、一から色いろ検査をしてもらいましたら、若年性パーキンソン病に、掛かりかけていますと、診断されました」

「何もないと言うことはないわねぇ！　すごく急に弱られたんですからねぇ……、やはり、納得がいかないときは、病院を変わるべきですね」

ハルは調子を合わせて、ミツさんの娘さんに答えていた。

ミツさんが娘さんの家に引き取られて間もなく、キミさんが死んだ。ミツさんが悪くなる前に、キミさんも肝臓を悪くして、入退院を繰り返していたのだ。確か、二人は同年齢の七十七歳だったはずだ。

ミツさんの娘さんから、何かあれば連絡を頼みますと、電話番号を知らされていたので、キミさんの死を連絡した。

そのとき娘さんは、母親は元気であるが、とても来られる状態ではないのでと断って、ミツさんを若くしたそのままの、痩身で綺麗な娘さんが、葬式の手伝いにやって来た。


高齢化社会と少子化がセットのように報道され始めたのは、今から何年前のことであろう。おそらく十数年前ではあるまいか。

ハルが長男を出産した昭和四十二（一九六七）年のころは、出生児もまだ多かったはずである。しかし、その年から四十一年を経た現在は、完全に少子化と高齢者社会の現状が津波のごとく押し寄せている。

まさに近隣と我が家の状況が縮図そのものである。ハル自身、高齢の姑を抱え、五人の子どもがいながら三女に、やっと一人の孫が恵まれているだけなのだ。

そんな社会現象で何が困るかと言って、まず第一に、高齢者を誰がどのようにして世話をするかということで、親族間のもめ事が多くなるにちがいないと、ハルは懸念する。

行政の援助を得て、様ざまな福祉事業が発達して、高齢者の安心な社会を築こうとしているが、満足なものがなかなか得られることがなく、苦情が続出していることも、ハルには今の時代の現象だと思えるのだ。

それを考えると、これまでの中高年者のほとんどの人びとは、家庭で老人を介護してきたのだ。福祉事業も現在ほどではなく、苦労に堪えて介護をしてきたのだ。

現にハル自身も、九十七歳の姑を世話しながら、ときどき、ストレスを溜め、腹立たしい気分になるのを、自分で自分をなだめすかして世話をしている。

明るい話題に目を向けて、心身をできるだけリフレッシュするように努めるようにしているが、機能を失っていく姑の姿を、毎日毎日、身近で目にしている現実から、解き放たれたい願望が湧いて、ストレスを溜め込んでしまいそうになるのである。

夫は自分の母親を「お化け」だと言って面白がっている。本当にお化けのような寿命の持ち主だと思う。

七十二歳で房室ブロックという診断を得てペースメーカーを心臓に挿入してから、八十二歳と九十歳、そして九十七歳のつい最近、また入れ替えたのである。現在は、姑自身の心臓は、ほとんど作動していないと医者から言われている。

九十歳のとき、ペースメーカーを入れ替える直前に、高熱を出し、腹痛でM病院に入院をしたときも、原因が分からず、

「手術後、自分で何もできなくなるかもしれませんが、手術をされますか」

と医者に相談をされた。夫は、母親に対する重大さに兄弟姉妹を呼んで、相談をした後に開腹手術を頼んだのであった。

手術の間、親戚の者は待合室で長時間、案じながら待機していたのであったが、単なる盲腸炎だったことで、皆は安堵したのであった。しかし、盲腸炎は、腹膜炎まで引き起こしていて、危険な状態だったようである。命を落としても不思議ではない症状であったにも関わりなく、姑は命拾いをして元気で退院をしてきたのであった。

その後も肺に水が溜まり、心不全を起こして緊急入院をしたのが九十三歳の時であったが、無事退院をしてきた。高齢になるとちょっとした油断ですぐに心不全になるのだろうか。九十五歳になった夏にも、心不全で入院を余儀なくされた。

この夏の入院前に、姑の調子が良くなさそうなので、ハルは気心の知れたL介護施設のケアマネージャーGさんに相談をした。

「最近、『しんどい、しんどい』とよく言うようになったんですけど、入院して病院で死を迎えるより、できたら家で看て、家で見送ってやりたいと思うので、病院へは……」

最近はどの家庭でも病院へ入院をさせて、病院で最後を迎える人が多くなっている。そうすることに賛成できないハルは、昔の人のように、姑さんの最後は、家で看てやりたいと心で決心をしている。

「でもね。おばあちゃんは、しんどいと思いますよ。病院の先生に看てもらって、楽にして上げる方がいいのじゃないですか」

多くの高齢者と接してきているケアマネージャーGさんは、皺が縦横によっている不安そうな顔で、背を丸くし、ベッドの端にちょこんと座っている姑の前でひざまずき、低い姿勢で手を握り、慎重に観察しながら言った。

「ああ、そうですね。まず本人の楽なように考えて、やはり病院の先生に診てもらうべきですね」

ハルは、ケアマネージャーさんの意見に同意して答えた。

「今まで、よくして上げてきたでしょう。もう最後のそこまで来て、十分なことをしてやっていないと思われても、あなた自身も辛いでしょう」

翌日ハルは、ケアマネージャーGさんの助言に従って、掛かりつけの県立循環器病院へ病状を伝えて診察を依頼した。ありがたいことに、即座に診察の承諾が得られた。

結果、心不全の診断が出されて、即入院になった。そのとき、ハルは病院の看護師さんに事前にはなしておいた。

「あの……、このおばあちゃんは、この前の入院のときＩＣＵに入れてもらったのですが、『家に帰りたい！　帰らせてくれ！』って、看護師さんに怒鳴ったり、点滴を引きむしったりして、病院側が非常に困られ、個室へ移してもらい、親戚が交代で寝泊まりして看護に来た始末です」

それなら、今回も個室に入ってもらいましょう、大部屋だとそういう状態になったとき、他の患者さんに迷惑を掛けるような事になっても困りますからと、こちらの言い分を聞いた上で、看護師は個室を姑のために準備してくれた。

入院をしてから様ざまな検査が実施された。入院前から、かなり、疲労を訴えていた上にレントゲンや心電図、ＣＴなど高齢者には過酷と思える検査が続けられた。完全看護の病院であるが、姑は暴れた前歴があって、家族が交代で泊まって世話に通った。

肺に水が溜まり、肺が不透明な乳白色になっていて、間違いなく心不全と診断された。

入院後すぐに、それに対する治療が行われ始めたのだが、

「あそこに、いっぱい人が立って、こっちを見てる」

などと幻像を見たり、すでに死んでいる人が、見舞いに来てくれ腰をマッサージしてくれたなどと口走った。老人が入院をすると、ほとんどの老人がこうした認知症の症状が色濃く出るらしい。姑も例に漏れず、前回と同じように異常なことをしゃべり続けた。

また、高齢者は、入院をすると歩かなくなり、寝たきりになることが多い。ハルは姑が入院をするたびに、姑を歩かせることをこころがけてきた。

「寝てばかりいると、歩けなくなるから、散歩しましょう」

姑に声を掛けてみるが、毎回、

「しんどい。ええわ」

顔をしかめて、歩くことを拒否した。それでもハルは幼児に言い聞かせるように、これまで辛抱強く説得をして歩かせてきた。毎日病院の昼食の時間に出かけ、食事を食べさせて、しばらくすると病院の廊下を歩かせてきた。その効果もあって、いつも退院後に寝た

きり状態にはならないで過ごしてきた。

九十五歳のこの夏に入院したときは、どんなに説得をしても、なだめるようにしても、

「しんどいわ、よう歩かん」

情けなそうに言って、ベッドから立ち上がろうとしなかった。

「窓から外を見てみ、山の緑が綺麗やで。寝てばっかりいたら、ほんまに歩けんようになるで、頑張って歩こ」

ハルが強引にくどくと、やっと、ベッドから抜け出して、ハルにもたれ掛かるようにして部屋から出た。そして、廊下に立たせて、西の端から東の端を指さし、

「あの窓の外に、山が見えるやろ、あそこまで散歩しよう」

と、促した。

「とおいなぁ。無理や。あんな遠くまでよう歩かん」

病気でやせ細ったために、今まで以上の皺を刻んだ顔が、にがにがしい表情になった。弱音を吐いて素直に足を上げようとしない。

「あそこまでぐらい、歩かないと！　さあ、ゆっくりでいいから、ぼちぼち、歩いていこう」

あるく意志がなく、まったく足を上げない。今回は、これまでと違って、もう九十五歳になっている。歩かせるのは酷なことかもしれない。そう思ったハルは、諦め、部屋へ連れて入ってベッドへ寝かせた。

「ああ、しんどかったなぁ」

姑は、何倍も疲れたように言葉を吐いた。尿をできるだけ多く出さなければならないため、利尿剤の投与がされている。便秘があってはならないので、便秘薬も飲ませている。ベッドの横に置かれたポータブル便器へ、何度座らせなければならないことか。数分おきぐらいに便器に座らせた。

年を重ねるたびに体が縮むのであろうか、ずっとずっと小さくなっている姑であるが、ベッドから降ろして、支えてやり、ポータブルにまたがらせてやり、終わると、支えてベッドに寝かせてやる作業は、慣れない者には重労働である。

「病院に居る間は、親戚が交代で看てくれるが、退院させると、お前一人で看るようになるから、すまんと思う」

夫が気の毒そうに言った。長男の嫁に嫁いだ者の使命だろうか。そうでも思わない限り老人の世話などできるものではない。ハル自身がすでに初老の年齢なのだから。

姑は症状がよくなって、三週間で退院をしてきた。入院中はまったく歩こうとしなかった姑は、退院後は寝たきりになるだろうと、ハルは覚悟をしていた。しかし、帰宅した直後から、姑は部屋の中を用もなくうろうろと歩き回るのだ。

今回の入院では、何度、歩かせようと努力したことか。だっこしてとせがむ幼児を言い聞かせ、納得させて歩かせようとして、結局歩かせることに失敗をするのに似て、姑を歩かせることに失敗したのであった。

不思議だった。帰宅すると、姑はベッドに伏すどころか、うろうろと部屋から部屋を歩き回った。疲れそうなのに、歩くことを止めなかった。どうして、家に帰ると歩けるようになるのであろう。ハルは驚き、あきれてただただ見とれていた。

「やっぱり、何を言っても、住み慣れた自分の家がいいのや」

誰もが姑の行動に対してそう判断をした。病院に入ると、誰でも病人になってしまう。長いこと入院するものではない、と。

退院に際して、一日に、水七百六十ミリリットル以上飲ませないように。体重は毎日計って四十二キロ前後をキープしてください。薬は毎日、朝昼晩の三食、異なった薬を飲ませて下さい。細部の注意を医師から言い渡されながら、ハルは、むらむらっと、反抗的になった。

「看護師さんみたいなことを、毎日せんとあかんなんて、私にはできないわ」

ハルは荒あらしい言葉を吐いてしまった。退院すれば、看護師さんまがいのことを覚悟で、姑の面倒が任されるのだ。そこまで考えたとき、素直に受け入れられない気持ちが湧いたのであった。そのすぐ後で、長男の嫁である覚悟ができていない自分が、情けなく思えてきた。感情を押し沈めた。

もしも、二年前に九十歳で亡くなった自分の母親を、看る事態になったら、このような感情は湧かなかったであろう。ハルは姑に対する優しさが壊れていくなかで、そんな思いに浸った。

姑が退院してきてから、看護師さんから説明を受けた通りに、薬投与を実行してみると、それほど大変なことでもなかった。ハルは、水の量、薬、体重などの確認をしながら姑の介護に毎日心を砕いている。

それ以上に、大変なのは毎日のように尿と便で下着を汚し始めたことだ。知人が紙パンツに切り替えるように教えてくれたが、経済的なことを考える前に、何となく可哀想に思えて、できれば布のパンツで通してやりたく、遠方へ連れ出す以外は、紙パンツを使用しないでいようと決めたのだ。

少し助かることとは、ハルが白川郷の旅先で雪に滑って手首を骨折し入院をした機会に、ヘルパーさんに姑の世話をしてもらうように申請し、七月にやっと介護一級の許可が下りたことだ。

L介護施設からケアマネージャーGさんの紹介を得て、ハルより少し若い、五十代だろうか、落ち着いて温厚で優しそうなヘルパーNさんが、週二回、二時間の制限で姑の世話をしに訪問してくれるようになった。

Nさんは姑の部屋の掃除と、衣類の洗濯をし、入浴をさせてくれるのである。それまでまだ、一人で風呂へ入ることが出来ていた姑であったが、背中や頭を洗うことは困難で、ハルの娘、いわゆる孫が世話をしていた。若い娘にさせるのは悪いと考えて、ハルが世話をしようと声をかけると、

「自分でできる、できる！」

姑は、勢いよく風呂のドアを閉めてしまうのだ。孫が声をかけると素直に従って、喜んで世話をさせながら、ハルに対しては必要以上に気を遣うのであろうか。逆に、嫁に世話になりたくないとの思いが、本心であろう。プライドがあらわにぶつけられる。

介護のベテランらしいヘルパーさんは、姑と仲のよい状態を保つために、色いろな工夫を心がけている。きっと、世話をしやすい状態にするためには、姑を怒らせないことが第一なのであろう。

「風呂へ入れてもらって、気持ちようなったなぁ、おばあさん」

綺麗に洗ってもらい、濡れた髪をドライヤーで乾かして梳いてもらい、すがすがしい表情をしている姑を見て、ハルは声をかけた。しかし姑は、怪訝な顔をしながら言う。

「風呂なんか入れてもらってないで」

数分前に風呂へ入れてもらったことを、すっかり忘れてしまっている。

「膣も綺麗に洗っておきました」

ヘルパーさんは涼しい顔でハルに言った。ハルは、一瞬、何を言われたのか飲み込めなかった。が、ああ、体の下に当たる場所のことだと理解した。しかし、自分は姑に対して、そういう関わり方を、今までしただろうか。これからも出来るだろうか。内心で煩悶した。入れ歯だって、洗ってやることに抵抗がある。病気のとき以外は自分で洗わせているのだ。下のその部分をとても洗ってやる勇気はない。職業柄ヘルパーさんは、訓練されているから出来るのであろうか。

ハルはショックを受けた。ある日、看護師養成校で看護師を指導している知人のKさんにそのことを話した。

「ハルさん。あなたは其処を汚い場所だと思うからいけないんよ」

口と一緒で、其処は非常に大事な所で、いつも清潔にしておかないといけない場所なんよ。そう考えると、膣を洗うのは当然でしょう、と説得をされた。

そういえば、姑より二歳年下の、二年前の母の末期に、ハルはムツキを換えてやったのだ。座敷で倒れ、それきり歩けなくなり、寝たきり状態になっていたとき、便で汚れた膣をぬるま湯で、綺麗に拭き取ってやったのだ。

九十歳になっていた実母のその部分は、便で汚れ、赤くただれて、拭くにも痛そうで、そーっと、そーっと拭いてやったのだ。その事を思い出すとハルは胸がつまった。涙があふれそうになった。

筋肉のゆるんだ肛門が空いたままで、便が何時とはなく流れ出ていて、ムツキを開いた瞬間に、悪臭が鼻を突いた。この耐え難い悪臭から逃避することなく、弟嫁、特に小さいころ母が世話をした孫、結婚をしていない孫が、よく世話をしてやってくれたものだ。娘であるハルは、当然、何の抵抗もなく世話ができたのであった。鼻を突く悪臭が、嫌だとは思わないで世話ができたのであった。

この感情を姑にも向けなければ、人間性を疑われるにちがいない。最近、ハルはそう自身を戒める。

今年は長く暖かかったために、紅葉が遅れた。十一月も末になってやっと、美しい紅葉が見られるようになった。夫が紅葉を写真に撮るため、旅の計画を立てている。

「湖東三山めぐりはどうや」

夫がそう話し掛けてきた朝に、神戸の友人から喪中のハガキが届いた。

——本年六月十七日に母が、九十九歳で永眠致しました——

ハルは友人の母、いわゆる旦那さんの母親であるその人に、一度も会ったことがない。しかし、すっかりご無沙汰をしている友人の、高齢者を見送ったその日までの、毎日の苦労が、目に見えるような気がした。

ふしぎな長寿

今年の五号台風は「うさぎ」と呼ばれて、早や八月に播磨地方へ接近していた。夜中じゅう空が唸っている。蒸し暑く、体がべとべとして熟睡ができないまま、私は目覚めてしまった。枕元の時計の針は午前五時を数分すぎたばかりだった。まだ戸外は薄暗い。もうしばらく横になっていようと思った。しかし、階下でトイレの流水音がした。九十七歳になる姑が起きているらしい。

私は二階から降りて、姑の部屋の障子を開けた。ほとんど毎晩、ベッドの横で寝てやる長女の昌美が、その日は二階で寝たらしい。やはり姑が起きていて、薄明かりの中で、ベッドの端にちょこんと座っていた。

昨日昌美が染めてやった毛が黒ぐろしている。遠目で見る限り、とても九十代に見えない。入って行った私を義母は上目つかいにチラッと見た。

「何しとん」

言葉を掛けると、

「別に……」

低い声が戻ってきた。鬱状態がきて、ここ二日間、食事かトイレに行く以外、寝ているだけの時間に身を持て余し、ただ、何となく起きて座っているのであろうか？


義母は六十六歳で夫と死別してから、昼夜の関係なく二階へよく上がってきた。そして突然部屋のドアを開ける。私はもう十数年も前から、夫と別室で寝るようになっているが、たまに夫の部屋に居合わせているときなど、ひゃりとすることがある。そんなとき、

「ほんまに、びっくりするなぁ！　何の用なんや」

夫が怒るように言うと、義母は即座に、

「誰ぁれも、居らんのかと思うて」

と、つじつまを合わせた言葉を落とすと、ドアを閉めてまた、階段を降りて行った。

「もし、体を合わせているときやったら、かなわんなぁ」

夫が冗談めかして言っていた。

高齢と共に回数は減ったものの、手を付いて音もなく義母は這い上がってくる。そして私か夫の部屋を開けて、居ることが確認できると、無言ですぐに降りていく。

最近、階段の降り口で足がすくむようになったらしい。一呼吸してためらっている。

「お婆さん。危ないから、もう二階へ上がってきたらあかんでって、言ったやろ。……後ろ向いて、手を付いてバックして降りな」

幼児に教えるように諭すと、義母は後ろ向きになり、体を丸めて手を付く。

「ああ、こわ。ああ、こわ」

糖尿を患った義母は体重を減らす努力をしてきた。小さな体で怖いを連発しながら、一歩、一歩足を降ろしていく。それでも、いつとはなしに、思い出したように上がって来る。

一昨年私は白川郷の旅先で転倒をし、左手首を複雑骨折して手術をした。姑の介護が困難になり、訪問介護の申請をした。申請から一カ月以上かかって、やっと、知人が経営をしているL介護施設から一週間に二回、一日に二時間の範囲でヘルパーさんが来てくれるようになった。そのヘルパーさんが義母の体が柔らかいと言ってびっくりした。

「このお年で、自分で寝起きができる人は少ないですよ。お風呂の浴槽に入るときも、手を添えないでも、しっかり手摺りを持って入られますし、出る時も、ぎゅっと手摺りを握って出られます」

半年前から腎臓の正常数値がかなり悪く、何時どうなるか分かりませんと、掛かりつけのお医者さんから言われた。一週間前も、腹痛があってCT検査をすると、腎臓の傍に水疱ができていて、腸にも一杯ポリープができている。しかし高齢なので造影剤を入れた精密検査も開腹手術も出来ないと宣告された。

検査の結果はかなり悪く、命が危ぶまれていながら、どうして義母は頑健なのだろう。幾ら食べても物足りなさそうにする。そんな義母を見かねて、昌美が、

「おばあちゃん、食べ足りないんやわ」

と、空になった皿にぽいぽいと、総菜をのせてやる。

「足りないことないやろ。ほとんど寝ているだけやのに、六十代のこのお母さんと同じだけ食べてるのや。そりゃ、なんぼでも食べさせてやってもええけど、お医者さんから、心不全が再発せんように、体重は四十二キログラムより増やさんように言われ、毎日体重を量って調整しているのや。好きなだけ食べさせて、おばあちゃんが苦しんでもええんか」

私は義母の食事のことで、どれだけ昌美と口論したことか。それほど、義母は総入れ歯だというのに、まだ肉や刺身、固い豆類や沢庵でもぽりぽりと、見事な食べ振りを見せる。ヘルパーさんが通ってくるようになって、一番驚いたのは、毎日尿で汚していた下着をあまり汚さなくなったのだ。しかし腸の動きが鈍くなるのであろう。四、五日便の出た様子が感じられないときは、苦しいだろうと思って、医者に相談して貰《もら》っている下剤を飲ませる。下剤を飲ませると、トイレや下着を派手に汚される。それの繰り返しである。

「汚れたものは、洗濯しますから、そのまま置いておいて下さい」

ヘルパーさんは、自分たちは仕事だからと言われる。しかし、いくら金銭を支払っているとはいえ、一緒に住んでいながら、汚れ物を他人さんに頼む勇気が私にはない。義母の汚した便は、洗い落として置くことにしている。夫が、ときどき、

「すまんなぁ」

と言う。謝られて私は、これから誰もが辿る道やからと返事をする。しかし老化をたどる一方の義母は、日毎に手が掛かってくる。

「姑さんの世話をしていて思うんや。昔の長男の嫁さんは、よう辛抱したったと思うわ」

だから、自分も昔の人を見習って我慢をせなあかんと思う、と友人に話すと、

「昔は短命やったさかい、短い間の世話でよかった。けど、今は長生きしてやからなぁ」

ああ、そうや。私が義母の世話を始めて、今でもう十数年以上経っている。三度目のペースメーカーを、一カ月前に入れ替えたとき、後七年間効力がありますとお医者さんに言われた。他の臓器が悪くならなければ、百四歳まで義母の命は保障されるのだ。

この間、カラオケが好きだった隣の八十歳の人を見舞いに行った。しかしその人は、言葉もしゃべられなくなり、言うことも通じない。きょろきょろしているが、目も見えてないという。それでも心臓が動いているので、鼻に管を取り付けて酸素を送り、喉に穴を開けて流動食を流し込んでいた。

体に取り付けている器具を外さないように、正常に動く唯一の右手はベッドの桟に紐で括り付けられていた。そうやって高い医療費が注ぎ込まれ、命が繋《つな》がれている。その命って、何やろ。

その点義母は、パジャマを着替えるときなど、裸になってから何を着るのか分からないと言って、誰かを呼びに来る。食べたこと、外出したこと、外孫、曾孫の存在を忘れ、現在の物事の変化も瞬時に記憶を失う。でも顔をあわせたときは、まったく普通に言葉を交わすので認知症であることが信じがたく思える。

朝、目覚めて体調がいいときは、息子が経営する鉄工所で、八十代までやってきた機械掃除や、従業員の弁当の用意などがまだ出来ると思い込んでいて、「工場へ行ってやらな！」と言うので、弁当を作ってくれと夫が迎えに帰って来る。そして、鉄工所で三人の息子と一人娘が働いている姿を眺めて、一日を過ごす。

他人さんは、お宅の姑さんは幸せな人や。百歳まで生きての人やと言う。が、四六時中老いの醜態を見つつ世話をしている私は、心の底で義母の介護からの解放を望んでいる。

正直、十分な世話をしてあげようと思っているが、自分の体調が崩れて疲れてくると、どうしようもなく心が荒んでくる。つい、

「ああ、あ。今日もパジャマの上から下まで汚している！　早い目に便所へ行きって、言ってるのに、また便器や床まで汚している！」

私は夫に聞こえよがしに、大声で言ってしまう。声を荒立てながら、義母を裸にしていると、二階から娘が飛んで降りてきて、風呂場へ連れて行ってシャワーで洗ってくれる。洗い終わって私が着替えさせていると、

「すまん、すまん。世話をかけるなぁ」

和紙のような細かい皺だらけの体を預け、子どものようにされるがままになっている時

の義母の脳は正常で、悪いと思うらしい。沈んだ顔で謝る。義母に謝られると、私は荒れている自分を見苦しいと思う。

七十代に乗った病弱な夫でさえ、私に八つ当たりされたり、外出の際は母親を放ってはおけず、一番にどうするか考えなければ動きが取れないので愚痴る。母親の命の終わりを望んでいる素振りがチラリと見える。

しかしおかしなもので、二人とも現実には死を望んでなどいないのだ。風呂好きな義母が、近所の人が浴槽で死んでいたように、勝手に風呂に入って溺死するようなことがあっては大変だと、風呂に鍵をかけた。毎朝体重を測り、三食後に必ず忘れないように、肝臓用、腎臓用、血栓予防など数種類の薬を飲ませる。お腹が痛い、肩が痛い、足が痛いと言えばすぐ病院へ連れて行く。いくら世話がやけようと施設へ入れる考えは毛頭ない。

ふしぎな長寿だが、日毎にもう階段を上がる力が減退していっているのであろうか……。早朝に目を覚ましても、そうやって、ベッドに座って夜が明けるのを待っているらしい。

その日から数日後の午前一時ごろだった。

「あー、びっくりした！　なんぼ母親でも、寝ている所へ、毛がぼさぼさ、にゅうっと、這うて現れたら肝を冷やすがなぁ」

夫の甲高い声に、私は目覚めて廊下へ出て行った。たいてい戸を開放して寝る夫の部屋の前で、義母が屈んでいた。

「……ハルちゃんは病気か？　晩ご飯を作る時間やのに、作りよってないんや……、心配で……」

もう上って来るのは無理だろうと思っていた義母が、私を探して、電気も点けずに、暗い階段を這い上がって来たのだった。

解説

身近なものから閾《しきみ》を越えて言葉は差し出される

大西　隆志

日々の暮しの中で摑み出された言葉は、簡単には崩れない逞しさを持っている。本書『やさしい人』に触れたとき、最初に胸をついた感慨だ。作者である福本信子さんが筆にのせていった事柄について、書くことの覚悟がさりげなく響いており、暮しの息遣いがひとつひとつの描写においてもくっきりと記されている。この作品集は、エッセーや小説といった表現形態を各々の作品では自在に選ばれているが、書かれた内容については事実に即しストレートにぶつけ、描かれた人物の魅力を余すことなく伝えてくれている。形式の閾を越えて届いてくる読後感が良いのはこのためだ。掌篇ということもあり、物語としての構造は複雑ではないが、作者の立ち位置としての主体性が明確であり、真摯に議論を展開していく素直な部分は、厭味もなく素朴で、作者の情感の豊かさに対して微笑ましくなってしまう。それは、時々顔を出す文学少女の真面目な面影だったりするのかもしれない。

前作の『獅子文六先生の応接室』は、ユーモア大衆小説で一世を風靡した小説家で、劇作家・演出家でもあった獅子文六の自宅に、お手伝いさんとして住み込んでいた作者の記録でもある。住み込みを始めた当時は、劇団「文学座」の分裂騒ぎ、芸術院会員の決定など、文六邸は来客者の多い変化に富んだ日々で、この多忙な日常を丁寧に浮かび上がらせ、作者が全身で感じた観察は文学への敬意に満ちていた。それは、有名作家の家族の日常を内側から興味本位に描いたのではない、作者の姿勢の重要な点だ。お手伝いさんであっても文六家の家族の温かみが、共通の舞台に立つ者のように共有されていたからかもしれない。そして四十年を経ていながらも鮮やかに描かれたのが、『獅子文六先生の応接室』だった。福本さんにとれば、文六先生との約束でもあり、どうしても書かなければならなかった書物であった。それらの執筆と平行するように、身近な家族の風景への想いもこつこつと綴られていた。このことが『やさしい人』に受け継がれていった。

この掌篇作品集『やさしい人』は、前作とは違って、自分自身の家族観を捉えようとする姿勢が明確になっている。獅子文六邸住み込み時代のモチーフの作品も何点かはあるが、家族を取り巻く問題や人物に焦点を絞った作品が主になっている。ある意味前作のような一筋の大河の流れではなく、デルタ地帯での無数の流れのようでもある。いろいろな事柄が互いに響き合うポニフォニックな面により、作者の行動の多彩さも浮かび上がってくる。誰もが身近に感じられる介護といったモチーフもあり、寸話を前にしてのおおらかさや、作者の表現上の遊び心も感じられた。このことは、獅子文六と同じ屋根の下に住んで見聞きした作家の日常生活を、その長い年月の後に同人誌で活字にし、資料渉猟しながら十年に亘って筆を取り続けてきた経験の重さによって裏打ちされている。およそ一年間余りの住み込みの経験であっても、読物として面白みと深みを湛えていることと繋がっている。

福本信子さんの書かれたものや書くことに対する姿勢は、文学への強い思いを育んでくれた「若くして他界した小説家志望だった亡父の姿を明確にするため」でもあったのだが、作者の原点だとしても、読者である私たちに届いてくるのは、文学への憧れといったことの内実の激しさだった。そのことは、作者が自らを見詰める切っ掛けとなった作品を通しながら、贈与のように読者である私たちの内実に送り届けられてくる。この作品集を通して、紡ぐことになる物語のことを少し考えてみたい。

作品集のタイトルと同じ、「やさしい人」や「三島由紀夫氏との一期一会」などは、『獅子文六先生の応接室』で描かれていたモチーフではあるが、この作品集『やさしい人』においては各々一篇一篇が独立した作品としての表情を湛えている。「やさしい人」は獅子文六先生の幸子夫人のことが描かれ、シギの料理、カステラを送るための小包の包み方、年賀状の代筆などのエピソードにより、幸子夫人の動作が手に取るように表現されている。再婚者であった幸子夫人の最初の結婚について、松方幸次郎を描いた新聞連載の『火輪の海』や、幸子夫人の自叙伝『笛吹き天女』などの資料による逸話を引きながら、獅子夫婦の絆の強さと共に、幸子夫人の人物の大きさや魅力を物語っている。エッセーのような書き方ではあるが、短編の私小説の趣により、語ることの大切さが技法としてではなく、筆を走らすことで「私」のあり方がはっきりとしてくるからかもしれない。それは、「三島由紀夫氏との一期一会」では、獅子文六邸への三島由紀夫の来訪を描きながら、作者が引っ掛っている三島自身の自刃について、死の謎を考えるためにも、小説家の家での三島氏と「私」の一期一会の時間の意味を巡らせることだった。ワンフロアーの応接間と台所は食器棚で間仕切られているだけで、談話は「私」の耳にも入ってきていた。その場と時間を共有していただけであったとしても、やはり大事なことであった。このことを書くことで示し得る理由が「私」の語りだったように思える。三島由紀夫の丁寧なお辞儀といった身振りや、アンバランスな身体の特徴、繊細過ぎる仕草に目を留めていくことで、それらのことが基点となり、「私」は一期一会の時間を記憶としていとおしむことが出来るのだ。

作者と作品の「私」を区分してここまで書いてきたが、エッセーと小説の閾はこの作品集では溶け合っている点が、面白くて不思議なところだ。モビリティーの側面がうかがえる。多分エッセーとして書かれたものが、短編私小説と呼びたくなるのは、技法といった技術上のことや、形式的な構成といったことでもなく、「私」との距離の取り方によるものなのかもしれない。それは、作者の言葉を書き始める緒言の態度の厳しさにあるのではないか。「品格があり、人々の共鳴を呼ぶこと」の第一義を支えているのは、父親への限りなく探い愛情でもある。それは、客観的に書くことの意識的に位置付けられた在り方ではなく、語ることの強い思いへの執念と呼べる、文学の怖さの実践があるからではないか。と思いながら、この作品集の中では異色の「月夜の彼岸花」は、モデルがあるとしても創作された物語の構成を持っている。亡くなった夫の通夜の夜に、亡骸となった夫と対峙する情景が描かれている。教え子であった女性と夫との長い間の浮気に対する妻の心の動きが、緊迫した状況の中で的確に捉えられているが、「私」の視点が他の作品のように動いてはいない。語ることの主体への意味付けをあえて抑えてきたことで、エッセーの自在さと形式なき形式でもある文章のほうが、小説の枠組をあえて持った作品より滑らかなのかもしれない。どうしても語りたいといった思いの在り方によって、形式は越えられていくものであり、書くことによって信頼関係の強さは増していった。

この強さは、文学への熱い思いを記した「一緒に綱を……」では、作者自らが文学修行時代の「神戸市民の学校」の一齣を描写し、作者の文学観の吐露が潔く語られている。文学を教える学校の開校式、授業の様子などのユーモラスなスケッチには驚いた。実を言えば僕はこの「神戸市民の学校」のチューターもやっていたので、教室の様子について読みながら自然に頷いてしまっている自分がいた。雑然とした教室にびっくりしながらも、飾りっ気のない空間の在り方が、文学の場にふさわしく思えてきた。

この作品集の良さを伝えてくれるのは、誰にでも経験するだろう事柄による家族の風景を切り取った作品にある。姑をモチーフにした「ブラックユーモア」「家のおばあちゃん」「ふしぎな長寿」など、各々の作品には姑への多面的な視点により多彩な老人の表情を捉えている。そして、これらの作品においても「私」の位置が、「ブラックユーモア」や「ふしぎな長寿」では作者の視点からのエッセーとなり、「家のおばあちゃん」においては娘の視点からの小説となっている。介護される姑は多くの疾患を抱えていながらも、皮肉たっぷりな言葉をやりこめ、はねのける力があった。この家族の肖像は、語る者の主体によって豊かな世界を垣間見せてくれてもいる。文中の「私」と作者の微妙なズレを描くことで、文学の困難さと人間を描くことの困難さが重なってくるように思ってはいるが、ある意味においてはモデルとされる夫、息子、娘にとれば、エッセーと小説の閾の闇はなかなかに理解されにくいようだ。ぼくは福本さんの家族を少しだけだが知っていることもあり、「ショットバー」「もどれない道だから」「好きなこと」「それぞれの道」「トイレ主任の嫁」の舞台になっているバーにも行っていたので、作者の文学への気魄にある種の覚悟が隠されていることに、この作品集『やさしい人』を読むことで気付かされた。そして、夫のことを書いた「一生を職人で」においても、「心の霧が晴れる」

での劣等感にしても、文章を書き込み、言葉を通し考えることで、培われてきた文学の持っている勇気のようなものに後押しされた人の姿が、父親の求めていたものと重なっていくように見える。

最後に文學界二月号（二〇〇八年）の特集「文学の鬼」で大西巨人のロングインタビューでの、「みんなそれぞれに立ち向かっているものがあると思うけど、困難に立ち向かっているものがいいね。文学とは困難に立ち向かうものだ」を、ここでの棹尾としたい。

（詩人）

跋

ねばりの女性《ひと》

高田　正吾

福本信子さんが前著『獅子文六先生の応接室――「文学座」騒動のころ』を書き始めたのは一九九二年で、姫路の同人誌「播火」に十年近く連載したことを、本書の「それぞれの道」で知った。

彼女が周囲の反対を押し切って上京し、赤坂の文六邸で住みこみのお手伝いとして働き出したのが六三年十月だから、それまでに三十年たっている。文六邸では一年間働き、故郷の姫路に帰って結婚、親族会社を経営する家族の一員として事務仕事、五人の育児と多忙な毎日に追われながら「小説家を志望した亡父の姿を見極めたい」という思いを遂げられたのである。

十四、五年も以前のことか、私が現役の編集者として早川書房で「悲劇喜劇」という演劇誌を担当していたころのこと。「獅子文六先生のことを書きたいと思っているのですが、これこれについて資料はないでしょうか」という問い合せの電話があった。聞けば、今は姫路に住んでいるが、若いころ獅子先生のお宅で働いていたことがあり、その体験をまとめたいのだという。

獅子文六こと岩田豊雄氏は戦前からユーモア作家として知られ、とくに戦後は『てんやわんや』『自由学校』『大番』など、新聞、雑誌に連載された作品がすべて評判になる流行作家だった。しかし本来は劇作家志望で狂言『茶盞盃』のパロディとして書いた『東は東』はいまだに評価が高い。一九三七年、岸田国士と久保田万太郎の三人で文学座を創立している。

六六年、第三次「悲劇喜劇」の発刊にさいして監修者として巻頭エッセイを連載、演劇評論家の尾崎宏次、戸板康二、社長の早川清などと編集会議にも出席されている。また、六九年に日本を代表する劇作家に聞く「劇作家の椅子」（第一回）で、前記の三氏を相手に長年にわたる演劇体験を話され、「ぼくに永遠の青春があるなら、演出をやりたい」とまで言われている。

そうしたことを読まれた上での依頼だったのだろう。その後も資料についてのやりとりが続き、書き上げたので出版社を紹介して欲しいとのこと。岩田豊雄氏の日常生活はもとより、たまたま文学座の二回にわたる分裂事件（六三年）で「先生を訪ねてくる客の誰かれとなく『先生の今年は、文学座で明けて、文学座で暮れますね』という言葉を落としていった」時期に居合わせた体験は貴重だと思い、影書房の松本昌次さんを紹介した。

松本さんは、私が日頃親しくしている編集者である。幸いなことにこのきびしい人の眼鏡にかない、〇三年、前著が刊行された。

本書では岩田夫人の幸子さんの思い出をはじめ、五時間にわたって岩田先生に訴えつづける三島由紀夫氏のことをふくめ、姫路での福本さんの姿が活々と描かれていて楽しい。

前著の出版でわずかなことだかお手伝いをした理由で、跋文を書かせていただいた。

（前「悲劇喜劇」編集長）

あとがき

私は、大人になるまでに、小学校の森山里枝先生、中学校の矢部茂太先生、友人の赤穂文代さんなど、文芸と深く関わることになる方がたと出会った。私に寄せて下さった印象深いさまざまな言葉に導かれるようにして、私は自然に書き始めてきたのであった。

そして十七年前だった。

「福本さん、何か書きたいことがあれば、書いてください」

「西姫路ふるさと新聞社」の伊藤文雄社長さんに声を掛けて頂き、五百字のエッセーを書き始めた。主婦の立場で書きたいと思い、「エプロンおばさん」という見出しで「詩」の募集から始めた。

数年後から、人との出会いのエッセーに切り替えて書いていたが、漫画家の長谷川町子さんの漫画に同じ題名が有ることを知り、「ドリームおばさん」と改題して書くようになった。

十八年目になる現在も、継続して書かせてもらっているこのミニエッセーの連載は、私の文を書く基礎を養ってくれていると思う。

「西姫路ふるさと新聞」は広告収入のみで運営されていて、自治会を通じて、二万四千軒へ無料配布されている新聞だが、姫路の西南地方を拠点とする身近な地方新聞だけに、読まれた方がしばしば、励みになる感想の声を掛けて下さる。

Oさんと言われる方など、ご自分がエッセーに登場していたからと、大変感激して下さり、ミニエッセーを切り取って、「神棚に供えました」と弾んだ声で感謝の電話をしてこられた。Oさんのその電話は、私を驚かせて、書くことの冥利をしみじみと感じさせてくれた。

昭和六十（一九八五）年に中内懸賞論文に応募し、入賞、入賞式の懇親会でお会いしたダイエー社長中内㓛氏は、経済界を賑わせて、世を去った人であったが、文学を志したことがあると言われ、私が平成六（一九九四）年の十二月に詩集を出版した際に、阪神淡路大震災の正にその日の日付が入っているメッセージを、東京から送って下さった。その励ましの言葉も私の胸中を温めてくれている。

しかし、私が文芸の道を歩み続けている最も深い理由は、四十歳で病死した父が、小説家志望だったと、中学生のときに父の友人から耳にしたことである。その父親の小説家志望の思いを継ぐようにして、文芸の道を歩み続けている。

今やパソコン、携帯電話、テレビなど、瞬時に世界を駆けめぐる情報機器産業発達の影響で、過去・現在を問わず文豪の小説さえ人びとに読まれなくなりつつある。そんな時代に、片田舎で思いのままに書いてきた作品が、何人の人たちに読んでもらえるであろう。知人友人以外では、一握りの読者を得るぐらいだとわかっていながら、自分の拙作を纏めて出版する業の深さに、自分自身が哀れに思える。

しかも、馬鹿さ加減、怒り、恥、悲しみなど、自分が体験した「負」の世界を、ずらずらと書いた作品群である。そんな作品を、世間の人びとの目に晒すことの辛さが、心に疼いてもいる。しかし、近畿一円に読者層の厚い神戸新聞の「読者文芸欄」に、エッセー、ノンフィクション作品を投稿して、入選してきた作品の数が増えていったことと、「月夜の彼岸花」「美鈴さんの初恋」など、一見、フィクションのように思えるが、実話を基に、主人公に迷惑がかからないようカモフラージュしながら創作した苦心作もあって、それらの作品を軸にして、出版したいという思いが切実に私の心を突き上げてきた。

その思いを、早川書房の『悲劇喜劇』編集長（現在顧問）の高田正吾氏の紹介で、平成十六（二〇〇四）年に出版をした『獅子文六先生の応接室』でお世話になった影書房の松本昌次氏にお伝えした。それは昨年の年が明けてすぐぐらいであったように思う。電話であったが、松本氏は、どういう内容の本を作りたいのかという質問ののち、「いい、本を作りましょう」と前回の出版と同じように言われて、私の希望を受け入れて下さったのである。

出版まで十分な月日を取ったつもりであったが、うかうかと、月日が流れていて、財団法人・姫路文化振興財団のH氏から、「福本さん、助成申請実施期間の締め切り日が迫っていますが、本の出版はどうなっていますか」

と、電話を頂くまでになっていた。その電話で驚き慌てて、実際に本格的な出版準備に掛かったのは、三カ月足らずの短い期間であった。それにも関わらず、校正そのほかで御苦労下さった影書房の松浦弘幸氏、吉田康子さんにお礼申し上げます。

「姫路シネマクラブ」運営、「姫路地方文化団体連合協議会」での提言、提案、劇団の脚本創作、フォーク・ミュージック系バンドの「ひとつ山こえてみよう会」に所属して、色いろな楽器を奏でるなど、文化活動に多忙な日々を送っておられる詩人の大西隆志さんにお願いして、身に余る「解説」を書いていただいた。深くお礼申し上げます。

また高田正吾氏には、術後の療養中であるにもかかわらず、「跋文」をお願いしたところ、無理を押して書いて下さった。前著同様、厚くお礼申しあげます。

カバーを飾る下地は、染織作家山本和子さんが「やさしい人」に出てくる作家獅子文六夫妻と家庭の様子、また、シベリアから越冬するため南半球へ飛翔する途中、日本に立ち寄る水鳥のシギの羽、海と岸辺や森などをイメージしながら、織って下さった織物である。山本和子さんに感謝を申し上げます。

また、天女をイメージした絵を注文して、子育てしながら奮起して扉絵を描き上げてくれた山中三絵子さんと、私の重い文章を和らげるカットを希望したところ、かわいい絵を書いてくれた吉岡幸子さん、社会風刺のぴりりと効いた、木屑で作った創作人形写真を送ってくれた山中みゆきさんの皆さんにもお礼を申し上げます。

二〇〇八年九月

福本　信子

作品掲載記録

★『神戸新聞文芸』に入選掲載作品
一九九四年 六 月「一緒に綱を……」
一九九四年十一月「やさしい人」
二〇〇一年 一 月「着物の染み」
二〇〇二年 二 月「すず虫」
二〇〇七年 一 月「家のおばあちゃん」
二〇〇八年 五 月「ふしぎな長寿」

その他「ショットバー」「一生を職人で」「古本屋さんがやって来た」「ユナの好きな居場所」など多くの短編の佳作入選は添削加筆して収録。

★読売ファミリーニュース
（掌編シリーズ）
二〇〇四年 十 月「石橋をたたいて」
二〇〇五年 七 月「もどれない道だから」
二〇〇六年 五 月「好きなこと」
二〇〇七年 六 月「町を動かす人」

福本信子（ふくもと　のぶこ）

1963年　東芝短編小説佳作入選
1972年　貿易振興会懸賞論文入賞
1985年　中内　㓛（ダイエー社長）懸賞論文入賞
1990年　「西姫路ふるさと新聞」にミニエッセー連載、現在に至る。
1992年　「播火」同人誌に参加
1994年　詩集『ふるさとの城は』講談社出版サービスセンター刊
1994年　郵便局の「ふるさと企画」に詩集の８篇が絵葉書として採用される。
1994年　「神戸新聞」文芸欄へ詩及びエッセイを応募し始めて入選する。
2003年　財団法人・姫路市文化振興財団助成事業として詩集『ふるさとの城は』再版
2003年　『獅子文六先生の応接室――「文学座」騒動のころ』影書房刊
2008年　財団法人・姫路市文化振興財団助成事業として『やさしい人』影書房刊

やさしい人《ひと》
二〇〇八年九月二七日　初版第一刷
著　者　福本信子《ふくもとのぶこ》
発行所　株式会社　影書房
発行者　松本昌次
〒114-0015　東京都北区中里二―三―三
久喜ビル四〇三号
電　話　〇三（五九〇七）六七五五
ＦＡＸ　〇三（五九〇七）六七五六
E-mail : kageshobo@md.neweb.ne.jp
http://www.kageshobo.co.jp/
振　替　〇〇一七〇―四―八五〇七八
本文印刷＝スキルプリネット
装本印刷＝ミサトメディアミックス
製本＝協栄製本

定価　一、八〇〇円＋税

ISBN978-4-87714-387-9 C0095

福本信子　獅子文六先生の応接室——「文学座」騒動のころ　¥1800
尾崎宏次　蝶蘭の花が咲いたよ——演劇ジャーナリストの回想　¥2500

真尾悦子　気ままの虫　¥1800
真尾悦子　歳月　¥1800
糟屋和美　泰山木の家　¥1800
せとたづ　風が行く場所　¥1800
せとたづ　聖家族教会　¥1800
江間章子　詩の宴　わが人生　¥2000

〔価格は税別〕　影書房　2008年 9 月現在